U0500105

温水流觞

汝州温泉的故事

鲍丹禾　武三蒙　编著

知识产权出版社

全国百佳图书出版单位

图书在版编目（CIP）数据

温水流觞：汝州温泉的故事 / 鲍丹禾，武三蒙编著 . —北京：知识产权出版社，2019.3
ISBN 978-7-5130-5838-4

Ⅰ . ①温… Ⅱ . ①鲍… ②武… Ⅲ . ①民间故事 – 作品集 – 汝州 Ⅳ . ① I277.3

中国版本图书馆 CIP 数据核字（2018）第 214150 号

责任编辑：于晓菲　　　　　　　　　责任印制：刘译文

温水流觞　汝州温泉的故事

WENSHUI LIUSHANG　RUZHOU WENQUAN DE GUSHI

鲍丹禾　武三蒙　编著

出版发行：知识产权出版社有限责任公司	网　　址：http://www.ipph.cn
电　　话：010-82004826	http://www.laichushu.com
社　　址：北京市海淀区气象路 50 号院	邮　　编：100081
责编电话：010-82000860 转 8363	责编邮箱：yuxiaofei@cnipr.com
发行电话：010-82000860 转 8101	发行传真：010-82000893
印　　刷：北京嘉恒彩色印刷有限责任公司	经　　销：各大网上书店、新华书店及相关专业书店
开　　本：720mm×1000mm　1/16	印　　张：15.25
版　　次：2019 年 3 月第 1 版	印　　次：2019 年 3 月第 1 次印刷
字　　数：250 千字	定　　价：58.00 元

ISBN 978-7-5130-5838-4

出版权专有　侵权必究
如有印装质量问题，本社负责调换。

序　言

从氤氲的温泉水中洞见中原文化

闻名海内外的汝瓷、千年古刹风穴寺……都出自河南省汝州市。汝州市位于河南省中西部，北靠巍巍嵩山，南依茫茫伏牛山，西临古都洛阳，东望黄淮平原，形成"两山夹一川"的槽形地势。

汝州市历史悠久，东周为王畿之地，秦属三川郡，隋设汝州，直到民国初年改为临汝县，1988年撤临汝县设汝州市。

这片神奇的土地，物产资源丰富，文化底蕴深厚。风穴寺是国家级重点文物保护单位，与白马寺、少林寺、大相国寺并称为"中原四大名寺"；汝瓷与汝石、汝帖并称为汝州"三宝"；汝州还是河南三大剧种之一——曲剧的发源地。

此外，汝州还有一种在中原地区十分难得的地热资源——汝州温泉。其中，以温泉镇的温泉水最为著名。汝州温泉由大气降水经地下深循环加热而形成，与温泉地区复杂的地质结构有关。温泉地区是个死火山，温泉北边的白土岭和西边涧山水库一带，至今还有火山灰结成的板状结构和火山岩存在。

汝州温泉有着久远的历史。历代帝王、后妃、名人雅士纷至沓来，流连忘返。据《后汉书》《旧唐书》《资治通鉴》《金史》等史籍记载：历代曾有十位帝王、三位后妃先后数十次驾临此地，洗浴、狩猎，史称"十帝三妃浴温泉"。温泉附近的娘娘山、銮驾山及流杯亭、武后池、汤王祠、汉帝池、官池等名胜古迹即是真实的历史写照。

如此多的历史名人之所以不畏路途遥远，来到这里泡温泉，自然是因为温泉神奇的效果。汝州温泉内富含 50 多种对人体健康有益的微量元素和常量元素，保健作用十分明显。写过《回延安》的当代著名诗人贺敬之在 2001 年和夫人柯岩一起来到汝州温泉镇疗养，他在《歌汝州温泉》一诗中写道："汝州温泉天下优，地心人心贮暖流。泉水疗我半生疾，春风减我世风愁。"

让我们来看看历史上有哪些名人对汝州温泉赞叹不已。

西汉时期，在温泉附近建有广成苑，经东汉时期历次修建，便有了汉代大儒马融《广成颂》里的皇家园林气派：傍山随势，架百余楹，飞楼层台，凉亭暖馆，苑内多有架廊叠磴，幽渺透迤，古木寿藤，积翠回抱，仰不见日，桃花清水，绿荫芳草，布满苑中。

西汉文帝之薄太后来此沐浴时，行宫建在距此不远的地方，如今那里还有个小村庄名为"薄姬庙"。

而温泉最盛的时代莫过于唐朝。唐太宗李世民在此沐浴，后命人在温泉北十里盖了"清暑宫"，现为官庄村。后来武则天多次来温泉，她甚至仿效王羲之在兰亭"曲水流觞"的典故，让群臣们在温泉池饮酒作诗，好不惬意。

有帝王将相的沉醉，也少不了文人雅士的吟咏。

曾任汝州团练副使的苏东坡，在《汤泉七纪》中写道："温泉七其一，盖此地也，且沐浴可疗疮疾。前人引水行数步为浴池，珉秋瓦甚洁，规模颇宏。"

范纯仁，是宋代著名政治家、文学家范仲淹的儿子，他任襄城知县时也来温泉沐浴，有诗曰："山前阴火煮灵源，昔日曾临万乘尊。历尽兴亡皆如此，不随世俗变寒温。"

随着汝州市将温泉镇建设成为中原健康养生文化城的定位一步步清晰，一个崭新的温泉镇正展现在我们面前。温泉镇的领导近年来积极贯彻上级的指示精神，认真规划、紧抓落实，工作细致到位。可以想见，未来的温泉镇将会成为一个集旅游、疗养于一体的度假胜地。

如果说日新月异的建设改变了温泉镇的容貌，那么由温泉镇党委、镇政府牵头编撰的《温水流觞》这本书则是从文化的角度为温泉镇的建设助力。汝州温泉不仅有上天赋予的优质地理条件，还有千百年来广为流传的故事，这些美丽的传说让这片神奇的土地更富魅力。相信这本故事集不仅可以让人们进一步走近汝州温泉，也可以领悟到这片丰沃的中原之地给予我们的文化滋养。

感谢曾雪薇、蔡明月、薛梦缘、叶一格、潘春琳、范静、郭锰、程曦、孙强、曹文潇老师的编写。

就让我们打开这本书，一起品味汝州温泉的奇妙之处吧！

鲍丹禾（麦浪）

2018.12.15

目 录

01 帝王后妃与汝州温泉

十帝浴温泉

麦浪

汝州温泉历史悠久，文化灿烂。原洛阳地区文物普查队曾在镇内发现两处商代文化遗址，这说明我们的祖先那时已生活在这片肥沃的土地上。

几千年来，温泉镇秀丽的山水、奇妙的温泉、淳朴的民风引得历代帝王、名人雅士纷至沓来，趋之若鹜，流连忘返。据《后汉书》《旧唐书》《新唐书》《金史》等书记载，先后有十位皇帝前来温泉沐浴观光。

据《庄子》记载，轩辕黄帝问道崆峒，沐浴于温泉，留下了许多美丽传说。几千年前的轩辕黄帝在新郑称帝，便举行了一次部落联盟大会。大会上，有人和他提到了广成子。广成子何许人也？他上知天文，下识地理，在距离新郑不远的崆峒山已经修仙1200年。黄帝听后，心生敬仰，决意前往探访，希望了解养生之术和治国良方。为了拜见广成子，黄帝在经过汝州温泉的时候，特意在温泉中好好地洗了个澡，想利用温泉水将自己一身的世俗气洗涤干净，以示对广成子的尊重。可是广成子来去踪迹不定，黄帝并没能轻易地找到他，好在黄帝是一个十分有耐心和诚心的人，终于在崆峒山见到广成子。感动于黄帝的诚意，广成子对他的治国之策给予了指点，黄帝则为广成子弹奏了一曲《钧天》之乐。后人说，黄帝住过的小山就是现在的銮驾山，镇北的均田村就是当年他为广成子弹奏《钧天》之乐的地方。崆峒山前一片水草肥美的地方被称为"广成泽"，后来为皇家所用，正式更名为"广成苑"。汉代的几位皇帝由此经常到广成苑狩猎，顺便享用附近的温泉。

这里要说说三位和广成苑、温泉镇相关的东汉皇帝。这三位皇帝虽然在位时间都不长，寿命也不长，但对温泉这块土地可谓情有独钟。东汉时期，在诸多到广成苑打猎的皇帝中需要提到的就是顺帝、桓帝和灵帝。要说在位时候的政绩，这三位皇帝都可谓政绩平平，不过狩猎是他们的共同爱好。

东汉顺帝为宦官所拥立，手中的权力为宦官所钳制。据《后汉书》记载：永和四年（139年），冬十一月初四日，汉顺帝赴广成苑打猎，住温泉宫，开春始回洛阳。连续三四个月的时间他都休憩在温泉宫。后来的汉桓帝也是在宦官和外戚的拥立下即位，同样沉浸于声色。据记载，延熹二年（159年）冬十月，桓帝率领着大队人马到广成苑打猎，驻扎在温泉宫。而汉灵帝是汉桓帝的亲堂侄，比起桓帝的荒淫无度，灵帝可谓有过之而无不及。光和五年，也是他在位的第十四年，汉灵帝狩猎广成苑，同样在温泉沐浴。

唐代，温泉更是帝王后妃纷至沓来的休闲胜地。唐太宗李世民曾于621年、637年、641年和644年数次去往温泉，并建有"清暑宫""愈痹阁"。作为唐太宗之子，唐高宗李治曾五次到温泉沐浴视察。唐高宗第一次到温泉沐浴后，又驾临汝州古城，举行阅兵仪式。677年，高宗第三次到温泉后，又派遣使臣详审了囚犯的案卷，把轻罪犯一律予以释放，以示"皇恩浩荡"。

700年正月，武则天率群臣"如汝州温汤"，并在此建行宫。她仿照王羲之兰亭"曲水流觞"的故事，命人在地上挖一大池，使群臣围池而坐，把斟满美酒的羽杯放在池中，杯借泉水浮力，漂流到谁的面前就得一饮而尽并赋诗一首。这些诗作编辑起来就是《流杯亭侍宴诗集》。武则天一时兴起，便命凤阁舍人李峤为该诗集作序，大书法家殷仲容执笔书丹，立碑刻珉以示宣扬。武则天走后还命人在流杯池上建一亭子以供观瞻。现在的"八卦楼"就是在当年流杯亭的旧址上重建的。

唐开元十四年（726 年）十月，唐玄宗李隆基亲临温泉。这位风流天子迷恋这里的灵泉温汤竟然流连忘返。

五代时，梁太祖朱温来温泉沐浴时也住在"清暑宫"里。宫南一里处有一座专门招待官员的住所，以后逐渐发展成为一个村庄，叫作"官庄"，朱温住过的地方就是现在的"梁古城"。

1161 年，金朝的国君海陵帝到温泉打猎、洗浴，他下诏在温泉"置市"，这是河南省较早见于文字记载的物资交流大会。海陵帝完颜亮是金国的第四位皇帝，1161 年，他南巡至洛阳，狩猎于广成泽，打猎完毕，泡完了温泉，周身舒泰。海陵帝兴之所至，便问属下哪里有集市可以去逛逛，手下人说周边为皇家狩猎之地，没有什么集市。任性的海陵帝吩咐下属立马筹办集市，这样过了十天半个月，一个像模像样的贸易市场就出现了。

从轩辕黄帝到金国海陵帝，前后一共十位皇帝来到汝州温泉，足见温泉对帝王的吸引力之大。正因为皇家的重视，使得汝州温泉名声大噪，此后无数达官贵人、文人墨客也纷纷来到这里，感受这名闻遐迩的神泉之水。

黄帝与《钧天》之乐

麦浪

唐代著名诗人李商隐有一首名为《钧天》的诗：

> 上帝钧天会众灵，
>
> 昔人因梦到青冥。
>
> 伶伦吹裂孤生竹，
>
> 却为知音不得听。

尽管李商隐的诗晦涩难懂，但是从第一句也可以看出《钧天》乃是天上的音乐。关于《钧天》之乐，还有一段与轩辕黄帝、广成子有关的故事。

在汝州温泉的附近，有一座名山——崆峒山。这座山并非高耸入云，却正好应了刘禹锡的话："山不在高，有仙则名"。崆峒山中真有一位仙客，名为广成子。

彼时的崆峒山与今日的景象大相径庭。崆峒山周围一片汪洋，山水相连，烟波浩渺。奇花异草，珍禽猛兽出没其间。天地间常现神奇景致，海市蜃楼更是时常出现。而广成子就在这样的环境中修行了1200年之久，形体仍未衰朽，精神依然矍铄。

闭关修炼如此长的时间，广成子早已忘却了人世间的俗事。但是仙名在外，虽然自己以为早已离开了凡间，凡间却从未将他忘怀。治理部落很有一番成果的黄帝慕名前来拜访他。尽管此时的黄帝已经赫赫有名，但是广成子并不把他当回事。关于黄帝意欲拜见广成子的一段在《庄子·在宥》中有记载：

> "黄帝立为天子十九年，令行天下，闻广成子在于崆峒之土，故往见之，曰：'我闻吾子达于至道，敢问至道之精。吾欲取至道之精，以佐五谷，以养民人。吾又欲官阴阳，以遂群生，为之奈何……'"

黄帝做了十九年天子，政令通行于天下，深得民心。对于治国之道和养生之道，黄帝非常感兴趣，所以当地听说修道1200年的广成子住在崆峒山中，就很想前去问道。据说黄帝在去往崆峒山，途经今天的汝州温泉，听说温泉水的种种好处，便去洗了一个温泉澡，沐浴更衣之后才去见广成子，这样显得更为恭敬。见面之后，黄帝说："我听说您修炼得道，敢问道的精髓是什么？我来拜见您，就是想得到道的精髓，用这精髓去帮助我的子民，以使他们五谷丰登，风调雨顺。我还想让阴阳各司其职，万物蓬勃生长，应该如何做到呢？"

也许是黄帝问得过于直接，广成子说："你所问的这些，乃是物的外表；你所想掌管和决定的，是外表与内在的分化之物。自从你治理天下，云气不待积聚起来就下雨，草木不待枯黄就凋落，日月之光也愈发强烈，我看你虽然有一定的才智，可是心胸不开阔，见识不博大，你这个样子，我怎么和你说大道呢？"遭了这一通抢白，黄帝闷闷不乐，只能先从崆峒山回去了。回去之后，他放下治理天下的大事，建了一个独居之斋戒室，睡在用白茅草铺就的铺上，就这样住了三个月，冥思苦想了许多问题后，又前往广成子处求道。

这次黄帝确实悟出了好多东西。他问广成子："你能和我说说养生之道吗？"没想到广成子听了他的问题，异常高兴。广成子告诉黄帝："修道的最高境界就是心中一片虚空渺茫。凝神静气地修行可以使你身心清洁干净，你的身体不再劳顿，你的精神不再分散，这样就可以长生。得到我道术的可以成为君王，失去我道术的只能成为凡俗之辈。凡人都将死去，得我道之人才能与日月同辉，与天地同在。"

广成子和黄帝讲道之后，还送给了黄帝一本《自然经》，这让黄帝无比欣喜，于是他命随行人员演奏了一首《钧天》，表达对广成子的感激和尊重。

历史上，关于黄帝重视音乐的小故事很多。比如黄帝曾命伶伦作乐律，伶伦于是取嶰谷之竹，用其中厚薄均匀的做成竹管。开始，吹出来的音调没有阴阳之分，根本不成音律，有一次吹出来的声音甚至吓到了黄帝的马。不过，黄帝不但没有责骂他，反而认为这小竹管能惊着马，很不简单。他鼓励伶伦只要多加研究，一定能吹出好听的音律。后来，受到激励的伶伦根据凤凰鸣叫之声，并经过长时间的揣摩和推敲，终于创制出音乐上的12音律，受到黄帝的赞扬。

这首《钧天》是黄帝与音乐的又一次结缘。单从名字看，就知道"钧天"乃是天上的音乐，这首天上之乐与广成子的思想其实是共通的，广成子的道家思想正在于无欲无求，对权贵不谄媚不奉承，活得洒脱而飘逸。而天上仙人的生活状态不正是如此吗？当年演奏《钧天》之乐的地方后来被称为"钧天台"，虽然今天钧天台已不存，但那里的人们仍然津津乐道这一富有传奇色彩的故事。

诚然，黄帝拜见广成子和演奏《钧天》之乐都是传说故事，传说自然无从考证。不过，这个传说反映了人们对顺应自然规律而为之这一道理的认同和秉持，所以这个传说传播久远。

黄帝问道广成子

曾雪薇

　　崆峒山，位于河南禹州和汝州的交界处，就其在汝州的这一段来看，具体位于汝州城西 30 千米处的临汝镇。崆峒山十分美丽，四季如春，花团锦簇，从古至今都是游览胜地。在古代，崆峒山的东、西、南三面都是一望无际的广成泽，很适合各种动植物的生长和繁殖，所以这里花草树木和珍禽异兽很多。在汉朝时，广成泽被称为"广成苑"。广成泽水分充沛，气候宜人，有时下点蒙蒙小雨，山山水水都迷离于烟雾之中，宛如神仙居住的地方。据当地的州志记载，每逢春秋时节，常常会有一层轻轻的薄雾笼罩着整片广成泽的上空，如轻纱般的薄雾，在太阳光的照射下，常常形成海市蜃楼的幻境，崆峒山在薄雾中若隐若现，所以，久而久之，附近的人们也将崆峒山当做了神山，对崆峒山始终怀抱着敬畏之心。这种日光折射在广成泽水面上形成的海市蜃楼现象，被列为"汝州八景"之一，正如《汝州八景诗·崆峒烟雨》所云："一片空朦晓欲流，许多岚翠拥峰头。尚留王气瞻銮驾，无数仙城幻石楼。缥缈浑疑蓬岛景，萧疏恍入洞庭秋。山中谁系苍生望，愿做甘霖遍九州。"在烟雾迷蒙之中，人们竟以为自己见到了蓬莱仙岛。可见，崆峒山的景色是备受人们赞赏的。

　　古人说："山不在高，有仙则名。"崆峒山不仅景色优美，而且这里还有着历史悠久的道教文化，这种深厚的道教文化的流传也是崆峒山文化的重要内容。相传崆峒山是广成子居住的地方，也是广成子得道成仙的地方。广成子，黄帝时期的汝州人，是古代传说中十分有名的神仙，也是道教"十二金仙"之一，他就住在崆峒山上。据相关的道教书籍记载，广成子的身份可不一般，他是太上老君的化身。在黄帝时期，太上老君降临凡间，隐姓埋名，也许是为了不让人们认出自己，也许是为了让自己更好地在人间潜心修炼，他在人间便取名为"广成子"。正如刚才我们所讲述的，在古代，汝州有"汝海"之称，这个称号从何而来呢？原来在很久很久以前，现今汝州所在的那片区域，降水十分充足，再加上这里的地势十分平坦而开阔，降下来的雨水便都聚积在了这里，因此形成了一片广阔的水域。而崆峒山就屹立于这片水域之中，宛如一座孤岛，四周都被水包围着，没有人能够到得了这座山上，而对于广成子来说，这是一个适合他修炼的地方。那广成子住在哪里呢？非常巧合，经过大自然的鬼斧神工，崆峒山上有一个天然的石洞，广成子便常年居住在这个石洞里面。

广成子一个人居住在这座山洞里，阅读了大量的书籍，所以他十分有学问，上知天文，下知地理。独居在此的广成子难道不会感到孤单吗？也许对于现代人来说，这样的日子我们一天也无法忍受，但是广成子就这样默默忍受了1200多年，而且并不觉得孤单。他还有一只仙鹤作伴，洁白的仙鹤在古代就是高风亮节的象征，这也说明了广成子清心寡欲、潜心修炼。没事的时候，广成子常常坐在岸边怡然自得地垂钓。广成子还十分擅长养生术，据传，当时世间没有一个人知道广成子确切的年龄，只传说他活了1200多年，但是他的身体却没有一丝衰老的迹象，一直保持着童颜，直到后来广成子得道升天，只在崆峒山上留下了两个大脚印。

当时，轩辕黄帝已经在新郑称帝，一般认为，黄帝是在公元前2697年即位的，道家还把这一年作为道历元年。在称帝的第十九年，黄帝带领着大批人马从新郑出发，前往汝州寻找广成子，并希望能从广成子那里学得养生之术和治国良策。为了拜见广成子，黄帝还在经过汝州温泉的时候，特意在温泉中好好地洗了个澡，想要利用温泉水将自己一身的世俗气洗干净一些，以表示对仙人广成子的尊重。黄帝见到广成子，心想："这位仙人果然名不虚传啊！立如松，声如钟，好一副安闲的样子！仙人怎么会将自己保养得如此好呢？"黄帝按捺不住心中的疑问，便询问广成子的养生秘方，广成子说："无视无听，抱神以静，形将欲飞，勿劳尔形，勿摇尔精，勿思虑营营，昏昏默默，乃可以长生。目无所见，耳无所闻，心无所知，神将守形，形乃长生。"黄帝深受启发，为了表示自己对广成子的感谢，还亲自为广成子演奏了自己谱写的乐曲《钧天》。广成子也被黄帝的礼贤下士所感动，也赠送了一套《自然经》给黄帝，作为回礼。目前，我们还有幸在庄子所写的《庄子·在宥》篇中阅读到黄帝见广成子时的情景和对话，黄帝先是向广成子询问了至道的精髓，因为他想要通过道来实现政治的清明和百姓的安居乐业，其次便是询问广成子的养生之道，充满了道家色彩。

另外，值得一提的就是《黄帝内经》。它是中国最早的医学典籍，是传统医学的四大经典著作之一，分为《灵枢》和《素问》两部分。关于这本医学巨著，据学术界比较通行的说法，它是由黄帝撰写的，而这本书本来就是在黄老道家理论的基础上所建立的中国古老医学，从黄帝问道广成子的事迹来看，广成子对黄帝的传道有可能对他编撰此书有着重要的影响与作用。

黄帝夜沐温泉

蔡明月

　　话说黄帝大败蚩尤，终于一统中原，成为华夏正统，于是他就开始思考治国兴邦之策。这一天黄帝仍然在挑灯夜读，他在地上写写画画，运筹着自己的治国方略。突然一阵风吹来，吹灭了本就昏暗的火光，整个屋子顿时陷入漆黑。黄帝抬眼不见五指，这时门口投入一缕亮光，一位白衣仙人飘了进来。黄帝虽然不知是何方神圣，但身为天子的黄帝赶紧拜道："不知上神降临，有何指教？"这位仙人捋着长长的胡须悠悠地说："天帝见你勤勉治国，每日为强国安民之策劳神苦思，感你精诚之至，特派我为你指点一二。"黄帝双手打拱作揖，忙道："俯伏恭听。"白衣神仙指着东南方向说："天倾西北，八卦有巽；坤母惠泽，水承地慧；当启尔智，温润万姓。"说罢，那这位仙人便飘然而去。黄帝琢磨着天帝的谕示：八卦之巽不就是东南方吗？东南方向当有大地钟灵毓秀之所，也就是承载着地母智慧的水，仙人应该是说水可以启发我的智慧。但是"温润万姓"又作何解呢？对最后一点黄帝还没有悟透，但是他决定身体力行。

　　旭日出，黄帝就起身往东南方向走，可是从早到晚这一路他也没有看到任何水流，他不知道要走多远才能找到天帝所说的能启迪他治国之智的水。走着走着，月亮从东山升起，脚下的路越来越亮，忽闻前面水声潺潺。黄帝心中一动，在明光照耀之下，一条上下如白练般的溪水横亘在他眼前！月光虽明，却看不见水面，因为水上冒着腾腾的雾气，飘到黄帝脸上还有点温度。他这才反应过来这白练般的雾气原来是厚厚的热气！他跳进去，果然河水是温热的！怪不得仙人说"温润"。黄帝心想：只知道井水会早晨冒雾气，但仍是凉水；却不曾见过溪水此时此般冒着热气的，看来真的是大地汇聚了灵秀之水！他全身放松下来，急趋奔走的疲乏很快消失了。他闭上眼睛冥想，感觉温泉一滴一滴地从自己的皮肤渗进去，一点一点地浸润了心肺，滋养了肝脾，无声无息却深入神经和骨髓，他就这样在温水里泡了一夜。

又是一个新的黎明！黄帝睁开眼，迎着朝阳他放眼四顾，此处周围众多山丘环抱，中间则如聚宝盆，多处泉眼冒出地面，均是热气腾腾，极为罕见。自己昨夜所泡乃是众多泉眼汇聚向东的溪水，白雾绵延数里如云蒸霞蔚，更是壮观奇景。他感到一身轻松，心目开明，仿佛换了新鲜血液，这是他从未有过的体验——如转丸于掌上，似成竹之在胸，浑身上下从未有过如此时这般散发出对治理天下那么从容的气度。他感觉自己领悟到了处世治国的大道——垂拱而天下治。这正是温泉带给他的神启：水善利万物，泽被万物，无为而无所不为。天帝所指之温泉是坤母之乳汁，启智黄帝心如温热的清泉无色无嗅、必清必静，万万不可汲汲以求，对百姓刻意用力，如此方可"温润万姓"。

商汤三请伊尹

麦浪

夏朝最后一位君王桀是个暴君，他不但荒淫好色，将天下美女选进王宫供其享乐，而且还随意残杀百姓，引得民怨沸腾。

夏的属国商国的王名为汤，他对黎民百姓甚为仁爱，十分关心人民的疾苦，看到人民受到如此深重的苦难，商汤决意率兵推翻夏桀的统治。不过在此之前，他知道自己需要一位足智多谋的良士来辅佐他。于是，他请手下人加以推荐。

手下人纷纷推荐当时一位极有才华的人，此人名叫伊尹。伊尹起初辅佐的正是夏桀，但后来因为看到夏桀暴虐不堪，与民众背道而驰，完全听不进谏言，于是他悄悄离开了夏桀，回到自己的家乡，即今汝州市温泉镇，隐姓埋名，担水耕田，自食其力，渐渐地，他离政事越来越远，也就断了入仕为官的想法。

商汤听说有伊尹这样一位贤才真是大喜过望，他想将伊尹请来共商大计，成就讨伐夏桀的大业。可是怎么请伊尹来呢？他差人打听到伊尹隐居的地方在温泉镇，决定派人前去拜望。

话说这日伊尹正在田间劳作，听说商汤要派人来请他去做谋士，心中不禁嘀咕：商汤是希望我助他一臂之力灭了夏桀，可是谁知道这位商汤又是怎样的君王呢？当年我一心欲辅佐夏桀成就一番事业，是怀着报国之志的，没想到夏桀不但没有给国家带来好处，反而给黎民带来了无数的灾难。如果商汤也是这样的君王，我岂不是又一次作出了错的选择？我岂能轻易辅佐他？想到这里，伊尹决定先打听打听商汤到底是怎样一个人。

于是伊尹来到商国，向百姓打探商汤的情况。百姓一个个都对商汤赞不绝口，称他很是贤明，广受尊重。伊尹想，听到大家说是一回事，实际见到是另一回事，我得自己看看商汤究竟是个什么样的人。

正好，他听说当日商汤要出城巡视，访贫问苦，便等着商汤的队列出城，悄悄跟随，不久来到了一条河边。

河边，一位猎人正在张网捕捉鸟兽。那猎人一边张网，一边对着苍天祈愿：但愿天上飞的，地上走的，从东西南北过来的，统统钻到我的网里，被我擒住。在车上的商汤一听，觉得这位猎人只想着自己捕猎成功，却完全不顾飞禽走兽的死活，过于残忍。于是忍不住下车对猎人说："做事不可太绝，你还是应当网开一面。不妨让能向左逃的向左逃，能向右逃的向右逃，实在硬要往你网中钻的，你就把它们逮住吧！"商汤的一席话说得猎人心服口服。

跟在后面的伊尹亲眼见到商汤如此有慈悲之心，不禁赞叹，心想，这位汤王果然如人所云，他心怀慈善，广布恩德，是一位值得辅佐的明君。但是伊尹希望再观察观察，于是，当商汤派去的人要找他时，他却躲起来不见。

来拜访的人等了几天却不得见，只能悻悻而归，并将没有见到伊尹的情况向商汤禀报。商汤觉得很是诧异，便问手下诸官为何如此。有属下说，伊尹当年辅佐夏桀的时候就是名相，既然是名人，身价也就不菲，如果只是派个人前去邀他前来，那么就显得过于草率和缺乏诚意，不如备些礼品前去拜望伊尹。

商汤一听，觉得很有道理，于是立即派人带着很多礼品前去，没想到伊尹听到这个消息后，早早就躲起来了。派去的人等了好几天，还是没能见到伊尹的真容，只好又把礼品抬回来。商汤听说后大为不解，与群臣商议：难道这位伊尹是嫌我给的东西太少不肯露面？既若如此，我干脆明日派人送去更多的礼品，看看会是怎样一个结果。

这时，一位官员说，大家都知道伊尹是有才之人，他隐居乡里，不愿出山，只怕不是为了这些财物。如果他真是贪财之辈，即使大王抬着成堆的金银财宝前去把他请回来，此人也不可用，因为他的德不够。依我之见，可能是大王

　　只派了手下前去，而没有亲自拜访，显得对他不够重视，不如大王亲自去一趟，或许他会出来见您。

　　商汤是一位很能听取意见的君王，他觉得这个手下的话很有道理，心想伊尹必是一个胸怀大志的人，不会在乎金银财宝，是自己太小看人家了。于是，他决定脱掉大王的服装，换上布衣，亲自去伊尹隐居的地方拜访。

　　其实，伊尹的考虑和那位官员的想法不谋而合。虽然他看到了商汤的恻隐之心，也看到了商汤两次派人来的诚意，不过他还是希望能看看商汤到底有多恳切，是否会亲自前来。他认为，如果商汤是一个胸怀天下的人，就一定会放下身段的。换句话说，如果两次派人来没有请到自己就不再来了，也说明商汤还没到求贤若渴的地步。

　　正想着，伊尹听说商汤已经到达他的住地附近，并且脱掉华服，穿着老百姓的衣裳来拜访他。这让伊尹十分感动。没等商汤走近，伊尹就赶忙迎了出去，见到商汤急忙跪下请罪。商汤连忙拉起伊尹的手说："不必多礼，快快请起！能得到你这样的贤人，实在是我的荣幸啊！"这回，该伊尹觉得不好意思了。

　　此后，伊尹重新出山，走出温泉镇，全力辅佐商汤，献出许多妙计良策，终于帮助商汤灭了夏桀，结束了百姓苦难的日子。不久，商汤建立了商朝，伊尹也被尊为"阿衡"（丞相）。伊尹感念商汤的知遇之恩，为治理国家呕心沥血，他活了一百多岁，为商朝建立了不朽的功勋。

薄姬与汝州温泉

曾雪薇

　　古人往往会为一个传奇式的人物配上一段离奇的身世。秦末时期，民间有一女子名为刘媪，丈夫为太公。有一天，刘媪在一片大泽的岸边休息，也许是因为劳累，不知不觉便进入了梦乡，她梦见自己与神交合。当时电闪雷鸣，天昏地暗，眼看着倾盆大雨就要下来了，太公担心刘媪没带雨具，就前去大泽看她，结果眼前的一幕让他十分震惊——一条蛟龙正在妻子的身上。这件事后不久，刘媪便有了身孕，生下了一个男婴，这个男婴就是我们所熟知的汉朝开国皇帝刘邦。

　　刘邦，字季，是沛郡丰邑县中阳里人，出身农民家庭，容貌似龙，高高的鼻子，一脸漂亮的胡须，左腿上还有七十二颗痣。刘邦待人十分仁厚，乐善好施，心胸豁达，有着干大事业的志向。他不喜欢跟着家里人一起生产劳作。邻人们认为刘邦不愿干活，今后肯定没出息，但刘邦依旧我行我素。在成年之后，刘邦谋到一个官职，做起了沛县泗水亭的亭长，后来因为在押送刑徒去骊山的时候将刑徒们都放走了，便开始逃亡。公元前209年，秦朝的统治越来越残暴，农民起义因此爆发，陈胜、吴广等人率领起义军攻占陈州，后来建立了"张楚"政权，公然对抗秦朝政权。这场农民起义给了刘邦一个契机，刘邦顺应民意，率领众人杀掉当时百姓十分厌恶的沛县县令，百姓们竭力推举刘邦为沛公，希望刘邦能够领导大家起事，因此刘邦便接受了百姓的推举，但召集的军队全部加起来还不到三千人。而在当时，秦末农民起义中还有一股十分强大的力量，它就是由楚国贵族的后代、起兵于吴中的项梁和项羽所领导的军队，当时大约有一万人。刘邦起事后，就开始带兵攻略周边的郡县，以争取更多的力量，在攻取了下邑后想要继续攻占丰这个地方，结果并不如刘邦之意。刘邦听说项梁在薛地，在带领少数骑兵赶去向项梁借兵后，才得以顺利地攻下此地，也就是这样，刘邦成为项梁手下的一员大将。之后，刘邦与项羽也多次并肩作战，攻下了不少地方。但是历史的真实是，刘邦与项羽最后道不同不相为谋。项羽年轻气盛，武功高强，力能扛鼎，看上去比刘邦更适合做君王，他残暴嗜血，连自己的军师都不信任；而刘邦谦虚仁厚、知人善任，这些品格真正造就了刘邦的帝王之命。所以楚怀王最后选择了刘邦，让刘邦率领大军，向西夺取关中，而把项羽支开去援救赵。刘邦入关后与关中人约法三章，体贴百姓，如若换作项羽，关中的百姓早不知死过多少回了，但也因此，刘邦与项羽成为敌人。

刘邦作为一位帝王，他有许多妃子，其中之一便是薄姬，那么薄姬是如何嫁给刘邦的呢？薄姬的父亲薄氏是吴郡人，在秦朝的时候，他与从前魏国的宗室之女魏媪私通，生下了薄姬。当初陈胜吴广起义的时候，陈胜将魏国的贵族魏咎立为魏王，后其弟魏豹在哥哥死后自立为魏王。有一天，魏媪去为自己的女儿算命，算命先生说薄姬今后会生下一位天子，所以魏媪就将自己的女儿送给了魏豹。后来项羽和刘邦在荥阳相抗衡的时候，魏豹一开始跟随刘邦攻打项羽，后来又背叛刘邦，与项羽联合，所以刘邦便派人攻打魏地，且俘虏了魏豹，并将薄姬送进了宫中织布的工房。一次，刘邦在工房中偶然遇见了薄姬，心想这女子长得不错，便将薄姬纳入了后宫。可是，刘邦的后宫佳丽三千，虽然薄姬被刘邦看上了，但是入宫整整一年都没有得到临幸，而她的两位好友——管夫人和赵子儿却得到了刘邦的临幸。后来，刘邦也正是从薄姬的这两位好友的口中得知这位可怜的美人还被冷落在宫中，出于怜悯，当天就召来了薄姬，同她共度良宵。

公元前203年，刘邦在一场战役中败给了项羽，便携带着家眷，仓皇地逃到了汝州，当时薄姬也跟随着刘邦一起逃难。刘邦想到当下战争如此混乱，带着薄姬四处奔波实在不方便，便决定将薄姬暂时安置在汝州的温泉，这样一来自己也少了很多后顾之忧。安顿好薄姬之后，刘邦继续领军作战。第二年，他终于在垓下打败项羽，也彻底结束了持续多年的纷争，并在二月称帝，为百姓带来了和平的生活。

当时被安置在汝州温泉的薄姬，想到自己刚刚被刘邦临幸，却又要离开刘邦，等到刘邦再想起自己又不知道是什么时候了，想必她是十分孤独寂寞的。但还好刘邦将她安置在了一个美景与温泉并存的地方，因此薄姬也没有辜负好时光。当地人向她极力推荐那里的温泉，薄姬也早知道汝州的温泉是十分有名的。在听说过温泉的种种功效后，薄姬迫不及待地想要体验一下。初泡温泉后，薄姬便爱上了这里的温泉。在这里待了近一年的薄姬，经常来这里泡温泉，再加上这里美丽的景色，那种思念之愁苦也慢慢被冲淡，常常泡温泉的薄姬也变得越来越美丽，皮肤越来越细腻了。

刘邦称帝后，没有忘记正在汝州的薄姬，急忙派人将薄姬接回来。没想到一年没见，薄姬竟然变得肤如凝脂，更加娇嫩动人了，刘邦好奇地问道："一年未见，夫人怎么这般妩媚了？莫非是汝州温泉十分养人？"薄姬羞涩地回答道："陛下，多亏了汝州的温泉，真是名不虚传。陛下政事烦忧，温泉正是个养生的好去处。"刘邦听后十分高兴，便把汝州温泉开辟为汉室的皇家温泉，汝州温泉也成为汉朝王室游玩、养生的好去处。而薄姬当年居住的行宫也就位于现在温泉东南方向的薄姬庙村。传说当时薄姬还曾到温泉北边的山上游玩，人们因薄姬登临此山，便将此山命名为"娘娘山"。

薄姬娘娘汝州治蝗

薛梦缘

公元前180年，吕后去世。朝廷的官员们都会聚一堂商量帝王的人选，大臣们早就苦于吕氏势力强大，便一致认为薄姬待人宽厚，应当立其子刘恒为帝。这位被大臣推举的皇帝就是之后的汉文帝。

刘恒当上皇帝后，专心治理朝政，体恤民情。一日，大臣来报，说河南洛阳、汝南一带正遭遇蝗灾侵袭，百姓们叫苦不迭，担心今年粮食收成不好，又会造成大面积饥荒。刘恒听了这个消息忧心忡忡，想着百姓辛苦耕种的粮食即将颗粒无收，几乎一整夜都没有睡觉。

第二日，刘恒向母亲请安后便坐于一旁，神思恍惚，不再多言。薄太后觉得奇怪，询问道："我儿今日为何脸色如此，莫非有事困扰于心？"刘恒愣愣地坐在一旁，只是喃喃自语："若今年河南蝗灾能减半，我愿向天祈求折寿十年以换取百姓安宁的生活。"薄姬听了，当下便决定前往河南赈蝗灾。

刚到河南，薄姬便亲自到田间查看情况。蝗灾果真严重，飞蝗在天空中盘旋仿佛乌云一般，黑压压地遮蔽了整个天空，田地里充斥着蝗虫啃食庄稼"咔咔"的声音。有一些村民的房屋离田地近，房屋泥土里裹着稻草，这也成了蝗虫的目标。真可谓"赤地千里，寸草不留"。薄太后看到这些，心中十分悲痛，不禁流下泪来。她告诉陪同前往的官兵，定要快速将蝗虫问题解决。

在薄太后的带领下，村中的壮年及随往的官兵充满斗志，有的拿起了锄头与镰刀，有的拿起了火把，准备与蝗虫作战。然而，蝗虫并没有那么容易消灭，它们对田地的侵袭愈发凶猛，有些士兵甚至被蝗虫咬伤。看着官民艰苦的斗争却似乎并未得到良好的成效，薄太后心急如焚，加上连日的劳累，终于隐疾复发，晕倒在了田地里。

宫女们急得团团转，官兵们也都手足无措。这时候，一位颤颤巍巍的老妇人前来，说道："河南有一汝泉县，此县之水能治百病，不妨让太后一试。"宫女们没了办法，只得听老妇人的话侍候虚弱的太后前往。还别说，这温泉真有奇效，太后一入温泉便觉得身心舒缓，神清气爽。宫女们告诉太后，这是当地人用于治病疗伤的泉水，很有功效。太后对着周边的宫女说："沐浴汝州之泉，犹如获上天赐予之神力，蝗虫之灾定可破。"

沐浴完，太后吃了一些东西，便在泉水的附近查看民情。忽然，她看到一个孩童拿着一根粗树枝在路旁驱赶一条蜈蚣。太后突然拍手道："我有一妙计！"听到太后的妙计，宫女和士兵们都面面相觑，不知是真是假，但还是立刻召集正在驱虫的官兵会合。

原来，太后的妙计便是让官兵把有毒的食物泼洒到粮食上，这样蝗虫吃了有毒的庄稼就会中毒而亡，可谓不攻自破。果然，这个方法十分有效，没过几天蝗虫就被消灭了大半。为了更好地参与赈灾，薄太后命人在温泉的东南建造行宫，将这个方法在河南同样遭遇蝗灾的地方推行。就这样，一面治理蝗虫，一边通过温泉疗养，不仅蝗灾问题解决，困扰太后多年的疾病也终于治好了。在这里居住的时日，太后乐善好施，拯救了不少贫苦百姓。她教人耕织，恩泽乡里，当地的百姓都亲切地唤她"薄姬娘娘"。

薄姬娘娘死后，当地的百姓怀着感恩与敬佩之心，在她的行宫附近修建了庙宇以纪念这位造福百姓、治蝗有功的太后。行宫所在地后来也渐渐扩大规模形成了村子，为了永远记住薄太后的功劳，这座村子就被称为"薄姬庙村"。

医术精湛的薄姬娘娘

叶一格

据历史资料记载，薄姬曾多次来到汝州温泉。第一次是在刘邦和项羽交战时；第二次是在刘恒成为汉文帝，而她升级为太后之后，由于思念汝州温泉，在这里建立行宫，并常驻于此。

在薄姬庙村，很多人把薄姬当做温泉的化身，并广为流传着这样一个故事。当时曾有一个幼儿，年至四岁，尚未学会走路，其父母带其遍访名医，但始终无果。后来孩子的父母听说薄姬医术不错，便带孩子前来拜访。薄姬详细诊治，发现幼儿一切正常，除了下肢无力，并无其他异常。由于先前未曾见到相关症状，她一时也没有良策。后来，在神人托梦下，她明白这里的温泉具有奇异的治疗效果，能够治疗这一顽疾。她便尝试以龙骨、甘草、地牛配药，并用温泉调配为药丸，让幼儿服下。让人惊奇的是，连服七剂后，幼儿终于迈开步伐，蹒跚地走向母亲。面对多方名医都束手无策的病症，薄姬仅用一粒药丸就有效解决了。她的事迹一传十、十传百，周围人都来找薄姬看病。由于薄姬常常在温泉镇那座山上采集药材，所以那座山又被称为娘娘山。而汝州的温泉，也愈发有名。

据说，在传说薄姬医术神奇的影响下，当时来温泉镇治病的人很多，温泉镇的温泉也被人称为"神水"。虽然温泉镇山明水秀、鸟语花香，极为怡人，却也饱受山洪困扰。温泉镇整体地形呈碗形，中间低四周高，每到夏秋季节，雨水积蓄，总会有石块或者泥流从山上滚落而下，堵塞村路，压伤牲畜，偶尔也会有行人遭击。村民虽然饱受折磨，却也无力解决。薄姬在采药的时候作了地形勘察，发现山的另一侧其实更为陡峭，而且下面有一积水潭。然而由于山中巨石坠落，阻挡了这一水道，从而导致水反向流动。为此，薄姬引领众人在山上开辟了水流通道，同时用黄泥和树枝在村口筑成了堤坝。自此之后，就再也未发生泥石流伤人或者伤害牲畜的事件。自此之后，来温泉镇的人就更多了。很多人都说薄姬是温泉的化身，因为她像温泉一样，治愈百病，温暖世人。

不仅薄姬和温泉有着脱不开的关系，汉高祖刘邦也与之有着解不开的缘分。据说楚汉之争时，刘邦与项羽曾在汝州鏖战过，最终刘邦获胜。所以，可以说汝州承载着刘邦的奋斗史。想必在这期间，刘邦也和汝州温泉有过不少接触。

同时，这里也是刘邦的情感之乡。薄姬在这里待了一年，刘邦前来接其回宫。听传言说，刘邦见到薄姬后极为惊讶，因为薄姬相较以前白嫩水灵了许多，想必与温泉的功效有一定的关系。刘邦和薄姬都曾享受过此处温泉。此后，又有唐太宗、武则天前来，久而久之，汝州温泉就成为皇家温泉。

后来，百姓感念薄姬的功德，故为其树立薄姬庙，并将其采药的山称为"娘娘山"。薄姬入宫后诞下汉文帝刘恒，她以仁慈育人，以体恤百姓的理念教诲刘恒，并最终以仁慈助力刘恒取得帝位，用智慧救下周亚夫。在汉文帝当朝期间，薄姬曾数次来到温泉休养。在汉文帝驾崩后，她又助力孙子刘启登基，得开"文景之治"，成为一代贤后，也成为薄姬庙村村民们世世代代津津乐道的名人。风流总被雨打风吹去。如今随着岁月的流逝，薄姬庙已不可寻，然而薄姬庙村却保留了下来，这些传说也保留了下来，和温泉镇的温泉一样，广为人知。

刘秀与白龙泉

潘春琳

话说地皇三年（22 年）十一月，刘秀从宛城来到春陵，会同大哥刘縯打着"复高祖之业，定万世之秋"的旗号，于春陵正式起兵反莽。西汉宗室刘玄被绿林军的主要将领拥立为帝，建元"更始"，是为更始帝。更始政权建立，复用汉朝国号，此举大大震动了新朝，王莽即遣大司空王邑、大司徒王寻发各州郡精兵共四十二万扑向昆阳和宛城一线，力图一举扑灭新生的更始政权。

同年五月，王邑、王寻率军西出洛阳，南下颍川，与严尤、陈茂两部会合，迫使刘秀的部队从阳关撤回昆阳。昆阳汉军仅九千人，众恐不敌，欲弃城退守荆州故地。刘秀以"合兵尚能取胜、分散势难保全"为由，说服诸将固守昆阳。此时王莽军已逼近城北，刘秀率 13 名骑兵乘夜出城，赴定陵县、郾县调集援兵。

刘秀率领 13 名骑兵乘夜出城后，为了早日到达定陵县和郾县，他们日夜兼程。到了第四日中午，他们一行人来到了温泉镇的地界，这时他们的干粮已吃完，水袋也已经见底。正午的太阳火辣辣地炙烤着大地，刘秀一行人疲惫的脸上都挂着豆大的汗珠，早已口干舌燥。刘秀将众将士的疲态尽收眼底，他命令将士下马休息一位骑兵突然晕倒，刘秀明白这是由于正午太阳太烈，身体缺水所致。如果不解决大家的饮水问题，肯定还会有更多的士兵倒下，这样就会导致军心涣散，甚至还会影响应援行动。刘秀问士兵："咱们现在到哪儿了？"士兵回答道："到温泉镇了。"刘秀望向道路的前方自言自语："这里离定陵县的确不远了。"他随即看了看太阳，想到这温泉镇温泉池水众多，那周围必定不会缺水，于是命令士兵在附近寻找水源。没走一会儿，刘秀就见到了一口井，他大喜，并通知了其他将士。可是当刘秀走近一看，这井水虽然澄澈干净，但是水井很深并且没有提水工具。刘秀一行人眼巴巴地看着井水却喝不着水而心急如焚。刘秀长叹道："天若助我，能使井倒过来，让我一行人喝够水，我以后定会感谢上苍。"话音刚落，只见从井内喷出一股白气，又听"扑通"一声，眨眼之间那口井果真倒了过来，井水涓涓流出，刘秀大喜："真是天助我也。"此水既凉且甜，随即，一行人便在此喝够了水。刘秀不禁赞叹道："水味甜，真龙泉也！"接着，一行人继续出发，终于在定陵县、郾县调集到了援兵，他们率领一万七千精兵赴援昆阳，最终战胜王莽军队。

刘秀统一天下后，励精图治，实行轻徭薄税，极大地减轻了人民的负担，使百姓安居乐业。在位期间，他回忆起那口能倒流的水井，甚觉神奇，于是他颁布旨意，赐名"白龙泉"，意为真龙天子曾饮之泉。白龙泉命名后，只要逢天旱不下雨，人们就敲锣打鼓到白龙泉祈祷降雨。后人有诗赞曰："日夜滔滔流不尽，却疑风雨声淙淙。起视明月川回练，共讶天公款玉龙。"

东汉三帝校猎广成苑

范静

据说，因为在轩辕帝时期，有个名叫广成子的道仙在云雾缭绕的崆峒山上修道，崆峒山前的这一片水草肥美的泽地才被命名为广成泽，也称广成湖。广成泽四面环绕着苍山绿树，湖面上总是泛起点点亮闪闪的波光。可惜如此诱人的景色和高质量的地段，直到汉唐两朝才被辟为皇家的专属之地，成为众帝王狩猎游乐的好去处，虽然它从此变身成为君王驾临的宝地，但同时也意味着它开始成为百姓的禁地。也就是从那个时候起，它正式以广成苑的身份存在于世。

说到汉朝与广成苑的关系，更多的要从东汉定都洛阳之后谈起。大汉时期，皇帝首先圈出广成苑，并在温泉设置了相应的官吏主要负责皇帝家族打猎时的接待事宜。而到了东汉时期，在诸多到广成苑打猎的皇帝中需要提到的是顺帝、桓帝和灵帝，他们虽然都是一朝之天子，但是在主政时却并没有做出丰功伟绩，所以当他们驾崩的时候都遭到世人的唾骂，也显得孤寂无比。在各自主持朝政的末期，他们都曾率领浩浩荡荡的打猎队伍在这里获得十足的成就感，或许还带着一点点的轻松和自在，打猎之余还在温泉沐浴消闲，饱享温泉带给他们的短暂的欢乐。

东汉安帝驾崩之后，宫内发生政变。汉顺帝刘保在 11 岁的时候被宦官拥立为帝。并无实权和主持朝政能力的少年汉顺帝改年号为永建，自此便开始了他长达 19 年的帝王生涯。汉顺帝本身是一个性格温和的人，加之他的帝位由宦官拥立而来，所以当他被迫给越来越多的宦官加官封侯之后，他手握的权力愈发少得可怜。此时的汉顺帝，已经不再有之前那样的雄心壮志，并且暴露出贪图享乐的本性。据《后汉书》记载，永和四年（139年）冬十一月初四日，汉顺帝赴广成苑打猎，住温泉宫，开春始回洛阳。这连续三四个月的时间都待在温泉宫。虽已是入冬时节，但由于广成苑的气候条件以及温泉的抵衬，冬日的萧肃便也淡了几分。在低低浅浅的枯草上驾马冬猎，在温热蒸腾的温泉里销魂度日，这大概是他在脱离朝政时最美的享受了。

汉桓帝刘志也是在宦官和外戚的拥立下登上皇位的。在他执政21年里，他在做了13年的傀儡皇帝之后，才诛杀了手握大权的跋扈将军梁冀。宦官单超、左倌、徐璜、具瑗、唐衡五人因谋诛梁冀有功，被同日封侯，世称"五侯"，政局随即又回到了宦官当政的黑暗局面。此后，他沉浸于玩乐，并在其统治期间走出皇宫，校猎一番。延熹二年（159年）十月，这个不习惯于消歇的一朝之君率领着大队人马到广成苑打猎，驻扎在温泉宫。他甚至还到达函谷关这个曾经战马嘶鸣的古战场。由于外戚和宦官把持朝政，汉桓帝只知淫乐，各地人民纷纷造反。

汉灵帝刘宏是汉桓帝的堂侄，相比于桓帝的种种劣迹，他有过之而无不及。所以后世人们说到昏庸腐朽的国君，多半会想到汉桓帝与汉灵帝，并把他们合称为"桓灵"。汉桓帝没有儿子，所以在面临挑选新的继承人的时候，窦皇后一党就把目光投向了当时年仅12岁的刘宏身上。本来大将军窦武、太尉陈蕃、著名党人李膺等人的回归，使已经在水深火热之中饱受煎熬的百姓看到了一丝丝曙光，但是从即位的那天起，刘宏也开始了自己的傀儡生涯。各党人干涉朝政、宦官政治的情况十分严重，而汉灵帝又巧立名目搜刮百姓钱财，卖官鬻爵，大肆享乐。光和五年（182年），也是他在位的第14年，汉灵帝狩猎广成苑。当时正值萧瑟的冬天，一派荒芜之景却莫名地增加了一些肃杀之气。猎场上久久未落的尘土、温泉蒸腾而上的热雾可能会给他更多的快感，但这个耽于享乐的帝王大势已去。所以待汉灵帝一死，东汉的政权实际上也就走向了末路。

　　曾被多代皇帝驾临的广成苑,终于在永嘉年之后成为一片无人问津的废墟。从轩辕到永嘉,我们无法确切得知它究竟见证了多少人的心路历程,但是帝王留下的败笔却使我们警醒。萧萧的风声吹过,似乎也夹杂着一点点无奈的叹息之声。

汉安帝狩猎浴温泉

郭锰

说起汝州温泉，不得不提的还有位于它西侧的广成泽。班固在《东都赋》中写道："皇城之内，宫室光明，阙庭神丽；都城之外，因原野以作苑，顺流泉而为沼。"其中，"苑"即指广成泽，"沼"为汝州温泉。在汉代，"苑"，是皇家专用的名词，只有皇家的禁地才可以叫做"苑"，普通百姓家圈地种树开个农场，是绝对不能叫做"苑"的。也就是说，在东汉的时候，广成泽就已经是皇家禁地了，成为皇家的指定牧场。广成泽的繁荣，也带动了汝州温泉的兴盛。

东汉定都洛阳，发现距离洛阳不远的广成泽，准备将此地开发为皇家的游猎场。但是在具体筹建的过程中，碰到了中原地区歉收，于是有大臣向汉安帝上书，言辞恳切地劝汉安帝说："陛下，广成泽地区天然条件确实极适合开辟为游猎场，但是目前百姓饥荒，面临生存危机。圣人云：'禹思天下有溺者，犹己溺之也，稷思天下有饥者，犹己饥之也。'恳请陛下思虑天下苍生，将广成泽之地赐予百姓耕种，借其优渥之自然条件，度过荒年。"大臣的一番话说得汉安帝感慨万千，当即下诏，将广成泽赐给贫民垦种度荒。广成泽在百姓的开垦下变得非常肥沃，为以后改建皇家游猎场奠定了基础。

荒年度过之后，朝廷继续广成泽的建设。因为建设周期较长，汉安帝渐渐忘却了这件事，一直没有过问。直到几年后，大文学家马融游历到了广成泽，被广成泽的美丽富饶所吸引，于是写了一篇《广成颂》献给汉安帝。文中写道：

"神泉侧出，丹水涅池，怪石浮磬，耀焜于其陂……""金山、石林、殷起乎其中""其植物则去玄林包竹，藩陵蔽京，珍林嘉树，建木丛生。"马融详细描述了广成泽的盛况：树有椿、柏、柳、枫、杨；鸟有鸥、鹭、鸳、鸬；鱼有鲂、鲤、鲹、鳊；兽有虎、熊、豹、狼等上百种，秀山丽水，深谷幽林，虎啸狼嚎，鹿鸣鸟唱，溪水和鸣，熊嘶獐咬，构成了一幅自由和谐、充满生机的天然画卷。

这篇文章被汉安帝看到后，又激发了他对广成泽的兴趣，于是找了一个天气晴朗的日子，带上随从，策马来到广成泽游猎。汉安帝一面欣赏广成泽的自然风光，一面拉弓搭箭，追击猎物，一天下来十分愉快。就在他们一行准备返回洛阳宫的时候，突然出现的一只野鹿让汉安帝又来了兴致。他策马追上去，不知不觉已经追到丛林深处。此时天色渐渐暗下来，鹿跑丢了，汉安帝却在丛林深处迷了路，跟自己的随从也走散了。正当汉安帝进退两难时，他看到丛林的另一端有阵阵升腾而起的白烟。安帝心想：有烟的地方应该有人家。于是调转马头，向着白烟升起的方向前进。行进了一段时间之后，前面越来越亮，而且渐渐听到人说话的声音，好像还挺热闹。等汉安帝终于从树林中出来的时候，眼前的景象让他不敢置信：这里竟然是一个大温泉，阵阵白烟实际上是温泉产生的水蒸气；离这个温泉不远的地方有一个小镇，镇子里灯火通明，人们往来好不热闹。为了不引起百姓的慌乱，汉安帝并没有贸然进入小镇，而是在这里等到了自己的随从。后来，他命人将温泉小镇开发成了皇家浴场，经常在游猎之后到此地洗浴。汝州温泉也就借着广成泽皇家游猎场的兴盛而闻名起来。

隋炀帝与汝泉女

程曦

在汝州温泉镇西面，坐落着神奇绝妙的崆峒山。朝崆峒山东南方向遥望，就能看到一片广阔澄澈的水泽，《水经注》载此为"广成泽"，这里历来颇受王公贵族、文人墨客的喜爱。汉朝时明帝、安帝、桓帝、灵帝等多位帝王都曾乘兴而至，打猎游玩，流连忘返。文学家们敏锐、善感的心灵则更容易与山光水色产生共鸣，纷纷以笔墨将这美景定格。班固就曾在《东都赋》中描绘东汉朝廷京都洛阳之外："因原野以作苑，顺流泉而为沼。""苑"指广成苑，"流泉为沼"者即广成苑内之温泉池沼。东汉大儒马融更是数度到访，在献给汉安帝的《广成颂》中毫不吝惜对此处风物的溢美之词，将这一带山明水秀、万物蓬勃的景象活化于字里行间，读之令人心生向往。因着这独特的自然风光、丰富的物产，以及古往今来人们的青睐，广成泽不仅被载入史书与诗篇，而且也留下了不少神话传说。

话说 605 年，隋炀帝杨广登上皇位。他虽然聪明多智，广学博闻，有统一南北、开凿大运河、设立科举制度等功绩，但负其富强之资，思逞无厌之欲，穷奢极武。听闻广成泽周回百里，水草丰茂，且有"神泉侧出"功效神奇后，杨广便令人在方圆百里的广成泽地区置马牧，并设温泉镇于广成温汤，派驻仪同、尉、大都督、帅都督等官员实施管理。他喜欢马，便传下旨意，要求广成泽处马牧每年必得供上良骏，除供应军事所需外，还要供他在宫苑中玩乐。这便给这一片地区的百姓带来了很大的压力。为了献上令杨广满意的良骏，百姓不得不着力发展牧马业，连耕织都不能很好地顾及，不少良田都被荒废。百姓自己忍饥挨饿，面有菜色，却不敢怠慢了马匹，将马个个伺候得油光水滑，矫健俊美。人们盼望育出腿蹄轻捷、日奔千里的神骏来，好进献给皇上，免得龙颜震怒，到时候降下灾祸，人人都得遭殃。

这还不算完，有宦官为讨杨广欢喜，对他讲起黄帝时有隐士在温泉镇西崆峒山修仙之事来。杨广听了这故事，又忽生奇思妙想。他心道："此处温汤滑暖生肌，有疗愈病痛之奇效，已是令人惊叹。且又有人在山中得道成仙，想必是有祥烟瑞气环绕，对人颇多裨益。可惜自己身居皇位，不可久离洛阳，在那温汤中好生将养一番。"宦官察言观色，揣摩圣意，又进言道："常言'人杰地灵'，温泉镇一带既是这样的宝地，想必人也是好的。陛下若是喜欢，不如从此处选些人到宫中服侍。"杨广顿觉此话有理，便又传下旨意，除了要求进献良驹外，还要身家清白的秀女入宫为婢。

此令一出，百姓更是叫苦不迭。虽说入宫是所谓的"光宗耀祖"之事，但路途遥远，一入深宫便再难有与家人团聚之期。况且民间早有传言，说今上荒淫无度，性情暴虐，若是入了宫，还不知有没有命享福。一时之间，竟没有人肯送自家女儿来应征。被派驻于此地的官员亦是愁眉不展，虽然心中有所不忍，但哪里敢违抗当今圣上的意思，正欲狠下心来，强征几个未出阁的女子凑数，忽然有人主动前来应征。众人都颇为惊诧，连忙将人迎进来，一见之下，更是惊诧。只见这主动应征的女子生得肤如凝脂，欺霜赛雪，美貌非常。一双点漆似的眼眸水雾蒙蒙，直令人心生怜惜。她自陈身世，说姓白，闺名水儿，眼下家中遭逢变故无人可依，情愿入宫，并且愿将一匹良驹一并献上。当下便有人将马牵来，此马观之平平无奇，善于相马的人相看了一番，却赞叹不已。原来这马竟"出汗如血，踏石能烂"，是举世所罕有的神骏。众官员知道不必为了进献一事发愁，无不大喜过望。

而杨广得了汝州进献来的美人与宝马，亦是龙颜大悦，当即便免了加诸此地的苛刻要求。神驹被妥善地养在宫苑中，命专人看顾。美人更是给了封号，恩宠不已。奇怪的是，明明在皇宫中尽享富贵，锦衣玉食，这一人一马却都肉眼可见地委顿下去。马倒还好，只是精神不济；人则要严重些，来诊治的太医也说不出病从何来，十分惶恐。杨广瞧着美人本来丰盈剔透的脸庞日益消瘦，颇为心疼，握着她的手连番追问，白水儿才道出病因，只说是离家太久，许是思乡情切，加之水土不服，这才久病不愈。太医听了，便进言道："或令娘娘与家乡事物亲近，于身体有益。"杨广心想有理，可洛阳与汝州温泉有些路途，如何去找？眼下也只有那匹"出汗如血，踏石能烂"的神驹，与白水儿来自一处。便携白水儿一同到了御花园，命人将马牵出来。

说来也奇，这神驹本来也是恹恹的，不肯好好进食，但它一见了旧主立刻精神起来，昂首嘶鸣。白水儿也十分欢喜，亲自喂马后自己也胃口大开，身体多有好转。杨广见果然有效，便准许白水儿每日都去宫苑中喂马。一日，两人又一同前往御花园。杨广见这马经几日好生饮食，变得威武神气，忽然生出兴致来。又着人拿来鞍鞯辔头装好，要亲自试一试这神驹。白水儿忙娇声道："陛下不谙马性，不如奴家先替陛下试一试。"杨广知道这神驹本是白水儿所献，又宠爱她，便准了。白水儿也不更换衣装，飞身上马，动作轻捷至极。随着她口中呼哨，骏马四蹄奔踏如飞，疾驰如电。杨广心中惊异，正欲让人拦阻，忽见远处神驹离地而起，向上腾飞，载着马背上的白水儿衣袂翻飞，宛如谪仙，一并消失不见。

后虽杨广下令禁言此事，但消息还是悄悄地传入民间。汝州百姓听闻后尤其惊叹不止，人们这才反应过来："白水，白水，合在一起不就是个'泉'字吗？"这神奇的女子，兴许是汝泉女敖欣公主所化，她不忍见百姓为帝王之私欲受苦，便化身而来代为化解，留下了令人感叹的传说。

隋炀帝与汗血宝马

薛梦缘

隋炀帝杨广是隋文帝杨坚的次子，也是隋朝第二位皇帝。历史上评判隋炀帝，大多择他篡位称帝、征高丽、修运河之事而论，很少有人了解即位前的杨广。其实，他早年征战的经历与日后汝南地区的发展有着密切的联系。

杨广在出生时"美姿仪，少聪慧"，但因其不是长子，隋文帝依旧立了其兄长杨勇为太子。年轻的杨广在皇宫不得志，终日闷闷不乐，郁郁寡欢，于是便向隋文帝提出要征战沙场，建功立业。于是，13岁时，他被封为晋王，官拜柱国、并州总管；后来，又当上了武卫大将军，进位上柱国、河北道行台尚书令，可谓少年英才。

隋朝建立后，隋文帝先是稳定内部，随后便解决了北方突厥，当务之急便是解决国家分裂这一难题。杨广身为皇子，自然责无旁贷，因此向隋文帝请命奔赴灭陈的前线。开皇八年（588年），隋朝起兵攻打南朝的陈时，杨广刚刚年满20岁，他被授命为领衔的统帅，率50万水陆大军，进行大规模的渡江战役。此次战役，大获全胜。班师回朝后，杨广被朝廷封为太尉。

平陈战役虽然取得胜利，却引发了江南各处局部的叛乱。这对杨广来说，正是立功的绝好机会！开皇十年（590年），他被委派为扬州总管，凭借早年的征战经历与治理地方的手段，杨广政绩突出，多次平定了江南的战乱。在宫中，隋文帝听闻从江南传来的一个又一个捷报，自然赞赏不已，这也确实为隋朝大一统局面的形成扫除了障碍。杨广还十分注意团结军队。做总管时，他为人谦恭谨慎，平时也十分节俭，对待有功劳的大臣和前辈礼数周到，朝野上下对他赞不绝口。

再说皇太子杨勇。杨勇自幼好学，擅长辞赋，本来很受皇帝的喜爱。但是随着年龄的增大，他的缺点便渐渐显露。例如，他为人处世不周，同时还有一个大毛病——喜欢百官朝拜的排场，这令隋文帝十分不满。隋文帝知道骄奢淫逸的危害，他便屡屡告诫杨勇应崇尚节俭，但效果并不明显。稍长大一点，杨勇又拒绝皇后为自己选妃。这些都使得杨勇渐渐失去了父母的宠爱。

开皇二十年（600年），杨勇即被废为庶人，杨广当上了名正言顺的太子。大业元年（605年），杨广当上了隋朝的第二位皇帝。他渴望建立功业，开创大隋盛世，他刚上任便谋划着营建东都，计划每月征调民夫二百万人。除了兴建都城，杨广还特别注重军事。常年征战的他十分了解祖辈征战的艰难，知道军事乃是国家政权稳固的一大基础。他对战场的情况也十分了解，知道双方作战除了靠将军的指挥及兵法运用得当，马匹也是十分重要的战备物资。因此，没过多久，他便在朝堂上提出要设立马场。

建议虽然提出了，但马场选址还是一个大问题。东都在洛阳的西面，日后征战需要经常使用马匹，因此马场选址不宜过远。同时，马匹对生长环境十分挑剔，因此马场选址也不宜过荒。思来想去，官员们也没有想出合适的方案。一位臣子向他建议："听闻汝州地区有一地名广成泽，此地风景秀丽、气候湿润、水源充足，适宜养马。"杨广心想，早前只知道此处温泉绝佳，现在又得知周边可养马，况且汝州离洛阳不远，便十分欢喜，初步确定在广成泽设立马场。

杨广了解马的习性与种类，点名要驯养马匹之中最佳的汗血宝马。此马之所以得名"汗血"，其实有两个原因：一是因为这种马匹的皮肤比较薄，它奔跑时血液在血管流动清晰可见；二是因为马匹的汗腺比较发达，马出汗后身上容易潮湿，外人看来，如同马儿流血一般。不只是杨广，历代的帝王都喜爱宝马良驹。例如，汉武帝当年得到汗血马后，欣喜若狂，称其为"天马"，并且为它作一首歌，曰："太一贡兮天马下，沾赤汗兮沫流赭。骋容与兮蹠万里，今安匹兮龙为友。"

因此，杨广多次向他的部下们强调，要重视养马之事。为了保证马匹的质量，他还选派一名官员到广成泽勘查情形。养马的官员到了之后，发现广成泽风光秀美，牧草繁盛，适宜养马，就赶紧向杨广报告。他说："广成泽之地周回百里，水草丛生，四周还有神泉相伴，可供玩乐，实乃养马之宝地。"

隋炀帝听了，立刻派遣马牧前往，在广成泽周围一百里建立牧场。马场的官员到达广成泽之后，便引进汗血马良种，招募村民帮忙，开始发展牧马业。名贵马匹的养育是一门技术活，清洁马匹时不仅需要用刷子在马身上打圈刷，同时还需要掌握梳理鬃毛和马尾的技术。汗血马运动过后经常会在地上打滚擦汗，此时养马的官员也需要嘱咐下属时刻关注。一次，有一匹汗血马在奔跑的过程中不留神扭了腿，这可急坏了官员。要知道，汗血马不仅稀少而且还十分名贵，如果不小心死亡，对于官员也是头等大罪。后来，在当地养马户的指引下，官员请来了汝州有名的马医为马治病。一时间，汝州地区竟出现了官民同乐的局面。养马的官员也常常到周边的温泉洗浴，享受温泉的浸润。杨广听到官员来报，称马匹养育的情况良好，又增派仪同、尉、大都督、帅都督等官员到此实施管理。为了吸引更多的人员养育马匹，杨广还在温泉的附近设温泉屯，村民便更乐意在此居住。

在官员和当地村民齐心协力的建设下，当地的牧马业逐渐发展起来，汝州培育出一种"出汗如血，踏石能烂"的名马，后成为汝州地区的一大名产。

唐太宗四次驾临汝州温泉

郭锰

柏杨先生在《中国人史纲》中说："李世民是中国最杰出的英明君主之一，他用他高度的智慧，殷勤而小心地治理他的帝国，不久就为中国开创了一百三十年之久的第二个黄金时代。"

唐太宗一生有太多的传奇故事，有一部分跟汝州温泉有关。621 年，还是秦王的李世民突然接到父皇李渊的召见。李渊深感新朝初建稳定四方的重要性和急迫性，想要和李世民商量对策。在尽快肃清境内敌对势力这一点上，李世民与父亲的看法不谋而合。唐朝刚刚建立，在东部仍然面临巨大的威胁，其中就包括当时盘踞在洛阳一带的枭雄王世充、窦建德。父子俩决定主动出击，肃清敌对势力，稳定东部地区。由于李渊身为九五之尊不容有失，所以率兵出征的任务自然而然地落在了李世民身上。李世民挑选精锐骑兵千余人，统一穿上黑色的盔甲，分兵两路，由名将秦叔宝、程知节、尉迟敬德、翟长孙分任统领，在谷水一带大败王世充的军队。

621 年爆发的这场战役在历史上得到了高度评价。正是在这场战役中，李世民第一次来到了汝州温泉，当时的汝州称为伊州。

621 年正月，在向洛阳王世充进军的途中，李世民一路都在收复失地，其中就包括伊州。当然，在进攻之前，李世民想的只是战略上的问题，进攻洛阳事关重大，必须保证后方的安全。但是，在攻下伊州之后，却有意外惊喜。李世民发现这里的温泉资源非常丰富，于是带领军队在伊州做了休整，他自己也在疲惫的征途中借泡温泉稍稍缓解了疲劳。

　　或许正是 621 年的这次缘分，让李世民对汝州温泉情有独钟，一直视汝州温泉为自己的福地，所以他不仅在登基称帝的第一年就把伊州改为汝州，恢复了汝州在历史上惯用的名字，而且还在当皇帝期间三次驾临汝州温泉，每次到访汝州温泉，都留下一段佳话。

　　637 年，也就是贞观十一年，住在洛阳宫城的李世民因为日夜处理政事而感到烦闷，想到外面散散心，于是外出游猎。洛阳附近有一处皇家游猎场。年轻的李世民意气风发，策马奔驰，雄姿不减当年，一天巡猎下来，收获颇丰。正当众人欲乘兴而归的时候，李世民想起了 16 年前自己在围攻洛阳时曾去过的温泉，因为距离不远所以带领众人向着汝州进发。抵达汝州后，李世民迫不及待地要享受温泉浴，于是叫随从把打到的猎物带到温泉池边，一边泡着温泉，一边享受着真正的山珍野味，先前的烦闷和一天打猎下来的疲惫霎时烟消云散。

　　641 年，他第三次来到汝州温泉镇时，下旨在汝州温泉附近建立襄城清暑宫，宫殿的地址就定在汝州西山。行宫历时一年修建完成，唐太宗十分高兴，迫不及待地来到汝州温泉镇，并住进了清暑宫。但由于清暑宫采取的通风设计，导致宫殿内经常出现蛇、虫，使唐太宗享受温泉的兴致大减。

　　唐太宗李世民与汝州温泉的缘分被传为佳话，汝州温泉"帝王温泉"的名号名不虚传。

清暑宫

薛梦缘

唐朝的开国皇帝依靠武力取得天下，因此后代的帝王都对狩猎极为重视，把它看做张扬血性、显示武力的冒险活动，唐太宗李世民也不例外，他的爱好不多，但唯独对打猎如痴如狂。李世民曾提笔写下他的人生观："大丈夫在世，乐事有三：天下太平，家给人足，一乐也；草浅兽肥，以礼畋狩，弓不虚发，箭不妄中，二乐也；六合大同，万方咸庆，张乐高宴，上下欢洽，三乐也。"可见，他心中已将弓不虚发、箭不妄中的狩猎放在很高的地位了。

贞观十一年（637 年），李世民将洛州改为洛阳宫之后，便前往广成泽行猎。

这天，唐太宗骑马许久，也不见有猛兽出现，唯有几头小鹿。正在李世民感觉不够尽兴之时，突然从树林中冲出了几头野猪。野猪龇着獠牙，眼神中充满了愤怒与蔑视。周围的大臣看了都十分惊恐，唯独唐太宗泰然自若。唐太宗年轻时力大无比，身边常备有一张两米长的巨阙天弓。他看到野猪后，毫不畏惧，纵马向前，张开弓箭。唐太宗向来对自己的骑射技术很有自信，他曾经对尉迟恭说："我拿着弓箭，你手持马槊相随，即使有百万大军又奈我何？"他毫不费力就射中了四头野猪。

仅剩下一头野猪，在一旁喘着气。这头野猪的毛蓬松杂乱，它似乎感觉到危险降临，眼神中流露出无比的憎恶之情。正当唐太宗准备再拔箭继续射杀时，这只大公猪急红了眼，突然全力向唐太宗狂奔来，嘶叫不停。眼看野猪就要撞上太宗的马了，一位紧跟他的部下慌忙跳下马，一把扯住野猪的后腿，紧紧抱住野猪的身体不撒手。太宗见了，眼疾手快地拔出宝剑，刺入野猪的要害，一剑毙命。一旁的大臣们都已经吓得面如土色，纷纷跳下马，查看皇帝是否受伤。唐太宗谈笑自如，连连感叹道："何惧之有！"

成功"脱险"之后，唐太宗心情愉悦，命人抬着五头大野猪，一行人来到温泉附近。他对大臣们说："今日收获颇丰，夜晚就在此处歇息，以猪肉为食，可好？"大臣们听了纷纷附和，有一臣子建议："此地神泉相伴，陛下亦可沐浴其中。"唐太宗并不知道此处有温泉，这位臣子便随即娓娓道来，称泉水有治愈疾病、舒缓身心的疗效。唐太宗听了，笑逐颜开，迫不及待地要去试一试这一"神泉"。只见汝州的温泉清澈见底，其上缭绕着的白雾，唐太宗浸浴其中不仅洗去了一天的风尘，而且也舒缓了打猎时紧绷的肌肉。池水边风景优美，偶尔吹过一阵凉风，正能缓解温泉中的热意。唐太宗在温泉中一边喝酒一边泡汤，不亦乐乎！洗浴完毕之后，众人便围在篝火边烤上了肉，白天打到的野猪肉质肥美，滋滋地冒着热气，大家大口吃肉，大碗喝酒，感到十分畅快。唐太宗对于这样狩猎又泡汤的日子恋恋不舍，一行人在温泉附近休息了两天，才启程返回洛阳。

回到宫殿后，李世民还时常想起当年狩猎和夜晚泡汤时的场景，真是回味无穷。虽然大臣们都认为大兴土木、兴修宫殿不利于国家建设，但是李世民实在对温泉充满向往，一心想着要在温泉旁边建造一座宫殿，这样无论是狩猎还是泡汤都会更加便利。思考再三，他选择了匠人阎立德。阎立德是当时极负盛名的大匠，绘画、建筑样样精通，唐太宗很欣赏他的才华，便令他在温泉附近修建清暑宫。阎立德询问唐太宗："陛下以为清暑宫在何处建造最为合适？"唐太宗思考后认为汝州西山最为适宜。这"汝州西山"也就是现在所称的崆峒山。当年黄帝就在此处向广成子问道，唐太宗将清暑宫建造于此也表达了他对黄帝的钦慕之情。李世民将兴修的宫殿取名为"襄城宫"，花费甚多。

可惜，阎立德太过粗心，忘记了在宫中做一些防蛇措施。襄城宫刚刚落成，李世民就迫不及待地前往。到了襄城宫后，李世民发现宫内的角落有不少蛇，唐太宗十分沮丧，只好败兴而归。回宫后，唐太宗越想越生气，便下令免除了阎立德的官职。周边的大臣向他谏言，称建筑宫殿乃劳民伤财之举。唐太宗这才恍然大悟，他因此下令，罢襄城宫，并将宫殿中的奇珍异宝分赐百姓。

虽然清暑宫最终被停建了，但百姓们都还记得唐太宗的德政，国之君主知错能改又体察民情，实乃百姓之福也。

唐高宗的风眩症与汝州温泉

郭锰

唐高宗李治曾与汝州温泉结下不解之缘，因为他患有很严重的风眩症，泡温泉有利于缓解他的病情。

671 年，唐高宗李治第一次来到从小就听父亲唐太宗李世民提过的汝州温泉镇。小的时候，每当父亲讲起发生在洛阳的事时，他的注意力都放在行军打仗上，毕竟那些对一个男孩来说太有吸引力了；对于父亲提到曾经给自己带来美好回忆的汝州温泉，小时候的李治都并没有太多兴趣。但是去中原追忆父亲当年的雄风却是他一直记在心里的事情。671 年，国家繁荣社会稳定，唐高宗决定在中原校阅三军，一方面是为了彰显国家实力，另一方面也是为了满足自己的一点私心。

皇帝阅兵是一件很复杂的事情，尤其这次阅兵的地点又不在长安，这意味着唐高宗必须长途跋涉赶往中原。唐高宗的风眩症经不起长途跋涉的折腾，但是阅兵期间总不能病恹恹的，既然要向天下昭示自己的威仪，自然要以一个有气魄的健康形象示人，这个时候唐高宗想起了父亲说过的汝州温泉镇。唐高宗想，既然有温泉在，不妨先泡几天温泉，疏解病症，缓解疲劳，然后以抖擞的精神参加阅兵，便会树立自己的形象。最终，阅兵的地点定在了汝州。

事实证明，唐高宗在享受了几天的温泉浴后参加的这次阅兵，一切顺利，达到了阅兵的目的，宣示了皇帝的威仪和国家的繁荣。这次阅兵被写进了历史，作为当时社会繁荣稳定的证明供后人传颂。

唐高宗此后还两次偕武后前往汝州温泉沐浴休养，值得一提的是 676 年的驾临。676 年，唐高宗携皇后武氏准备封禅嵩山。太平年间，封禅和阅兵的目的一样，无非是彰显国家的稳定与太平，但是两个人并没有直接去嵩山，而是先到了汝州温泉镇。值得注意的是，虽然唐高宗以前驾临过汝州温泉镇，但这一次是第一次带武皇后来到这里，唐高宗深知自己的妻子喜爱温泉浴，所以特地带她来感受汝州温泉的魅力，一则，可以在这里稍作休整，为封禅做一些必要的准备和谋划；二则，也可以讨得妻子的欢心。不出唐高宗所料，武后果然很喜欢这个地方，两个人在这里享受温泉浴，一时间竟有点乐不思蜀。这一日，有随从来报，边境军情告急，他们必须快马加鞭赶回皇宫，处理边关的用兵事宜。

人们本以为唐高宗被扫了雅兴会龙颜大怒，但唐高宗离开的时候下旨赦免了一批在押的轻罪犯，还免除了当地百姓全年一半的赋税，以示皇恩浩荡。可见唐高宗对汝州温泉跟他的父亲唐太宗一样，是有感情的。临走之时，他还在这里设立了温泉顿。

唐高宗在政绩上虽然比不上他的父亲唐太宗，但是他延续了唐朝的统治，使唐朝社会继续保持了稳定的发展和繁荣，为盛唐时代的到来奠定了基础，而他和汝州温泉的不解之缘也因他的风眩症而变得极具传奇色彩。也正是从他开始，汝州温泉成为唐朝帝王休沐的必去之地，"帝王浴场"从此声名远播。

唐高宗汝州释囚

薛梦缘

自古，帝王们都十分重视对天地的祭祀。

这一年，高宗一行祭祀嵩山途中行至河南的汝州地区，高宗皇帝突然感觉头皮一阵发麻，天旋地转，险些在马车上晕倒。侍臣们急忙呼喊太医。原来，这几年高宗皇帝时常感觉身体不适，只知是风眩症，按照太医的诊断吃了很多药，但是并没有太大起色。太医把脉后，对虚弱的皇帝说道："陛下这病是由血气亏损，风邪上乘所致。也是旅途奔波，太过操劳，使原来的风眩症加重了。"高宗皇帝问："那太医有什么好法子吗？"太医思考了一番，回答道："陛下，现在我们处于河南汝州境内，臣听闻当地的温泉很有名。这对缓解陛下的疲劳有奇效，臣恳请陛下一试。"

高宗皇帝听了，轻轻地点了点头。这汝州的温泉果真名不虚传，水沸且清，水质十分柔软，冲在身上就像是光滑的绸缎掠过全身，人入其中顿觉神清气爽。高宗皇帝泡在温泉中十分惬意，泡完后更感觉心情格外愉悦，身上的疲劳也缓解了许多。

高宗皇帝泡完温泉正准备去行宫休息，突然听闻门口一阵吵闹声，高宗皇帝派人前去询问这是怎么一回事。官兵来报，在温泉附近刚抓了一个不怕死的小毛贼，正准备押往官府。高宗皇帝制止了官兵，让人把男孩带到跟前。

只见，这个跪在地上的小毛贼是一个年纪尚轻的男孩，模样倒也生得俊俏。他瑟瑟发抖，见众人都围着他，便害怕地低下了头，不愿再吭声。高宗皇帝问道："我看你年纪尚轻，为何偷窃？"原来，男孩的家就在温泉附近的村落里。几年前，河南闹灾，他的父亲在收粮的问题上和小吏发生了冲突，当下被打成重伤，到现在身子骨也没好。他平时就喜欢在温泉一带玩耍，今日看到温泉附近的马车制作精美，只因从未见过，想走近瞧一瞧，便被当作小毛贼抓了起来。

高宗皇帝听了男孩一家的遭遇后，皇帝震怒，立刻下令前往县狱查明详情。高宗皇帝了解后得知，河南部分州县近几年酷吏当道，每次皇帝有大赦命令的时候，官吏并没有遵从命令释放罪犯，而是立刻下令把严重的犯事者处死。同时，官吏对待百姓也极为严苛，遇到交不出粮食这类事，稍有不顺心便拉入监狱，严加拷打。

高宗皇帝听了当地的情况后十分痛心，他派人仔仔细细、认认真真地审查了囚犯的案卷，下令把轻罪犯一律予以释放。百姓们感激涕零，甚至有的百姓说："这汝南的温泉是神泉，吸引了皇帝前来；不仅有缓解疲劳的作用，更有造福百姓的作用啊！"

高宗皇帝感慨，要不是这次去汝南泡温泉，我竟然还不知百姓们正经受着如此煎熬。祭祀天地固然是好事，但是治理天下、心系百姓，才是真正彰显"皇恩浩荡"的大事啊！

温泉与女皇的最后岁月

蔡明月

　　提到武则天，我们首先想到的是她是中国历史上唯一的女皇帝。郭沫若曾有《咏武则天》赞曰："政启开元治宏贞观，芳流剑阁光被利州。"她才貌兼备，颇有诗才，《全唐诗》今存其诗歌47首；她精明强干，知人善任，既有重用姚崇、宋璟等贤才名臣的慧眼，又有洞察二心、当机立断的鹰眼。在她当政期间，国家实力稳步上升，弘扬了"贞观之治"的伟业，为唐玄宗"开元盛世"的到来奠定了坚实的基础。我们的目光往往更多地聚焦于她的政绩与才慧，却很少关注她的日常生活，比如她的游踪和她的晚年。

　　据史书记载，她一生曾三次"幸汝州之温汤"，也就是今天的汝州市温泉镇。前两次都是随丈夫唐高宗出行，最后一次到有"天赐神汤"之誉的汝州温泉已经是迟暮之年。无论曾经多么如日中天势绝伦，光芒万丈当空"曌"，此时一代女皇的生命已如夕阳之余晖，虽欲继续朗照乾坤，却毕竟心有余而力不足，老而病弱的武则天身体状况大不如前。

　　那是圣历三年（700年），女皇已经78岁（武则天于705年驾崩）。这一年，女皇屡感龙体不适，脾胃不佳，疲乏嗜睡，无法集中精力处理政务；感觉身体像被捆缚一般，不得施展手脚，甚至连上朝也开始变得艰难。她身边的侍从见状，想办法在膳食上变花样欲讨其欢心；一日三次请太医看诊，一丝不苟地按照太医的要求精心地侍候调理，虽然健康状况没有恶化，但收效甚微。追随武则天多年的上官婉儿一直侍奉左右，心里着实为女皇神华之渐减而焦急，但是她认为这主要是因为皇上多年来日理万机，久积疲劳又渐遇老境，自然龙体抱恙，如果能有机会彻底地休憩疗养，使其身心轻松则必然好转。婉儿侍候武则天多年，本就灵心慧性的她对女皇内心的想法最是清楚，她看出历经一生浮沉，迈入晚年的女皇此时心里最为怀念的还是和丈夫唐高宗在一起的那段亦伙伴亦夫妻的岁月，尤其是封禅泰山、拜谒嵩山、驻跸汝州温汤等美好时光。不过这几天她一直在思虑怎么向女皇进言。

腊月里的一天午后，武则天坐在胡床上，一手扶着头闭目养神。婉儿蹑手蹑脚地走进殿内，站在帘外侍候着。武则天本就警醒，加上生病以来睡眠欠佳，知道是婉儿来了，于是微睁开又闭上眼，传道："婉儿！"婉儿赶紧走过去，低眉顺眼地等着女皇发话。武则天一直看重和宠信婉儿，问她是不是有什么话，不妨说来。于是婉儿试探性地向武则天说道："陛下，您这段时间一直食饮无欲，精神不济，想必是日日为天下思虑，用心过猛，长期疲乏积郁所致。婉儿认为倘若能暂脱机务，移驾一处疗养胜地，必能宽心换形。那些成仙得道之人不都是在风水宝地之中脱胎换骨的吗？"武则天歪着头缓缓道："哪有什么具有疗养奇效的地方呢？天下之风物，莫非宫里坐拥。"婉儿进言："陛下难道忘了离神都洛阳不远的广成泽温汤吗？"武则天一下子睁开了眼睛，透出一种悠悠的光；她慢慢地抬起头来看着帘外，虽然外面只是皇宫门殿一重重，但她似乎望到了很远很远的地方。婉儿知道这触到了武则天的心坎，可她接下来只是说："当年先帝的风眩症不就是在那里停留 18 天后大为减轻的吗？"武则天想到年轻时随丈夫唐高宗出驾封禅泰山，后来先帝又在自己的建言下准备封禅嵩山，途中因为高宗病发而驻跸于汝州温泉，进行洗浴疗养，先帝身体舒爽良多。那段日子应该是她入宫以后少有的轻快时光了。婉儿又说："陛下若是再驾临汝州温汤，也必定再次容光焕发。"武则天回过神来，舒出一口气："是啊！"上官婉儿兴高采烈，趁机说："陛下若是同意，婉儿这就着手安排！"武则天扬起一只手："那我们明日就出发！"

话说武则天到了汝州温泉，在此逗留了很长一段时间。几十年前随先帝至此，如今故地重游，不免感慨。一方面"弃我去者，昨日之日不可留"：触景生情，面对故地思故人，往日欢愉如昨夜星辰历历在目；另一方面"乱我心者，今日之日多烦忧"：自从高宗驾崩以来，自己从皇太后到圣母神皇到最终称帝，一路猛跑，还要与路上眈眈相向的拦路虎斗智斗勇，可谓步步惊心、夜夜忧思。"我现在精力体力都大不如从前，真的是老了！"她泡在温泉里叹口气自语。她明白如果自己身体精神状态得不到改善，一旦对朝堂和形势的控制力下降，朝廷的守旧势力和一直拥护李氏的老臣便会蠢蠢欲动。

所以在女皇一生中，最后一次到汝州温泉浴养的这段时间说不定就是她晚年最后的轻松愉悦的日子吧！因为根据历史，后来武则天渐入沉疴，老病缠身而长时间不能上朝，对掌控全局确实心有余而力不足，到神龙年间，迫于形势，不得不还政于李氏，直至卧床病逝。

言归正传，武则天感到温润的泉水一滴滴浸润了自己的每一寸肌肤，舒张了每一个毛孔；皱纹平展了，心灵放空了；仿佛久缚身体的绳索一根根断绝了。这次武则天在汝州温泉的休养的确收到了养精蓄锐之效，使她暂得重拾神采。在回朝的路上，她对自己说："我在位已经十年，无论如何，只要我一息尚存，必定不落征帆！"就这样，温泉镇的温泉为一代女皇重新注入活力，如夕阳回光之返照。她将回到时代与政治风云之中，去投入峥嵘一生最后的战斗，发出最后的光辉。

女皇任性浴温泉

蔡明月

一代女皇武则天不仅广涉政史，而且颇具诗才，比如她最负盛名的代表作《如意娘》在诗坛影响深远，后来李白、孟郊、辛弃疾等人相关诗词的创意均渊源于此。自古文人多雅士，一向文才生雅趣，所以武则天一面是雷厉风行的铁腕政治家，另一面也常常兴之所至，任性而为。

700 年的腊月，寒冬时节正宜温汤休养。

武则天率领群臣驾临温泉，不仅洗浴，而且效法魏晋名士玩起"流觞曲水"。王羲之的《兰亭集序》记载的乃是暮春之初的文人雅集。因为这是取自古已有之的上巳节习俗——农历三月三这一天人们到水边游玩，祈福消灾。而女皇却打破时令旧制，于严冬腊月在温泉镇和群臣环水而坐，饮酒赋诗，酒杯随着水流漂到谁面前，谁就扬杯饮尽，并且作一首诗，据说这一乐事持续了三天。

可是这还不能使女皇尽兴，到第二天结束，她又突发奇想：与古人的"曲水流觞"之雅集相伴的是风吹百花春气佳，若是明朝雅集能坐拥于春花烂漫与芬芳佳气之中，岂不是更加美妙？她当即写下"明朝雅集会，火急报春知。花须连夜发，莫待晓风吹。"

第二日，温泉行宫果然处处春花盛放，武则天以手加额，得意道："花助雅兴也！"女皇款步游赏，一览百花吐艳，她兴致大为高涨，和群臣曲水传杯作诗，更加畅快，还写下了"送酒惟须满，流杯不用稀。务使霞浆兴，方乘泛洛归"等流传后世的佳篇。正当她准备借着怡人春色，咏花一首，突然想到了什么似的，脸沉了下来。大臣和随从见状都开始紧张起来，不知女皇为何突然失色。武则天怒道："为什么牡丹没有开花？百花齐放，群芳争艳，独不见牡丹，亏我正准备为她作诗，一赋其雍容繁艳！"于是女皇面对百花发号施令："既然牡丹如此倔强，不识抬举，那就把她的花木枝叶烧尽，发配洛阳不复出，永远守护神都！"

原来，名满天下的洛阳牡丹就是于此次女皇驾临汝州温泉镇被逐至洛阳的。看来女皇到温泉胜地度假休沐也不肯卸下朝堂上的尊威，在冬季雅集不足，还要调动春芳助兴，都是不限时令与习俗的任性之举。不过不得不说，这种任性而为恰恰彰显了女皇的文思文才与雅兴雅致。

事后，武则天将此次雅集的诗篇汇编成《流杯亭侍宴诗》，命当时的著名诗人李峤作序，秘书丞殷仲容书丹，刻石立碑于池侧，这就是著名的"武后碑"，又被称为"三绝碑"；而旁边的流杯亭就是他们流觞曲水、饮酒赋诗之所；"武后池"就是武则天当年沐浴的地方。"武后碑""武后池""流杯亭"等一起成为汝州温泉永远的风景。

唐玄宗开创温泉新风气

郭锰

唐朝是我国历史上的一个传奇时代，它在经济、政治、文化等诸多方面都称得上是中国古代王朝的鼎盛时期。如果说唐太宗的"贞观之治"是唐朝二百多年稳定发展的基础，那么唐玄宗的"开元盛世"则彻底将唐朝推向了繁荣的顶峰。唐玄宗，也就是我们所说的唐明皇，他无疑是唐朝历史上一位非常出众的皇帝，而对这位传奇皇帝事迹的记载，可一点都不比对他曾祖唐太宗和祖父唐高宗的记载少，其中，就有一部分和温泉有关。李唐家族对于温泉浴的喜爱，在唐玄宗这里，可以说得到了很好的继承和发展。

说起来，唐朝的皇帝都很会享受，这一特点在唐玄宗的身上体现得淋漓尽致。话说唐玄宗最喜爱的消遣方式之一就是泡温泉。据历史记载，唐玄宗即位当上皇帝的第二年，他就开始频繁地"幸温泉"。尤其是到了冬天，北方天气寒冷而且干燥，唐玄宗基本上每个月都要去洗温泉浴，它不仅能保暖，而且还能保持身体的水分，防止因为天气干燥而出现一系列病症。

唐玄宗是个喜欢热闹的人，因此他泡温泉都是成群结队，叫上自己的皇子皇孙，还叫上身边的皇亲国戚，搞成了皇室的集体休假，一家人其乐融融地享受温泉。

唐玄宗把泡温泉定为一种皇室聚会的固定娱乐项目，使得泡温泉在之后的历代皇帝中都非常流行。

紧随曾祖唐太宗和祖父唐高宗的步伐，唐玄宗在东都洛阳期间也特地前往汝州温泉进行洗浴，毕竟对于唐玄宗这么一个爱温泉的人来说，不能错过任何一个有名的温泉。跟曾祖父唐太宗一样，唐玄宗也是在一番游猎之后驾临汝州温泉，在借温泉消去一身疲惫的同时，还能欣赏到跟皇宫完全不一样的自然景色。事实也证明了唐玄宗确实对汝州温泉情有独钟，他一连在汝州温泉洗浴了几天，见过无数上佳温泉的唐玄宗，对汝州温泉竟然流连忘返，足见汝州温泉的魅力。一天，就在唐玄宗享受着汝州温泉不愿返回的时候，天气突然发生了变化，天空中出现了一片巨大的云，这片云从洛阳的方向升腾而起，仿佛是洛阳行宫中出现了什么不得了的事情。随行的一个人看到这一景象，口中一边喊着"恭喜陛下"，一边跪下行大礼，唐玄宗急切地问道："发生了什么事，爱卿，朕何喜之有？"那人头也不抬地回答道："陛下，这云是象征'天子气'的祥云，宫中要有帝星诞生了！"唐玄宗非常高兴，立刻叫人收拾行装，准备返回。他们一路快马加鞭，当天就到达了洛阳宫中。果不其然，到了晚上，忠王李亨的儿子，也就是唐玄宗的孙子诞生在了洛阳的上阳宫，这就是唐朝的第八位皇帝（武则天和殇帝除外）——唐代宗李豫。

唐玄宗一生喜爱温泉，并开创了皇室贵族集体温泉洗浴的风尚，对温泉浴的推广起到了很重要的作用。而要了解他和温泉的故事，汝州温泉显然是不能被遗忘的一部分。

唐庄宗与金山寺

范静

金山寺位于现在的十三朝古都洛阳境内，是进入洛阳南郊皇家园林广成苑的门户，《广成赋》里有翔实的记载。它修建于东汉时期，也就是广成苑被正式辟为皇家禁地的时候。皇帝专门拨出一笔重款来建这座寺院，它不仅为当朝皇帝进入汝州之地尽享温泉之乐提供了一个很好的地标，而且为后来历朝历代的皇帝到广成苑打猎提供了一个歇脚的地方。等到了唐朝的时候，唐太宗御封它为"中原普陀山"，之后被武则天御赐为"护国金山寺"，后来这个名字也就沿用至今。

相传唐庄宗既是个爱打猎以逞自己骁勇威风的人，又是一个热爱戏曲表演无法自拔的人。有一次，准备进行打猎，这次的猎物按例要向天神献祭。在大部队行进到金山寺时，不知何故，他大手一挥，暂时决定让大家在寺里休整一下。夜里巡逻的士兵听到"咿咿呀呀"的声音，走近一点，借着微弱的月光，看到陛下半夜一个人在笙歌乐舞。士兵大吃一惊，在门外一直站到五更天才离去。中间看到皇帝在屋里又是跳又是唱，但声音都非常小。第二天一大早就出发到广成苑，奇怪的是皇上今天的铠甲上多戴了一个流苏，于是这个巡夜的士兵就开始默默地注视着皇上的一举一动，就像只有他一个人知道皇上那天夜半歌笙一样。

不多时到达广成苑，已经临近冬月，此时草木已带枯黄之色。准备好亲自打猎的皇帝此时却先点了三员大将，打乱了之前的顺序，让大家倍感意外。当这几员大将战战兢兢地在猎场上挫败而归时，唐庄宗李存勖抖了抖身上的铠甲，眼尖的小士兵看见皇上最后还耐心地整理了一下那个摇摇晃晃的流苏。皇上一上场，周围所有的人都屏住了呼吸。只见皇上一手拽紧马缰绳，一个跨步就跨上了马，随后留下一阵尘土遮住了所有人的眼睛。马儿奔跑的速度越来越快，胸前悬挂的那一串流苏突然变得分外夺人眼球。很快庄宗就举起大弓，以迅雷不及掩耳之势射中了一只野兔，紧接着又射中了一头野猪，大约过了一个时辰之后，他好像是累了，看看自己的累累战果，兴奋不已。此时挂在他身上的那串流苏似乎又与出发前的样子有所不同，可是小士兵也说不上来具体的变化，那串流苏的颜色似乎更鲜艳了。一场热热闹闹的打猎在意气风发的皇帝摆手示意中结束了。

在回宫的途中，大部队又来到金山寺。往常到这里，皇帝都要泡个温泉，再待上几日再回去，但是这次就只待了一个晚上。好奇心越发强烈的小士兵夜里又偷偷溜到屋子外边，看到皇上在对着那串流苏自言自语，突然大叫一声："敬新磨。"吓得门外的小士兵抖了三抖，后退几步。敬新磨是庄宗最喜欢的伶人，他多次巧妙地化解危机，深得庄宗喜爱。这次庄宗外出打猎时佩戴的流苏也是敬新磨送的，是传说中的一个神仙托梦送给敬新磨的，要他嘱咐庄宗时刻佩戴，此行多凶险，要想多打猎获得牺牲献祭天神就必须提前戴红。然后庄宗就把这一串流苏挂在了墙壁上，熄灭了灯烛。后来才知道广成苑是皇家的园地，而金山寺作为广成苑的门户，一直踞守着广成苑的南大门，虽然是皇家的打猎场，但还是要遵循自然规律以及当时的天神合一、万物有灵的原始信仰。打完猎，每到一处都要行相应的祭祀礼节。而敬新磨这次受兆托梦送给庄宗的这串红色流苏正是为了避免此次将近年关的祭祀出现差错。因为在之前都曾流传有冬祭发生流血事件的先例，所以这里用红色来避邪，但是又不能把这红色带到洛阳境内。所以敬新磨在与庄宗秘密商量之后，神不知鬼不觉地提前安排一个信使把金山寺里佛像袈裟上的一个流苏偷偷摘掉，并挂在庄宗要就寝的屋子里，在大家都不知情的情况下突然入住金山寺，然后到指定的已经驱过邪的屋子里戴上流苏和衣而睡。等到打猎结束之后，随行打猎的大队人马带着那些牺牲先行一步到达九皋山，而庄宗需要亲自到这里归还这串流苏，并且要趁万籁俱寂、夜深人静的时候，所以便发生了巡夜士兵隔窗偷看到的那一幕。等大部队走了以后，由寺里僧人给这串流苏做过法事之后再挂回原处。

由于冬祭在古时候是相当重要的一件事，直到现在还有一些山区、少数民族都保留着这一传统。所以作为一国之君，对于这样盛大的祭祀仪式则更为重视，并且无比小心。金山寺作为驿站性质的歇脚点，正好为猎场和皇宫两地之间撑起了一个缓冲点，同时也丰富了大家对于寺庙的想象。

朱温伐蔡于汝水

薛梦缘

　　唐朝末年，盛世不在，军阀割据一方，相互混战。秦宗权就是当时一名极为凶暴的军阀，他经常派手下四处屠杀百姓。有传闻说，每次作战他都不让军士们携带米面，并且信誓旦旦地告诉军士们说："你们只管作战，晚上定让你们饱餐一顿。"士兵们虽然心存疑惑，但是想着夜晚就能吃到粮食都充满干劲，甘愿为他效力。但是秦宗权所说的粮食从何而来呢？晚上，士兵们揭开锅一看都极为震惊，原来，所谓的"粮食"竟然是士兵和被屠杀百姓的尸体！为了方便携带，他还让后勤部队把尸体都腌制起来。秦宗权凶猛残暴可见一斑！

　　秦宗权早年在许州（今河南许昌）担任牙将一职，这是军队中官职较低的将领。广明元年（880年），许州的大将周岌赶走了忠武军节度使薛能而代之。秦宗权抓住这个机会，驱逐了蔡州刺史，占据了蔡州（今河南汝阳）。也正是这个时候，黄巢起义爆发，起义军的汹涌来袭给摇摇欲坠的唐王朝以沉重的打击，唐僖宗在慌乱之中逃离长安奔赴四川。当时秦宗权刚刚占据蔡州，为了稳固自己的地盘，便命令与起义军拼死作战。唐僖宗因此授予他"蔡州奉国军节度使"的称号。但后来由于起义军太过凶猛，秦宗权实力不济，便投靠黄巢旗下，行韬光养晦之策。黄巢被杀之后，这个残暴的将领野心更加膨胀，完全不把唐僖宗放在眼里，他经常对部下说"吾可取而代之"。光启元年（885年），秦宗权彻底暴露了其野心，他在蔡州称帝，任用自己的亲信，以蔡州为根据地建立了自己的政权，并将国号定为齐。这可谓当时中原地区实力最为强大的军阀集团。

想要争夺中原的可不止秦宗权一个人。在秦宗权称帝的同时，朱全忠也正在谋划着自身的壮大。"朱全忠"本不叫此名，而是叫朱温。初长成人时，他便与常人不同，当别人都在为生产忙碌时，唯独他以豪雄英勇自许。与秦宗权的经历类似，朱温早年也参加了黄巢起义军，但是这段经历并不愉快。中和二年（882 年），黄巢任命朱温为同州防御使。这次任命十分奇特，当时同州还不属于黄巢的势力范围，因此朱温想要任职，必须自己先攻打下。作战时，朱温发觉自己军队的人数不够，便向黄巢请求支援，但接连派了几名士兵求援，却迟迟未见援军前来。一次次询问，一次次催促，却只会换来一次次的失望。朱温得知是军队内部有人阻挠，后又听说黄巢部队军心涣散，当即决定投靠唐朝。唐僖宗当时正在四川躲避战乱，整日愁容满面，听到了这个快马加鞭传来的好消息后，立刻笑逐颜开，大声感叹道："这是上天赐给我的一员猛将啊！"便封朱温做了大将军，赐名"全忠"。归顺后，朱温继续带领士兵作战，终于打败了盘踞陈州的黄巢起义军队。百姓们为感谢朱温解陈州之围，还为朱温修建了生前受祭的祠堂。当时百姓都称赞朱温"战无不克"。

再说这秦宗权，自从称帝后更加横行霸道，肆意残杀百姓。他沉醉于拓展自己的领地，接连攻陷汝、洛、怀、孟、唐、邓、许、郑等州，凡他所攻打下的地方，百姓都四散逃离，方圆之内荒无人烟。朱温看到这样的情况，决定带兵出征，治一治秦宗权。朱温这时已经招募了不少士兵。百姓们不愿屈服于秦宗权暴虐的统治，也都愿意参军。朱温的手下淄州刺史朱珍在短短的十几天就招募士兵一万多人。不知是不是有神力相助，朱温与秦宗权交手极为顺利，连连攻占秦宗权在其他地区的营地。秦宗权驻扎的军队被打得节节败退，以致到后来秦宗权都不敢在城外驻扎军队了，只能退往蔡州城内。

在攻打蔡州前，朱温的部下询问朱温："攻城时，应当将军队驻扎在何处？"朱温骑在马上，望向远方，思考再三后，下令驻扎在汝州温泉附近。因为在朱温看来，汝州温泉周围环境幽雅，气候宜人，驻扎在此处一方面可以等待作战的军队集合，另一方面也可便于整理装备。一日，部下告诉他，汝州温泉能够缓解将士们作战紧张的情绪，建议他前往一试。朱温忙于战斗准备，本就有些疲惫，听到此言，便前往洗浴。朱温入泉后果真觉得此泉不凡，泉水晶莹剔透，池边绿树巧石相映，沐浴其中更是如获神力。洗浴完毕后，朱温啧啧称赞，他告诉部下："若是将来能够取得胜利，定要回到此处好好地感受一番。"

与此同时，各方的军队都赶来增援。汝州温泉附近，山清水秀，又有温泉相伴，将士们都做好了攻打蔡州的准备。攻城那日，在朱温的指挥下，将士们士气高涨，秦宗权部队屡战屡败。当时秦宗权的军队散落在陕、洛、孟、怀、许、汝等州，因此当朱温的部队攻打到蔡州时，秦宗权一方早已军心涣散。守城的将领早已听说朱温战无不胜的故事，内心十分惧怕，一听说朱温带着兵马要来攻打，再也按捺不住焦躁的情绪，丢盔弃甲，弃城逃走。后来，朱温将秦宗权抓获献给唐昭宗，临死时秦宗权还在囚笼里高呼"我一片赤胆忠心，只是无处效力罢了"，这个愚蠢的辩护使得围观之人捧腹大笑。唐昭宗早已对他恨之入骨，下令将他斩首。

后来，朱温代唐建梁，成为梁太祖。他心心念念当年作战时洗浴过的汝南温泉，又多次带领部下前往。朱温对温泉神水十分迷恋，为了能常去洗浴，他就住在唐太宗李世民所建造的清暑宫里，并安排官员居住在宫殿之南。这里后来成了梁古城，至今都还保留着梁古城的遗址呢！

梁王与汝州温泉

郭锰

朱温，五代时期梁国的开国皇帝，也是五代时期第一个皇帝。875 年，也就是黄巢加入起义军的同一年，朱温也加入了王仙芝的农民起义军队伍，但因为加入时间晚，所以资历排在黄巢之后。加入起义军之初，朱温并没有太多的表现，黄巢接替王仙芝成为起义军领袖之后，朱温才开始得到重用。

这年年底，起义军打到长安，唐僖宗落荒而逃，黄巢在含元殿登基做了皇帝，国号为"大齐"。做了皇帝的黄巢当然免不了要将身边的一干功臣论功行赏，朱温因为战功显赫而且资历又老，被封为"诸卫大将军"、四面游奕使。这个官职，说大也大，说小也小。毕竟手里有军队，朱温也就没什么不满的了，但是与黄巢之间的关系从这一刻起已经有了一些变化。以前，他们是起义军一起出生入死的兄弟，虽然也有上下级关系，但是那种等级差别并不明显；现在一下子变成了君臣关系，差距就有些悬殊了。朱温本身也是很有野心的人，看到黄巢坐在皇帝位置上作威作福，心里难免有些不是滋味。有人说，他就是从那时开始，有了当皇帝的心思。

再加上后来朱温在同州时得不到黄巢的支援，朱温权衡利弊，决定变节投靠唐朝。唐僖宗非常赏识朱温，给予了他极大的权力，他成为唐末镇压农民起义的中流砥柱。后因为镇压有功，朱温被封为节度使，第二年又被封为梁王。此时，大权在握的朱温开始意识到距离实现自己的梦想仅有一步之遥，于是他极力发展自己的势力，还逼迫唐昭宗迁离洛阳，并在不久后杀死了他。但是朱温后来意识到自己操之过急，作为一位曾经的农民起义领袖，他深知动乱将会带来不可控的影响，所以后来他又立昭宗的儿子李祝为唐哀帝，让哀帝以禅让的方式把皇位交给了自己，较为平稳地实现了政权的交替和过渡。但是众所周知，唐末已经陷入纷乱的政治局势并不会因此稳定下来，朱温代唐建梁，只是获得了短暂的安宁。

功成名就之后的朱温，成为梁的开国皇帝，也是五代第一位皇帝，史称梁太祖。幸运的是，政权的更迭，战乱的影响，都没有破坏汝州温泉。成为皇帝之后，朱温还多次到汝州温泉进行洗浴，而且，就住在唐太宗当年所建的清暑宫里。一来，毕竟这里是他一战扬名天下之地；二来，他终于实现了自己当皇帝的梦想。当他泡在温泉池里抬头仰望天空的时候，所有往事都会一一浮现，让他感慨万千吧！

宋高宗与"第一神泉"

叶一格

天地初生，混沌已开，盘古四肢所成的山川流淌在广袤无垠的中原大地上，秀丽宏伟，气势油然而生，其血液所成的汪洋溪流中有一处心脉血所成的胜地——河南汝泉。这汝泉乃随天而生，源流不断，水温随人而变。泉眼如幼儿握拳，涌出珍珠般大小的清冽水珠，传言此泉水不仅滑腻生津，更具有美容和医治皮肤病的神奇疗效。温泉镇历史悠久，西汉初年开始修建，称为温汤；到了东汉这里成为皇帝游猎地；隋朝设温泉镇及马牧；唐朝改名为温塘，也称做汤王街。南宋时期，宋高宗赵构与爱妃也曾来过这里，更给汝州温泉添上了一抹传奇的色彩。

距今八百年前的中国大地，靖康之乱，风云激荡，徽宗皇帝和钦宗皇帝皆被金人掳走，北宋王朝就此覆灭。宋高宗赵构带着一干人等逃至洛阳，并决定在此地建都，南宋便从此建立。虽说洛阳人杰地灵，可建国伊始，百废待兴，强大的辽国和金国虎视眈眈，北方边境小国也觊觎南宋江山，不断来犯。赵构终日忧心社稷，处理朝政，常常彻夜难眠，寝食难安。某日夜，更深露重，皇上正伏案歇息，前方忽传战报："敌军已攻下越州城池，破军十万，请皇上速派兵支援。"赵构看着书案上这八百里加急的奏折，高宗思及国之初定，内忧外患难解，深感无力，身子一仰险些摔倒在地，幸而前来送夜宵的蒙妃从后面扶住了他。蒙妃是汝州人，其父长任汝州太守，十四岁入宫，容貌极为妍丽，肤滑如凝脂，可谓秀靥比花娇，且善解人意，深得圣宠，被皇上视若知己。蒙妃轻扶皇上躺下，看着心上人如此操劳国事，有心助之却不能为，内心也如针刺一般难受，忽然想起自己幼时听父亲讲过汝州温泉可治百病，便请求皇上同去温泉镇休养一番。

皇上和蒙妃一行，清晨出发，舟车劳顿，暮色降临之际方才抵达温泉镇的行宫。行宫实际上是一处温泉山庄，果真与众不同，踏入顿觉清新怡人。温泉流水的声音如同一首动听的歌曲。此时正值春季，山庄里的桃花开得极美，配上氤氲的雾气，俨然是一处世外桃源。有诗赞曰："地灵此地胜瀛州，暖比春温洁比秋。仿佛玻璃漾水晶，宛若珠玑盛琥珀。"皇上和蒙妃等人来到温泉边，此时只见温泉白雾缭绕，温泉水在月光的映照下闪着波光，旁边的山峰若隐若现，如仙境一样。静谧的夜里，只有皇上和蒙妃在温泉里说着情话，温泉水柔和地抚慰着他们的身体与心灵，多日累积的疲劳一起袭来，皇上轻合双目，沉入如真如幻的梦境之中。

突然，氤氲的泉水中冒出一个怪物，八爪怒目，形状可憎，直奔皇上的头部袭来。皇上被惊得无法动弹，情况万分危急，只见一个身着白袍银铠的将军出现在皇上面前，刀光剑影间，那个怪物被斩杀在地。那将军神色坚毅，双膝跪地道："下官救驾来迟，请皇上恕罪。"皇上定睛一看，那白袍银铠的将军正是大将岳飞。高宗忽然惊醒，竟是黄粱一梦。高宗不由得陷入沉思，这是否是上天的指示，以岳将军护我大宋河山？蒙妃素知岳飞英勇，却不得圣心，便趁势劝皇上："皇上，岳将军威武勇猛，若是重用岳将军，何愁敌兵不破？"皇上听到自己的爱妃也这么说，深信上天旨意不可抗，于是立即下旨，恢复岳飞的元帅之职。次日，皇上和蒙妃一行人就离开温泉镇回到洛阳，经过一夜的休养，感觉身体恢复了不少。

十日后，前线传来战报，岳将军大破敌军，收复失去的城池，敌军被打得锐气全无，退兵百里之外。皇上听到奏报，龙心大悦，认为是天佑大宋，觉得这都是因为去了温泉镇，蒙妃功不可没，下旨封她为皇贵妃，赏银千两；还赐封汝州温泉为"天下第一泉",命朱墨亲笔手书四个大字"第一神泉"。这个传说故事历经岁月的流传变得越发动人,但是温泉的魅力永存,几百年时光如梭,汝州温泉永远以她那不变的风姿笑迎八方来客,泉水生生不息,造福着万物生灵。

完颜亮与汝州温泉

曾雪薇

汝州是一个有着悠久历史文化的古城，在历史上，汝州数次成为各兵家争夺之地，它也像中国的很多历史古城一样，洒满了无数英雄的热血。北宋末年，金兵入侵中原，攻陷东京，北宋也由此灭亡，遗留的北宋王室成员纷纷逃往南方。宋高宗在应天府，也就是今天的河南商丘登基为皇帝，重建宋王朝，史称南宋。汝州的地理位置十分关键，地处襄洛、洛许古道的咽喉，两国在此地相争也是必然的。当时汝州的汝河就是金国和南宋的国界，金国和南宋这两个对立的朝廷也在汝河这条边界上进行了近百年的争夺战，而我们熟知的那位爱国英雄岳飞也多次收复汝州山河。

当时的金国君主就是完颜亮。完颜亮是金太祖完颜阿骨打的长孙，完颜宗干的第二个儿子，也是金朝的第四位皇帝。完颜亮，字元功，从小就十分聪明，也十分好学，从幼时起就接触汉文化，所以他的汉文化功底十分深厚，写得一手好诗，还擅长写文章，很喜欢与中原名士交往，常常与之相聚一堂，博古论今。值得一提的是，他还是当时很有成就的大文学家，但是他留存下来的诗文并不多，这也是十分可惜的。完颜亮志大才高，所以在仕途上平步青云，但也正因为完颜亮的才能和突然膨胀的势力，召来了金熙宗的不满和嫉妒。于是，金熙宗并不想将皇位传给完颜亮，但是一直心怀大志的完颜亮偏偏对这个皇位虎视眈眈。当时的朝臣对金熙宗也颇多不满。因为金熙宗常常乱发脾气而滥杀无辜。于是朝臣们纷纷结党，计划废掉金熙宗扶持完颜亮登上王位。在朝臣的拥护下，年仅二十七岁的完颜亮顺利地登上了王位。但是，登上王位的完颜亮变得十分残暴，荒淫无度，他杀遍了朝堂上的宗室大臣，甚至把自己的嫡母徒单氏也杀掉了。而另一个方面，完颜亮在政治上为金朝确实作出了不少贡献，不得不说他是具有帝王之才的。例如，改革了许多旧制，并大力推广汉化，加强中央集权，为金国在北方的统治奠定了坚实的基础。终于，他率领金人一举歼灭了腐朽落后的北宋王朝，占领了中原和北部地区，并与南宋朝廷展开了一场拉锯战，最后他的弟弟趁他与南宋作战时篡夺了王位，而完颜亮也死在了战争之中。

金主完颜亮曾经多次来到汝州，每次来汝州就必去温泉胜地享受一番。1161年春季，完颜亮先去洛阳欣赏了牡丹花开的盛景，后转道去了附近的汝州，专门前往当地十分有名的皇家打猎场——广成泽狩猎。当时的广成泽位于现在温泉乡的涧山口水库一带。女真族十分爱骑马打猎，完颜亮也不例外。白天，完颜亮在广袤的猎场上尽情打猎，到了晚上，身心十分劳累，便来到附近的温泉镇，脱去一切的束缚之物，让身体在温热的泉水中任意舒展，尽情享受神泉的浸泡，岂不快哉？也许，正是这里极佳的猎场和奇妙的温泉让他流连忘返。甚至，他突发奇想，对大臣们说道："你们赶紧传下令去，让那些凡是离汝州一百五十里以内的州、县，一定要派行商坐贾到温泉镇上来'置市'，越多越好，咱们来办个热闹的事！"

"市"就是当时的市场，"置市"就是让当地的各种商人来温泉镇上设置各种买卖交易的市场，用现在的话来说，就是开展一场物资交流大会。在完颜亮的召集下，商人们一方面不敢不来，而另一方面，这也是一个宣传自己商品的好机会。所以当时有很多商人赶来，不仅仅是距离汝州150里以内的州、县的商人们来了，在这规定范围之外的商人们也慕名前来，舍不得放弃这个赚钱的大好机会，同时也带来了不少土特产品和特色商品。当时社会物质匮乏，而温泉镇只是一个不起眼的小镇，当地的百姓更没有见过如此琳琅满目的商品，各种玩意儿让人目不暇接，无须商人花费心思去想办法吸引顾客，顾客就会自动上门，好生热闹！而完颜亮自然喜笑颜开，他也不带随从，一个人在集市上逛来逛去，见识了不少新玩意儿。就这样，这场热闹的集会持续了二十多天，并且完颜亮说道，这样的集会应该长期搞下去，后来也确实形成了一种固定的风俗，每月的农历初五、初十，汝州、汝阳、鲁山三县的群众都会云集在这里，多达上万人，如今已经发展成了汝州温泉庙会，这里的温泉庙会也是河南省历史上较早的有确切记载的庙会。

在享受过这次集会后，完颜亮依旧恋恋不舍，直到有一天他在打猎的过程中被鹿群撞下马，咯血数升。于是他每日泡温泉，在温泉的作用下，伤势稍稍好转，完颜亮不得不回开封休养，就此离开了温泉镇。后来在 1164 年 4 月，完颜亮再一次来到汝州温泉沐浴，可见完颜亮是真的非常喜欢汝州的温泉，汝州温泉果然名不虚传。

海陵帝汝州温泉置市

薛梦缘

宋金战争后，金朝与南宋达成和议，以淮水与大散关（今陕西宝鸡西南）为界，形成长期对峙的局面。1149年，金朝的国君是海陵帝完颜亮。完颜亮（1122—1161年），字元功，女真名迪古乃，是金太祖完颜阿骨打之庶长孙，太师完颜宗干之次子，也是金朝第四位皇帝。

完颜亮是一位野心勃勃的帝王，消灭北宋后，他就开始盘算迁都的计划。在他看来，现在的都城上京有很大的问题。一方面，上京地处黑龙江，在现在统治地区的北部，无论是运送物资还是处理官员来报，都十分不便，极大地妨碍了自己的统治；另一方面，完颜亮得到王位并不是按照传统父死子继的方式，而是弑君夺位，原来的都城里到处都有金熙宗也就是他父亲统治过的痕迹与势力，这些都对完颜亮的统治很不利。迁都风声一出，朝堂上下一片哗然。因为迁都乃是国之大事，抛弃原都城必定会触及权贵的利益。于是女真贵族纷纷站出来表示反对，但完颜亮不予理睬，他坚持声称"僻在一隅，官艰于转输，民艰于赴诉"，以这个为理由加速迁都的计划。

1153年，迁都计划成功。完颜亮带着愿意跟随的女真贵族来到燕京，改燕京为中都，府曰大兴。完颜亮到了燕京之后长长地舒了一口气，终于可以摆脱束缚大展身手了。平时，他就常常对自己的亲信说："吾有三志，国家大事，皆我所出，一也；帅师伐远，执其君长而问罪于前，二也；无论亲疏，尽得天下绝色而妻之，三也。"可见他的野心非常人能比。

1161 年春，完颜亮见四处春意盎然，便一时兴起，安排了一次南巡。他带领部下来到洛阳。洛阳牡丹享誉全国，有诗句云："洛阳牡丹甲天下，国色天香誉满城。"抱着猎奇的心理，完颜亮抵达洛阳。但是，欣赏完牡丹之后，他似乎并不尽兴。原来，虽然赏花为提升艺术品位的一大途径，但对自小生长在游牧民族部落的完颜亮来说并不是真正感兴趣。他有点烦闷，便召来部下问道："何处可以狩猎？"回答的那位部下十分机灵，他了解国君的喜好，就连忙推荐了广成泽附近的围猎场。这广成泽，根据《汉书》《后汉书》和新旧《唐书》的记载，乃是汉、唐两代的帝王惯常狩猎游乐的场所。这里奇树名鱼、飞鸟走兽，可谓一应俱全，还有很多珍稀动物。完颜亮到了之后，便如同草原雄鹰，迫不及待地开始狩猎，猎杀精准而快。整整一下午，他都骑着骏马奔驰不停。虽然天气并不炎热，但是由于完颜亮体态雄壮挺拔，恣意狩猎一番后，早已满头大汗。尽兴之后，他抹着汗水，四顾寻找洗浴之处。部下建议道："汝州有一处温泉，可以前往一试。"完颜亮听了，内心十分欢喜，带着亲信挥马而去。

这汝州温泉果然名不虚传，只见池上蒸腾着白色的雾气。完颜亮静静地依靠在池壁上，舒适的泉水流动着，仿佛一张洁白的毛毯，卷走了整日的疲惫。完颜亮一边闭目养神，一边口中喃喃自语道："好……好……好。"此时正值春日，气候宜人，伴随着阵阵泥土的芳香，完颜亮深感已入仙境。泡完温泉之后，他便告诉部下，要在此处停留几日。正好完颜亮的四叔梁王完颜宗弼的陵墓也在此处，停留时便一并祭扫了。

一日，从温泉走出，完颜亮想着夜还未深，找个集市逛逛甚好，便询问部下："你可听说这附近可有什么热闹的地方？"部下急忙跪下答道："这温泉附近本是帝王休憩之所，来往的商贾并不多，因此并未设置大型的集市。"完颜亮十分烦闷，心想，这绝好的地方居然没有商市，那游玩还有什么意思？因此便下令道："你们这样不应该啊，现在我下令方圆 150 里以内所有的州、县，都必须派商贾到这里来！这温泉附近，就该热闹起来！"虽然地方官有些为难，但他们对海陵帝粗鲁暴虐的脾气早有耳闻，也不敢违背。第二天，天还没有亮，官吏们就奉命行事。

国君既然下令，官民自然行动迅速。没过几天，许多摊贩都陆续来到了温泉附近。方圆 150 里地大致有 20 多个县，这么大规模的集市在汝州地区可是很少见的！附近的村民们听说完颜亮设集市的事之后，都纷纷前往，瞧一瞧热闹。只见集市的铺子里到处摆放着琳琅满目的商品，既有自己做的小玩意儿，也有精美的布料，还有一些新鲜的蔬果。周边还有一些表演绝活手艺的小摊贩。村人们这边看看，那边瞅瞅，觉得十分新鲜。毕竟这么大规模的市场他们可是从来没有见过呢！就这样，这集市办成了一个物资交流大会，村里的百姓也在其中交换了一些日常用品。看着人来人往，叫卖声、欢笑声此起彼伏，完颜亮内心十分感叹，仿佛看到了太平盛世一般！就这样，完颜亮时而前往温泉享受浸润之乐，时而在集市中自由穿梭，体味人间百态，不亦乐乎。他还常常告诫跟随的部下，这样的集市要一直办下去。

可惜好景不长，一次在广成泽打猎，完颜亮照例在马上找寻猎物，但是一不小心被成群的鹿撞下了马，打了几个滚之后，呕血数升。汝州当时并没有什么名医，虽然完颜亮对汝州的温泉和刚刚形成规模的集市恋恋不舍，但也只能回开封养病。

完颜亮离开了汝州，集市也草草收场。但是这样大规模的物资交流集会深受百姓的喜爱。现在的汝州温泉附近每年都会举办庙会，又叫温泉庙会，也许就是受了当年物资交流大会的启发吧！

嘉靖皇帝母亲与汝州温泉

程曦

　　慈孝献皇后蒋氏，是兴献王朱祐杬的王妃，嘉靖皇帝明世宗朱厚熜的生母。明弘治五年，蒋氏被册封为兴王妃。弘治七年，蒋氏跟随丈夫就藩湖北安陆（今钟祥）。兴王妃共为兴献王生有二男三女，可惜嫡长子福薄早夭，长大成人的有永淳公主、永福公主以及世子嘉靖皇帝朱厚熜。朱厚熜入继大统后，将母亲蒋氏迎进皇宫，初称兴国太后，嘉靖三年（1524年）上尊号为本生章圣皇太后，同年又尊称为慈仁皇太后，嘉靖十五年（1536年）复上尊号康静贞寿皇太后。嘉靖十七年（1538年）十二月，蒋氏病逝，享年62岁，尊谥全称为"孝贞顺仁敬诚一安天诞圣献皇后"。这位个性鲜明的皇族女性，也曾到过汝州温泉。

　　蒋氏是锦衣卫中兵马指挥追封玉田伯蒋敩之女，自小受到良好的教养，是个知书达礼、德才兼备的大家闺秀，在兴王府时，就曾写下《女训》十二篇加以自勉。尤其难得的是，蒋氏并不优柔寡断，而是一个颇具主见的女性。正德十四年（1519年）六月，兴献王朱祐杬薨逝，蒋氏成为王太妃。按照礼制，朱厚熜必须为父服丧，不能马上承袭王位。是蒋氏上奏朝廷，以"岁时庆贺、祭祀，嗣子以常服行礼非便"为由，希望朱厚熜能提前袭封王位，得到正德皇帝允准后，朱厚熜方才得以正式获得"兴王"的封号，袭世监理王府事宜。蒋氏扶持幼子打理兴王府中事务，把兴王府上上下下管理得井然有序。

　　正德十六年间，明武宗驾崩，他在世的时候没有立皇储，因为他没有子嗣，也没有从外藩找个过继儿子。这下皇位的继承竟成了难题，内阁首辅大学士杨廷和等大臣只好依照明太祖朱元璋所制定的家法《皇明祖训》来寻找皇位继承者，最终商议出一个"兄终弟及"的办法。明武宗生前没有子女，也没有在世的兄弟，因此皇位继承者只能从武宗仍在世的伯叔父中寻找。其中，武宗叔父兴献王朱祐杬，是武宗父亲明孝宗最年长的弟弟，但朱祐杬比武宗还早两年就已经逝世，朱祐杬的嫡长子也已经夭折，帝位便由嫡次子朱厚熜来继承。于是，一个由司礼监、皇室和朝廷代表组成的使团前往安陆，朱厚熜以兴王的身份接见了使团并接受了太后的诏书，在王府接受诸臣行礼，随后同使团前往北京。此时的朱厚熜也不过是一个十四岁的少年，继承皇位并不能冲淡与母亲分离的伤悲——"上之发安陆也，不忍遽离圣母，呜咽涕泣者久之。及在途中尤思慕不已"。一路北上，朱厚熜常因思念母亲而落泪。即位三天后，朱厚熜就发布谕旨："朕继入大统，虽未敢顾私恩，然母妃远在藩府，朕心实在恋慕，可即写敕遣官奉迎，并宫眷内外员役咸取来京。"由此表达了思念母亲、渴望团聚的心情。

时年七月，蒋氏便从其封国湖北安陆出发，乘舟北上。儿子继承皇位当然是大喜之事，可是治理天下不比管理兴王府，乃是一副重担。再加上此时儿子身居皇位，自己却只有一个藩王妃子的称号，名分上不能说通，不知会作何处置，难免令人忧虑。旅途劳顿，再加上心事重重，蒋氏的身体逐渐吃不消。她是当今皇上的生身母亲，皇上特意下圣旨接上京城的，若是出了事怎好交代，身边服侍的宫人心焦不已。巧的是，此时一行人刚好行至汝州。有宫人灵机一动，心想：汝州温泉晶莹剔透，清澈见底，腻如锦缎，滑暖生肌，更有"温汤神泉"之美称，不如停留此处，让娘娘试一试，或有奇效也未可知。于是接驾的一行人便安排下去，服侍蒋氏在汝州歇脚。这汝州温泉水果然神奇，蒋氏接连数日在泉水中沐浴，只觉得驱乏解寒，病痛全消。宫人见蒋氏身体状况好转，便又趁机进言，说此处风景也好，娘娘不如稍作巡视，散散心中郁结，再赶路不迟。蒋氏闻言也觉得有理，便择了一日到温泉附近的山峦游玩，见树木青葱，风景毓秀，果然令人心旷神怡，不由得感叹："难怪广成子在此处修仙。"后又登上山顶，向京城所在的方向遥望，心中思念儿子，不禁泪湿衣襟。蒋氏下令启程，继续向京城赶去。她及随行宫人当日在山上行走时，百姓远远可见华美的衣袂随风飞舞，只道是王母娘娘携众仙女一道下凡的仙姿，便将这座山称作"娘娘山"。后来才知道，这位娘娘正是当今圣上的母亲。

在蒋氏赶路进京时，嘉靖君臣正因蒋氏进城礼制问题而争执不休。世宗坚持要蒋氏以皇太后身份由正阳门经御道入宫，而且要朝谒太庙。而以内阁首辅大学士杨廷和为首的群臣，援引汉朝定陶王（汉哀帝）和宋朝濮王（宋英宗）先例，认为世宗既然是由小宗入继大宗，就应该尊奉正统，该以明孝宗为父，称皇考，改称兴献王为"皇叔考兴献大王"，生母蒋氏为"皇叔母兴国大妃"，祭祀时对其亲生父母自称"侄皇帝"。明明是母子相见，却要行君臣之礼，不能相认。蒋氏性格刚烈，听闻此说大怒："安得以吾子为他人子！"并因此拒绝进京，滞留在通州境内。世宗得知母亲不肯来，伤心不已，泣称宁愿不做皇帝，侍奉母亲一起返回安陆。群臣好不容易才拥立新帝，大为惶恐。最终只得按照世宗的意思，"钦奉慈寿皇太后之命，以朕继承大统，父兴献王宜称兴献帝，母兴献后。宪庙贵妃邵氏为皇太后"，即同意世宗皇帝以从大明中门进入的最高礼仪迎接母亲。蒋氏这才从通州启程，进入京城与儿子团聚。

明世宗在位早期英明苛察，严以驭官、宽以治民，整顿朝纲、重振国政，开创了"嘉靖中兴"的局面，这与蒋氏教子有方有着密切的关系。而蒋氏进京路上驾临汝州温泉，也为此地留下了美丽的传说。

伊尹与汤王

范静

在温泉镇的核心区域有一条长约 1000 米的商业街，人称"汤王街"。这条街如果从被命名的时间谈起，用"历史悠久"一词来形容也毫不为过。历史上记载的汝州温泉的开发利用大都始于西汉初年，以温汤为名；在东汉时曾作为皇帝的游猎场所而存在；而在唐朝时改称"温塘"，亦称"汤王街"。要追溯这条街的起源，有两个人物不得不提，一个是商朝的开国君主汤王，另一个是辅佐商朝三代君王的贤臣伊尹。

汤王，即成汤，姓子名履，是契的第十四代孙，也是商朝的开国君主，约在公元前 1600 年建立了中国历史上的第二个奴隶制王朝——商朝，这是第一个直接有文字记录的朝代。贤臣伊尹，姓伊，名挚，尹为官名，指右相。伊尹在出相之前，就以研究三皇五帝和大禹王等一些英明君主的治国之道而闻名，这些足以让商汤动心。伊尹除了作为政治上可以辅佐国君打江山的贤臣之外，还是后世厨师的"鼻祖"。他将烹饪的原理和治理国家的方法结合在一起，深入浅出，提出了著名的"五味调和论"和"治大国若烹小鲜"的治国理念。同时，伊尹还是第一位被甲骨文记载的老师，这么厉害的一位身跨数个领域的政治谋略家，想必在任何一个朝代都是可遇而不可求的。伊尹作为商朝辅佐汤王打下江山的贤臣，自然名留青史。

伊尹是一个骨子里亲民爱民的人。一件他与温泉相关的传说就是，伊尹发现在汝州之地有温热的水泊存在，而百姓对于这未知的温水表示出极大的恐惧感。作为一个在药理和食疗方面有所长的人，伊尹当然会使出浑身解数来解救这些无辜的黎民百姓。他利用回乡探亲的机会，对这里的温泉进行了实际的勘探，先画出一个小小的地界，仔细地将水源、水的输送过程，及最后为人们肉眼所见到的情况都作了细致的对比分析，试图充分了解其中的构成和原理，并安抚人们不要对这些温水产生恐慌。首先让百姓尝试着与温泉水进行近距离的接触，感受温泉的柔滑质感和实际温度，消解其中的神秘感。然后带领百姓对这里的温泉进行样本的收集和整理。当他把所有的前期调研工作做好之后，便上书告知汤王，请求汤王的帮助，并开始逐个发掘这块区域里的温泉。心系于民的汤王更是不会错过任何一个为百姓分忧解难的机会。在伊尹的努力和汤王的得到大力协助之下，曾经被百姓视为灾难之水的温泉便成为人们日常生活中不可或缺的一部分。百姓开始有意识地运用温泉，发挥温泉在日常生活中的作用，造福自己。

虽然这段历史现在并未得到考证，但不得不承认，这一时期温泉的开发为以后各朝代帝王将相来此享受温泉之美提供了很好的条件。从2000多年前西汉文帝之母薄太后远道而来，尽享温泉沐浴，到唐太宗数次驾临温泉，欢娱享乐，及后来武则天在此摆起流杯亭侍宴，都为汝州之地留下了神秘且令人向往的传说。虽然如今温泉镇关于商汤和伊尹的遗迹已经不多，但是伊尹和商汤用自己名垂千秋的功绩印证了"得民心者得天下"的道理，并为后世人所谨记。

邓禹和汝州温泉

麦浪

云台二十八将，指的是辅佐汉光武帝刘秀一统天下、重兴汉室江山的二十八名功劳最大、能力最强的将领。汉光武帝去世后，汉明帝刘庄于60年在南宫云台阁命人画了二十八位将领的画像，史称"云台二十八将"。范晔《后汉书》为二十八将立传，称"咸能感会风云，奋其智勇，称为佐命，亦各志能之士也"。后世民间传说，云台二十八将对应上天二十八星宿，是天上的二十八星宿下凡转世辅佐刘秀，又为他们每人安了一个星宿的名称。

云台二十八将 之中，排在第一位的便是河南南阳人邓禹，在今天的汝州温泉镇，还有一个邓禹村。要论武艺当属贾复第一，论功劳最大的当属冯异、岑彭，然而为什么排在第一位的是邓禹呢？

邓禹年轻时曾在长安学习，与刘秀交好。更始元年（23年），刘秀巡行河北，邓禹前往追随，并提出"延揽英雄，务悦民心，立高祖之业，救万民之命"的方略，被刘秀"恃之以为萧何"。邓禹协助刘秀建立东汉，"既定河北，复平关中"，功勋卓著。

刘秀出巡河北期间，所做的大部分决定都与邓禹商量过。当时邓禹的角色相当于刘秀军中的首席参谋，给了刘秀很多鼓励。有一次，刘秀觉得自己控制的地盘太小，没什么势力，就和邓禹一起看着地图说道："天下这么大，而我如今只有这么一小块地方，我怎么才能安定天下呢？"邓禹说："现在天下这么混乱，人们都渴望由一个明君来统治，古人讲以德服天下，而不是以土地的多寡来评价人的能力大小。"邓禹一语切中要害，不能不说确有其高明之处，他的意思是统治者只有获得人心，才能真正服膺天下。刘秀听后，豁然开朗。

刘秀称帝后，邓禹主动上交了兵权，辞去了朝中的职务，回到家乡养老。与一些居功自傲的大臣相比，邓禹的品德更加高尚，读书人的出身使他养成了淡泊名利、待人宽厚的性格。

话说多年征战，让邓禹倍感身体疲乏，他向光武帝辞官之后回到家乡河南南阳。回乡之后，邓禹带领随从邓延时常纵情于山水之间，甚是逍遥。但邓禹在南征北战时落下了皮疹的毛病，而且经常复发，看过大夫，却收效甚微。

一日，他和邓延说起自己患有皮疹，邓延说，都说离家乡不远的汝州温泉水有治疗此病的疗效，您何不前往一试？邓禹说道，关于汝州温泉的疗效，我倒也听说过，不过当真有那么神奇吗？

想邓禹 13 岁就离开家乡前往长安求学，确实没有到汝州泡过温泉，自然了解很少。邓延说道，反正南阳离汝州不远，不如纵马前往。于是邓禹带着一队人马，扬鞭而去。

邓禹等人走了快一天，见到一条河流，河对岸丛林中白雾腾腾。他知道，这就是温泉所在地了。他驱马前往观看，见多股温泉从石隙汩汩涌出，汇为池汤。其水清如皓镜，色如碧玉。邓禹忍不住翻身下马，奔向泉中试浴。泡了大约两个时辰，邓禹果然感到通体舒泰。

邓延见主人如此惬意，提议第二天继续过来沐浴。如此连续十天，邓禹每天沐浴温泉，蒸腾的泉水果然无比神奇，邓禹的皮疹明显消退，久之，竟然得以痊愈。

"汝州的温泉果然是神奇之水！"邓禹叹道。只是他觉得有必要建所房子，让大家能在房子里泡温泉，以免在露天沐浴被闲杂人等围看有碍观瞻。于是，邓禹命邓延带着一帮侍卫，于树丛之间，披荆斩棘，平地凿池，又在池上建了房屋。邓禹为房子手书"天泉"二字，此后，他还常常带着亲朋好友来这里沐浴。

在邓禹的带领下，当地的百姓也纷纷建造了供人沐浴的温泉池。有人说，汝州温泉开始名声大噪，和邓禹关系紧密。

后来，邓禹的亲朋好友一旦有皮肤病或者颈椎、腰椎等疾病，他都推荐他们来此沐浴温泉。朋友们前往试过之后，果然都有明显的效果，一个个都赞叹不已。

后世人为了纪念邓禹对汝州的贡献，将他建造泉屋所在的村庄命名为"邓禹村"。直到今天，村民们说起大将军邓禹，都竖起大拇指称道不已。

马融与《广成颂》

薛梦缘

西汉时，汝州地区有一处深受帝王喜爱的狩猎游乐宝地，名曰"广成泽"，也就是后来为无数人称道的"广成苑"。东汉著名史学家、文学家班固曾作《东都赋》言："皇城之内，宫室光明，阙庭神丽；都城之外，因原野以作苑，顺流泉而为沼。"所说的都城之外，即是物产丰富的广成苑与大名鼎鼎的汝州温泉。

除班固的《东都赋》外，描写广成泽的还有一篇极为有名的《广成颂》。这是东汉著名经学家、儒家学者马融献给汉安帝的。从表面上看，这篇文章是对广成泽的草木鱼虫、飞鸟走兽详加赞誉，但是仔细阅读便会发现这篇《广成颂》除了赞美景物外，也蕴含着马融深深的忧患意识。究竟所为何事呢？

马融是东汉名将马援的重孙。马融自小善于言辞，极富才华。他的老师是挚恂，京兆人，博学多才，但是喜好清幽，隐居南山，不愿意应州郡的征聘。马融深得老师真传，学术造诣极高，年纪轻轻便誉满乡里。永初二年（108年），马融迎来了他人生中第一次为官的机会。当时，东汉朝廷面临内忧外患，百事艰难，尤其是羌人突起，一次又一次侵扰边境。大将军邓骘听闻马融的名声，希望能召他任舍人。

那一年，邓骘刚统帅各郡军队，在平襄与滇数万的羌军交战。这一战很是惨烈，邓骘带领的军队大败，总计八千多人战死。同年十一月，邓绥命邓骘回师，任命他为大将军。因此邓骘就开始在附近招贤纳士，希望马融可以出仕为官。马融深谙世事，但为人又十分清高，一开始婉言谢绝了，内心不屑任职。

但是连日的一些事件改变了马融的观念。羌人自从获胜而士气大振；但与之相反，中原百姓的日子却是一日不如一日。百姓们买不起粮食，湟中地区各县的谷物每石高达一万钱。与此同时，粮食运输也十分艰难，难民不计其数。这段时间，马融也饱受饥饿之苦。一日读书毕，他搁下书本长长地叹了口气，对身边的人说："古人有言：'左手握天下之图，右手刎其喉，愚夫不为也。所以然者，生贵于天下。'"马融认为，现如今生命是最可贵的，如果一边胸怀抱负顾及天下，一边却拿刀割自己的喉咙，那是不明智的，此话流露出了他的后悔之意。于是，他答应了邓骘的征召，出仕为官。

过了两年，马融被拜为校书郎，前往东观典校秘藏书籍。虽然汉安帝刘祜是皇帝，但实际上他并没有多大的施展空间，掌握国家权力的是邓太后，辅政的为邓骘兄弟。虽然马融擅长文学，但是过去的经历使他明白，国家想要发展是，文武同样重要。当时朝堂许多官员都饱读诗书，但观念陈腐，很多儒生眼光十分短浅，认为"文德可兴，武功宜废"。永初二年（108 年），汉安帝还下令将曾经规模宏大的广成苑——这个绝佳的游猎之处租借给贫民垦种度荒，后来甚至将广成泽能垦之地都赠予贫民。虽然这一举措有利于民生，但从另一方面看，也能感受到执政者"弃武从文"的治国理念。看着国家停止了田猎，同时也不再考究兵法战法，马融十分心痛，也为国家的安危担忧。他认为，自古以来圣贤对于文武之道，都是极为重视的，怎么能不讲武功、任其荒废呢？

因此，他便洋洋洒洒地写出《广成颂》，盛赞天然的猎场广成泽。马融在文中对广成泽曾经作为皇家御苑的历史大为赞叹。他在文中写道："是以大汉之初基也，宅兹天邑，总风雨之会，交阴阳之和。揆厥灵囿，营于南郊。"这说的是广成苑的历史，"灵囿"是指广成泽。"神泉侧出，丹水涅池，怪石浮磬，耀昆于其陂"，这里谈的是汝州温泉。汝州的温泉极负盛名，水温宜人，池水潺潺而流，池边怪石林立，十分有趣。偶有阳光直射在水面上，温泉水就闪闪发光，光耀夺目。水池的周边风景秀丽，舒缓身心，当地人都称赞此水为"神泉"。除此之外，马融还在文中对山、水、林、竹、鸟、兽、虫也都加以介绍。

马融在文中屡次提到"蒐狩之礼"。大蒐礼指的是以田猎之名举行的军事演习。也就是说，帝王每年进行田猎其实不仅仅是玩乐或者是遵循传统，更是为了昭示武力的强盛。根据《周礼·大司马》对大蒐礼的记载，这场礼仪前半部分是教练和检阅之礼，后半部分是田猎演习之礼。在马融看来，如果汉安帝依旧制举行田猎，那么对外，可以向敌方显示自己国力强大；对内，可以惩奸除恶，更好地应对叛乱。马融很希望通过这篇颂文达到讽谏的目的。

然而历史的吊诡之处在于，马融这篇充满激情的文章却丝毫没有改变统治阶层的观念。邓太后读过颂文之后大怒。对太后来说，她需要的是臣子的服从，而不是对她的决策发出质疑。于是，马融再也没有了升迁的机会，终日待在东观校对书籍。马融怀才不遇，自然满腹怨言，好不容易找到一个机会，借口侄子去世，逃离宫廷。邓太后一听，愈加生气，又想起之前马融所作的《广成颂》更是恼怒，便下令："马融不遵从朝廷的命令，禁止他此后为官。"因此，虽然马融得以回归乡里，但是他不被允许在州郡做官。后来，直到汉安帝亲政，马融才得以复出。这篇伴有强烈的民族忧患意识的《广成颂》与这段往事也流传下来，供世人评说。

张衡《二京赋》赞汝州温泉

郭锰

说起东汉的张衡，大多数人首先想到的就是地动仪，由此认定张衡是位地理学家。但实际上，张衡一生涉猎广泛，不仅对科学有着极大的兴趣，发明了浑天仪、地动仪这些当时领先世界的仪器；而且极擅长作赋，与司马相如、扬雄、班固并称为"汉赋四大家"，郭沫若评价：张衡是"东汉末叶杰出的文学家，他的《二京赋》在汉代文学中有优越地位"，"如此全面发展之人物，在世界史中亦所罕见，万祀千龄，令人敬仰"。

说到张衡的《二京赋》，这里面就有一些跟汝州温泉有关的故事。

张衡生活的年代是东汉的汉和帝执政时期，当时还没有科举制，人才选拔主要靠察举制。察举制就是皇帝命令地方官员访察当地的人才，见到贤能之士，推举到中央，再经过中央的考察，就可以做官了。察举制虽然现在看上去不完善，但在当时，可以说是非常先进的选拔制度。地方官员虽然有的昏庸无能，收受贿赂，举荐了一些能力不高、素质极低的人，但是也有一些地方官尽职尽责地走访，推举了一些名副其实的贤才，其中就有张衡。

但是张衡好像却并不在乎这些，被举为"孝廉"之后，官府多次征召他，他却一直不肯去。张衡的朋友问他为什么不接受官府的征召，张衡说道："现如今官场黑暗，民不聊生，做官不一定能为国家和百姓作多少贡献，不做官也不意味着没有其他方式为百姓和国家作贡献。不知各位是否听说过班固，他曾经写过两篇特别有名的赋，叫作《两都赋》。我要仿照他的这两篇赋，作相似的两篇文章，题目我都已经想好，叫作《二京赋》。当年班固的《两都赋》轰动一时，如今我也要靠这两篇赋抒发我的志向，同时讽谏朝廷！"

张衡作《二京赋》的事情就此也提上了日程。张衡认为，作《二京赋》的目的是讽谏，是直抒胸臆，但也不能只有这些议论抒情性的文字，他需要学习班固的铺陈描写，而为了做到这一点，他就必须亲自游历"二京"，于是张衡踏上了旅途。在行至东京洛阳时，他记起班固曾经提到过的温泉，便在完成对洛阳城的考察之后，来到距离洛阳不远的汝州，要亲眼见识一下当地的温泉。

张衡毕竟不只是一位文学家，见到如此美丽的温泉，他的脑海里除了出现那些赞美的词藻之外，还对温泉的来源和功能产生了浓厚的兴趣。但是，他没有像先贤那样只是享受温泉并赞扬一番，而是对当地的温泉进行了科学的考察，最终他发现，这些温泉当中含有丰富的矿物质，是非常宝贵的地质资源，有利于身体健康，这也就解开了温泉药浴的神秘面纱。张衡兴致勃勃地把这些都记载下来，并在《东京赋》中给予了记述，"温液汤泉，黑丹石瑙"。后人薛综注解为：汤泉之流，黑丹石瑙之所出，言泉水如汤，浴之可以除病。

张衡前后用了十年的时间，才完成《二京赋》。其间他对两地进行了大量的实地考察，包括汝州温泉在内，发现了许多有趣的地质、天文现象，解释了很多不为人知的秘密。或许就是由此开始，他对天文和地理都产生了浓厚的兴趣，所以在他作完《二京赋》之后的一段时间里照旧不受朝廷征召，而是将全部的精力都放在了他一心所念的数学、天文、地理等科学上，最终成为一代大家。

郦道元考察温泉水

程曦

郦道元，字善长，范阳涿州（今河北涿州）人。平东将军郦范之子，南北朝时期北魏官员、地理学家。少年时代，郦道元就曾随父亲到山东游历，一路游览山水胜景，曾观赏过临朐县的熏冶泉水、石井的瀑布等诸多颇具盛名的美景。瀑布飞溅之壮丽、泉水蜿蜒之秀美都在郦道元心中埋下了向往的种子，使他对地理考察萌生了极大的兴趣。于是郦道元开始潜心学习，阅遍群书，对于有关地理文化的文献更是格外用心地去搜集。在搜集的过程中，郦道元发觉古代地理著作虽然不少，但其内容却有不少缺漏和不完整之处。尤其随着朝代更迭，地理名称变换，当时的记载很多已与今日有了出入。他由此萌生出一个新的念头——自己去实地考察，将文献中的缺漏之处——补充完整。

后来郦道元因博闻强识，才干出众，很受北魏朝廷的赏识，青年入仕，先后在山西、河南、河北等地做官。他时常借工作之便和公余之暇，到各处进行实地考察。凡是郦道元任职之处，他都尽力去搜集当地的地理著作和地图，并根据古代文献、图籍所记载之内容，考察各地河流干道和支流的分布，以及河水流经地区的地理风貌，并加以补充完善。他不辞辛苦，跋山涉水，追根溯源，寻访历史古迹，而且很注重对活材料的搜集。他还去民间走访，搜集当地的神话传说、奇闻逸事、俗谚歌谣，将风土人情和自己的所见所闻都详尽地记录下来。他由此积累了丰富的原始资料，这些宝贵的资料为他完成巨著《水经注》打下了坚实的基础。四十卷《水经注》旁征博引、内容翔实，具有极大的科学价值，有益于后人的研究，而且尤为可贵的是，其文笔优美而隽永，读之不觉枯燥反而回味悠长，这与郦道元亲身走访、考察是密不可分的。他将对祖国山河的热爱，都倾注于字里行间，使这部著作既有地理科考的意义，也具有重要的文学价值。

话说郦道元一路跋山涉水，步履所经，留下不少美丽的传说。508—512 年，郦道元任鲁阳太守（郡治现河南鲁山县），政绩很是显赫。鲁阳原本是南方边远地区，不立大学。郦道元上奏，请求在鲁阳设立学校，使此地百姓逐渐有了文化教养。老百姓佩服他的威名，都谨遵律法制度。任职期间，郦道元自然不肯安闲。汝水西出鲁阳县，他便寻汝水之踪迹一路东行，实地考察加以记录。他喜欢独自出行，这样才能更好地沉浸于山水之中，也能真正体察风土人情。一日，郦道元行至广成泽。此地据说是广成子修仙之处，历来为皇家喜爱，曾有不少君王驾临此处。郦道元一面游赏此处胜景，一面回想着文献中的有关记载，不知不觉竟偏离了大道，不知行至何处，一时迷失了方向。他不得已，只好先寻了一处平滑的石头，暂且坐下来休息。郦道元一坐下来，方才发现自己走了太久，脚上磨出了血泡，腿也酸胀不已，他心中不禁暗暗叫苦。这些年跋山涉水各处考察，腰腿都落下些病痛。不犯时倒还好，若是一发作起来，必得针灸、火灸一番才能缓解。自己一时大意，过于劳累，引得旧疾发作。此处少有人迹，哪里去寻大夫替自己医治？郦道元只得先放下行箧，勉强推拿一番，暗盼能有好转，可疼痛却越发难忍起来。

眼见日头偏西，郦道元心中十分焦急。正不知如何是好，忽然看到一个须发皆白的老人家背着竹编的大筐从另一条小路走到此处。郦道元大喜，连忙道："老丈，在下迷路至此，能否请您帮忙指路去最近的村镇？"老丈爽快应道："那是自然。老汉我也是刚刚打了草要往家去，小兄弟便同我一处走吧！"郦道元刚要起身便脚下一软，赧道："能否请老丈搭把手，在下腿脚有疾，眼下行走实在不便……"老人家走上前来，替郦道元推拿了两下，将他搀起来，笑道："小兄弟偏巧迷路至此，你可知道我们这里有神泉？你这腿疾不重，若是在神泉水中泡上一泡，保管好了！这样，今日你宿在我家，明日我带你去神泉！"郦道元虽然心中疑惑，但不忍推阻老人家一番盛情，当晚便宿在其家中，第二日拄着老丈儿子暂且削成的竹杖，随他一同前往所谓的"神泉"。到了地点，郦道元方才恍然大悟。只见那泉水沸且清，清澈如碧，原来是一汪温泉！老丈扶着他泡进泉水中，笑道："怎么样？"郦道元只觉四肢百骸都为温热的泉水所包裹，无一处不舒爽。方才双腿上沉甸甸的胀痛，似乎随着泉水流走了一般，瞬间轻快了不少，连忙笑着应答："多谢老丈！这神泉正如您所说，当真灵验得紧！"于是，郦道元便在这小村中停留数日，每日都去温泉水中泡一泡，腰腿上的旧疾竟完全好了。他还借此机会考察了一番温泉水之流向等情况。郦道元告别老丈一家回到鲁阳后，便将自己所见载入《水经注》中"汝水"一章："汝水又东，与广成泽水合。水出狼皋山北泽中。其水自泽东南流，经温泉南，与温泉水合。温泉水数流，扬波于川左。泉上华宇连荫，茨甍交拒，方塘石沼，错落其间。颐道者多归之。其水东流，注广成泽水。泽水又东南入于汝水。"

名医孟诜与智乐泉

叶一格

汝州东濒汝水，西掖广成泽，南瞻伏牛山，北望嵩岳，山川秀丽，风景如画。相传，我国唐代医学家孟诜便是汝州人，他对智乐泉颇为推崇。这智乐泉，乃是"仁者乐山，智者乐水"之意，孟诜著作《食疗本草》的灵感便来源于此。

智乐泉在一座青山之中。青山之上蓄了一泓清泉，孟诜来采药时便看见了这泓清泉。这泓清泉，收藏着青山的倒影，照映了星辰的顾盼。

孟诜沿池漫步，看绿树清波共映，见水面浅浪微微，岸边湿润淡淡，岸边有一碑，上书"智乐泉"。"原来叫这名，智乐智乐，倒是不错。"孟诜自言自语，便感心思神驰荡漾，胸腔呼吸清新。他又环泉而游，随景致走走停停。

"这真是个世外桃源。"此时已过冬至，若是下水一游，恐怕要得风寒，想到此，他便莫名有些遗憾。不过游不得水，喝几口也是无妨的。他拿了竹筒向泉中一捞，轻抿一口，甘而甜；再尝一口，这泉水竟然是温热的！他又喝了一口，果真是热的！

孟诜惊喜道："想不到这竟是个温泉。"

他放下背着的竹篓，脱下衣服就跳进了温泉。他浸于泉中，清而暖的泉水使他的眼中蒙上了湿漉漉的水汽，他细细感受着这智乐泉的美妙。

不一会儿，晚霞染红黄昏的天空，天地一片红光，整个温泉便呈现一片金光闪闪。

孟诜觉得自己的周身，都被这智乐泉温热清纯的流水洗刷得洁净透亮，仿佛浑身都充盈了真气，飘然若仙。孟诜道："此乃仙境！"倏尔，一只大鸟飞来，此鸟仰天嘹唳，声振林樾，响遏行云。孟诜听见此鸟冲天而去，才惊觉已是傍晚了。

"智乐智乐，不知归期。"孟诜穿上衣服，环顾四周，记住了此处方位，便归家了。

第二日，孟诜拿了纸笔，背着竹篓，又来到智乐泉。昨日他来时便发现此处有不少药草，而看似普通小花的却是甘菊。

孟诜缓缓拿出笔，不紧不慢地在纸上写了几行字："甘菊〈平〉，其叶，正月采，可作羹；茎，五月五日采；花，九月九日采。并主头风目眩、泪出，去烦热，利五脏。"想了想，又闻了闻那甘菊的味道，又添了一笔："野生苦菊不堪用。"

正所谓"地之所养，天地合气，人以禀天地气生，并而为三才"，这些药草与智乐泉比邻而居，自是沾了不少灵气。

他静静地看着眼前的青山，即便是冬日，这片山也不曾萧瑟，依旧万木茂密，郁郁葱葱。如此景致，大约是此泉的灵气所养。这智乐泉隐藏在青山之中，富有生机和活力，洁净而又自然。倏尔山顶云霭低沉，朦胧缥缈，如真似幻，为智乐泉平添神秘和妩媚。

孟诜想着，如此之境，倒让人不想离去了。若是能活得长久些，多来此看看，也不辜负来这人间几十年的光阴。自己恰是医者，莫不如写下自己所知，让更多人知晓。

想到此，孟诜又脱下衣服，浸入泉中。昨日在这里泡了会儿，就觉神清气爽，他平日晚上不易入睡，没想到泡了智乐泉后回去，睡眠质量竟比平时好。

孟诜想，这泉水莫不是有助眠之功？当今圣上夜不能寐，易晕眩，龙身不稳，不如进谏让圣上来此一沐。此处气候宜人，环境清幽。温泉周边，绿山碧水，峻峰峭立，风景秀丽，饶是一国之君，也说不出嫌弃的话。

孟诜曾为高宗瞧过龙体，知朝中无法，便进谏了。仪凤元年（676年）二月，唐高宗李治偕皇后武氏驾临汝州智乐泉，沐浴龙身凤体，高宗的风眩症果真好了不少。高宗龙心大悦，返回东都洛阳后，诏免汝州当年赋税一半，赐耄耋百姓帛。

此行孟诜居功至伟，孟诜原先任长乐县尉，因着此事，高宗便让他升迁凤阁舍人，两年后又升任春官侍郎，负责礼部事宜，不可谓不风光。

孟诜将在智乐泉所悟之理，也记录了下来，这便是今日的《食疗本草》。

明朝进士徐宗容抵汝州之时听闻此事，便描述道："山上绿叶交叠，山形三尖如覆鼎，众山环之，秀色娟娟媚人。智乐泉一暖潭，活碧山半。乱石一壑，作紫玉色。智乐泉宛转，色较缜润细致而润泽，想暖流汪注时，沐浴其中，喷珠泄黛，当更何如也！"

一汪温泉，暖身暖心。如今的智乐泉在汝州也是出了名的，所谓："一了相思愿，钱唤水多情。腾腾临浴日，蒸蒸热浪生。浑身爽如酥，怯病妙如神。不慕天池鸟，甘做温泉人。"果真是，养性者，善言不可离口，善药不可离手，善泉不可离身。

后世之人听此传说，无不感叹此泉精妙。如今世人，多携带家中之人来汝州，共沐此泉。

汝州也因此深得人心。

宋之问汝州温泉养病

麦浪

　　初唐时期诗人宋之问那首著名的《渡汉江》名扬四海："岭外音书断，经冬复历春。近乡情更怯，不敢问来人。"写出了诗人将要回到家乡，却心中忐忑的游子之情。当时的宋之问和沈佺期、杜审言（杜甫的爷爷）齐名，不过要说诗才，他属第一。宋之问和沈佺期合称"沈宋"，他们对中国格律诗的发展起到至关重要的作用。中国格律诗一直到现在，宋之问和沈佺期二人功不可没。

　　宋之问年纪轻轻就高中进士，才气逼人，这在当时是被公认的。有关他的才华有一个故事叫"龙门赋诗夺锦袍"。武则天晚年在洛阳龙门举办赛诗会，她规定，参赛的大臣谁第一个写完，谁就是第一名，获得一套锦袍作为奖品。老臣东方虬先写完了，把诗交给武则天，兴冲冲地领到了锦袍。没想到他落座未稳，宋之问也交卷了，武则天一看，宋之问这首诗写得文理俱美，和他一比，东方虬那首明显有落差。怎么办呢？武则天当机立断，从东方虬那里把锦袍一把夺下，赐给了宋之问。因为这事儿太有戏剧性了，所以成为唐朝诗坛一段著名的佳话。

　　由于宋之问长期伏案写作，久而久之，颈部和背部疼痛不已，就是我们常说的"腰椎间盘突出症"，各种办法都试过，却收效甚微。这时，有官员建议他去离洛阳不太远的汝州温泉，说不定泡泡温泉能够缓解疼痛。这一说还真是提醒了宋之问。他想着当年武则天就对汝州心心念念，不但去了好几次汝州温泉，还在温泉设了"曲水流觞"，所以那里定是一个好去处。关于汝州温泉的好处，他也听过不少，心想不妨把公务放置一边，去温泉放松放松，说不定真能缓解疼痛呢！

很快，宋之问让手下收拾停当，便去往汝州温泉。他是第一次来温泉，一泡进池中，就明白了那么多皇帝爱上这里的原因，果真是舒爽无比。宋之问知道当年唐高宗因为泡温泉，连久治不愈的风眩症都好了很多，也许自己的颈背痛也能治愈呢！

就这样，宋之问一连在汝州温泉待了足足半个月，果然疼痛感几乎消失殆尽。在感叹汝州温泉神奇的同时，这位才子诗兴大发，写下了《温泉庄卧病寄杨七炯》：

> 移疾卧兹岭，寥寥倦幽独。
>
> 赖有嵩丘山，高枕长在目。
>
> 兹山栖灵异，朝夜翳云族。
>
> 是日濛雨晴，返景入岩谷。
>
> 幂幂涧畔草，青青山下木。
>
> 此意方无穷，环顾怅林麓。
>
> 伊洛何悠漫，川原信重复。
>
> 夏余鸟兽蕃，秋末禾黍熟。
>
> 秉愿守樊圃，归闲欣艺牧。
>
> 惜无载酒人，徒把凉泉掬。

这首诗对汝州温泉山水胜景极尽赞美之意，同时，也表达了宋之问既向往田园牧歌式的生活，又放不下喧闹的官场生活的复杂心情。

孟浩然返乡路上过温泉

麦浪

唐代著名诗人孟浩然（689—740 年），襄州襄阳（今湖北襄樊市）人。孟浩然的诗多数为五言绝句，题材不宽，主要写山水田园、隐逸、行旅等内容。他和王维齐名，在艺术上有独特造诣，继陶渊明、谢灵运、谢朓之后，开盛唐田园山水诗派之先声。几乎每一个中国人都熟悉他的诗《春晓》，也有很多人对他的《过故人庄》印象深刻："故人具鸡黍，邀我至田家。绿树村边合，青山郭外斜。开轩面场圃，把酒话桑麻。待到重阳日，还来就菊花。"

话说当年，孟浩然从洛阳考试不第返归襄阳故里，中途经过汝州，并在汝州稍作停留，还写下了一首《行至汝坟》（按："汝坟"指汝水堤岸，代指汝州）：

> 行乏憩予驾，依然见汝坟。
>
> 洛川方罢雪，嵩嶂有残云。
>
> 曳曳半空里，明明五分色。
>
> 聊题一时兴，因寄卢征君。

这首诗表达了孟浩然欢快的心情。虽然没有考上进士，但毕竟在洛阳结交了一群朋友，并且常常欢饮达旦，也真是人间乐事。走到汝州时，孟浩然觉得舟车劳顿，便决定在汝州歇息两日。

孟浩然本是寄情山水之人，既然到了汝州，总要看看当地的风土人情，所以打发书童去了解这里有什么地方值得一看。不一会儿，书童回来报称，汝州有中原一带最好的温泉，当地人泡温泉已经成了习惯。孟浩然一听，非常感兴趣，便立即和书童前往汝州温泉一探究竟。

果然泡汤者众多。孟浩然宽衣解带，进入一个温泉池中。他转头问身边一位老者，这温泉都有哪些好处。老者看着他，笑道："一看你就是途经此地的外地人。我们这里的温泉不仅对颈肩腰腿痛、风湿病、皮肤病有显著疗效，而且开国以来还有多位皇上都来过这里。"老者来了兴致，和孟浩然说起武则天"流杯亭侍宴"的故事。孟浩然猛然想起，早先就听说过的武则天效仿王羲之"曲水流觞"一事，原来说的就是这儿啊！

孟浩然心情大悦，想着人间愁烦本已许多，何必为了自己没考中进士而心感不快呢？不如在这温泉之中多泡上半日，让烦恼都随这氤氲之气飘然远去吧！

此后，孟浩然返回乡里，也不再求取功名，而是安安心心地做他的田园散人了。

唐朝宰相苏味道咏温泉

麦浪

说起唐朝宰相苏味道（648—705 年），可能知道的人不太多，不过，要说他的后人——苏洵、苏轼和苏辙，那是大名鼎鼎的"唐宋八大家"中的三位，几乎无人不晓。据记载，苏味道从小聪颖过人，9 岁时即能题诗作文，弱冠之年便金榜题名。他与李峤、崔融、杜审言合称初唐"文章四友"。在诗歌方面，他与李峤、沈佺期、宋之问同为中国古代格律诗的奠基人。因此，苏味道可算是初唐文坛一位响当当的人物。

700 年，武则天第三次前往汝州温泉，不同于前两次她陪同高宗，这次她是作为统治者、作为主角去的。当时正是初春乍暖还寒之时，她下令掘大池，建亭阁，仿效王羲之兰亭"曲水流觞"，命文臣围池而坐，羽杯流转，在谁面前停下，谁就举杯一饮而尽，然后赋诗一首，庆贺嵩山封禅成功，天下太平。这项风雅盛事持续了三天，事后，武则天将这些诗篇汇编成《流杯亭侍宴诗》，命凤阁舍人李峤作序，秘书丞殷仲容书丹，刻石立碑于池侧，是为"武后碑"，与"流杯亭""武后池"一起成为汝州温泉的风景。而苏味道正是当时赋诗的文官之一。

苏味道写的诗为《初春行宫侍宴应制》：

温液吐涓涓，跳波应急弦。

簪裾承睿赏，花柳发韶年。

圣酒千钟洽，宸章七曜悬。

微臣从此醉，还似梦钧天。

显然，这首诗是奉承之作，极尽巴结之意。

苏味道后来因为阿附张易之，于中宗即位后被贬为眉州刺史，死于任所。正因为去了眉州，所以他的后代里才有了著名的四川眉山"三苏"，这是后话。但无论如何，苏味道还是留给后世不少好诗，并且在汝州温泉的历史上添上了一笔。

刘禹锡携牛僧孺浴温泉

麦浪

刘禹锡，字梦得，河南洛阳人。他从小聪明过人，官至三品之上，是朝中核心层人物之一。

刘禹锡在汝州做过一年多的刺史，在此期间，还流传下来他和当朝宰相牛僧孺的一段故事。

835 年的一个夏夜，朝廷一品宰相、闻名天下的《玄怪录》作者牛僧孺一行路过汝州，在此稍作停留将继续前行。作为汝州刺史的刘禹锡自然要在汝州的望嵩楼上设宴款待。两个人其实是旧相识，刘禹锡年长于牛僧孺。三十年前，牛僧孺还是一位翩翩少年，他拿着自己的文章去拜会已经成名的刘禹锡。刘禹锡却当着客人的面，拿出名士派头，很不客气地将他数落了一番，让牛僧孺觉得很没面子。但碍于地位的悬殊，牛僧孺只能悻悻离去。

没想到，三十年河东，三十年河西，此时牛僧孺已经成了刘禹锡的上司。席间两个人虽然没有说多少话，也频频举杯，但彼此心照不宣，想起那陈年旧事，都有些难以释怀。

觥筹交错之间，牛僧孺有些喝多了，想到往事，颇有些报复的心理。他让人拿来纸笔，信手写下七律《席上赠刘梦得》，其中有这样两句："莫嫌恃酒轻言语，曾把文章谒后尘。"明显对当年之事仍然介怀。

刘禹锡一看这诗，甚为惊恐，连忙和了一首《淮南牛相公述旧见贻》，全诗如下："少年曾忝汉庭臣，晓岁空余老病身。初见相如成赋日，寻为丞相扫门人。追思往事咨嗟久，喜奉清者笑语频。犹有当时旧冠剑，待公三日指埃尘。"

刘禹锡这首诗显然把自己的地位放得很低了，有阿谀之意。这牛僧孺也是大度之人，看了刘禹锡所写，再看他的神情，知道刘已经认识到当年的做法不妥当，便心想，各让一步，不再追究。他笑道："梦得兄，往事已去，不必多言，你我现在同朝为官，当勠力同心，为天下苍生谋福祉才是。来来来，饮酒饮酒。"

月上高空，刘禹锡和牛僧孺俩人不仅对往事渐渐释怀，而且都已喝得飘飘欲仙。牛僧孺问道："梦得兄，明日我还在汝州停留一日，不知汝州可有休闲之所可去？"

这话算问到了点子上。刘禹锡不久前带着随从去了汝州温泉沐浴，在温泉之中泡上一两个时辰，通体舒畅，妙不可言。他立即告知牛僧孺，次日可陪同前往温泉休闲。

第二日，刘禹锡和牛僧孺各自带着随从，前往温泉镇。牛僧孺虽然身居高位，却是第一次见到这么好的温泉。他看到温泉之上微微泛着热气，宛如仙境。他问刘禹锡空气中弥漫着是何种味道。刘禹锡说是硫黄之味，这种硫黄温泉有治病之疗效，如果有皮肤病，治疗效果更明显。牛僧孺正好那几日背部瘙痒，便迅速解开官服，探身于温泉之中。这样泡了大约两个时辰，果然觉得人很放松，疲乏之感被抛到了九霄云外，背上瘙痒之感仿佛也好了很多。

牛僧孺穿上衣服，禁不住对刘禹锡说："这里真是一个好地方，若是每月能到这里来泡上一两回，岂不快哉？今后如有机会再到汝州，一定让兄陪我再来沐浴温泉。"刘禹锡连连称是。

据说刘禹锡后来还多次陪朋友来温泉沐浴。虽然他在汝州做官的时间并不长，但也许因为本身是河南洛阳人的缘故，所以他对汝州的感情是特别深的，尤其对汝州温泉，更是念念不忘。

孟郊三访汝州

范静

提起孟郊，人们想到的第一首诗就是《游子吟》，第一个文学词汇就是"郊寒岛瘦"，他的诗词多以"清苦"的特点而被世人所熟知。若是了解他的生平，便不难理解他的诗中之意及其诗作的行文风格。孟郊一生活了六十三岁，两次科举考试落榜，在四十六岁的时候才考中进士。但是由于在其位不能施其政，或者说是不能获得很高的幸福感，他就选择了雇人代替自己来打理政务，而他本人呢，则在洛阳——一个多山多水之宝地，不冷不热地维持着他所谓的仕途。他经常约上三五好友，放浪形骸于山水之间，谈诗说赋就成了他的生活日常，所以久而久之，他对周边地区的山山水水已经相当熟悉了。汝水流经之地较多，理所应当地成了他常去的地方。从他传世的诗词里，我们可以清楚地看到汝水之于他，更像是一个可以完全放松自己、约会好友的佳地。

在汝水边一个名叫南潭的地方，有一次他和远道而来的老朋友陆中丞在此相聚，吃饭喝酒，相谈甚欢。没想到酒至酣处天突降大雨，于是大家临时起意，想在山间走一走。豆大的雨点很快便将地面打湿，一群酒意正浓的人穿着草鞋拄着竹杖嘻嘻哈哈地顺着山路往下走。走走停停之间，忽然听到一阵别样清脆的水拍石岸的声音。循着声音继续前行，只见路边的水变得越来越清澈。于是一群人开玩笑让陆中丞就着这清凌凌的水先洗把脸，如果刚才的杯箸之欢是为他接风，那这清水洗脸就当作洗尘了。虽然雨滴把平静的水面一点点击破，但是水底的小石块还清晰可见，这几块堆在一起像腾飞的巨龙，那几块挨在一起像一棵松树，于是大家都满心欢喜地分享着自己的新发现。欢笑之间，不知谁大喊一声，看见不远处的山顶上有一座小亭子，大家前呼后拥地向那座神秘的小亭子走去。登山的途中，雨势渐小。腿脚快的人率先跑到山顶，朝着掉队的人报告这山顶的景象。大家加快速度，到达山顶后禁不住大吃一惊。原来是骤雨初歇，天渐放晴，山间开始有一团团烟雾在其中游走，站在山顶仿佛置身仙境一般。正当大家沉浸在其中的时候，一阵悠扬而清脆的琴声从不远处的亭阁里飘荡出来。无奈此时夕阳西下，大家只能带着小小的遗憾暂时下山回家。

又过了几日，陆中丞要辞别孟郊，但是在临行之前，他还想去山上探个究竟。孟郊爽快地答应了第二天一大早就去登山，并吩咐家仆赶快去准备酒菜。鸡鸣几遍，天刚破晓，几个人就迫不及待地出发了。清早山间小路上的行人尚少，只有草尖上晶莹的露珠相伴，一路吹着欢快的口哨不多时就到达山顶。这次大家直奔目的地，还没到小亭子，眼尖的家仆就已经看见了在亭子中弹琴的一个老者。他完全沉浸在自己的琴声和习习清风中，并没有意识到琴声已经吸引了这几个早早前来造访的人。大约过了半个时辰，老者才缓缓地息音，睁开眼看到跟前这一群陌生的人，并跟他们交谈了起来。孟郊和陆中丞并没有说明来意，只是拱了拱手说恰巧路过想歇歇脚，而老者也没有过多地询问。这两个在仕途上并不是一帆风顺的人在这半个时辰的琴声中似乎都感受到了什么，觉得心胸开阔起来，忍不住拿出酒来唱起歌儿，突然觉得眼前的山石可爱起来，水流声活泼起来。原本是两个文弱之人，此时竟十分豪爽，力邀老者加入。他们席地而坐，开始享受这清酒和菜肴，只谈生活，不问世事。周围不高不低的山肩挨着肩，也似乎和他们一起融进这美好的宴会中。相互举杯，只需只言片语便懂得对方的内心。

送走了好友陆中丞之后，孟郊对山上弹琴的老者念念不忘，那天在山上相聚的短暂时刻总是在眼前浮现，于是他决定到山上去寻访一下那位老者。此时已渐渐有了寒意，前几日还满目苍翠的山峦，现在北风一起，竟多了几分萧瑟之意。果然一个人再走这条路，会寂寞许多。可是在孟郊登山的过程中并没有听到那熟悉的琴声，这让他多少有些惊讶，于是他加快了登山的速度，可惜到达山顶之后仍然没有看到那天弹琴的老人。孤单单的亭子周围杂草丛生，只剩下那一把琴还安静地躺在石桌上，但是上面已经落满了灰。孟郊顿时感到怅然若失，他绕着亭子来来回回走了很多圈，正准备离开的时候，猛然回头发现在琴下面压了一张字迹早已干掉的纸，上面写着一些劝人心宽、世事莫强求的话，落款是：金山寺人。后来他所吟诵的"千里愁并尽，一樽欢暂同"大概就是对这段与陆中丞相知相遇、与老者不期而遇的缘分的最好记录吧！

关于孟郊三到汝州的可考文献，现在已知的只有他作的三首诗——《汝州南潭陪陆中丞公宴》《汝州陆中丞席喜张从事至同赋十韵》《夜集汝州郡斋听陆僧辩弹琴》，从诗的内容中也可以粗浅地分析出孟郊当时的洒脱心境与汝州的绵延青山和清澈流水有着一些微妙的关系。

北宋名家杨亿游温泉

麦浪

杨亿（974—1020年），字大年，建宁州浦城（今福建省浦城县）人，七岁能属文。宋太宗闻其名，在他十一岁时召试词艺，授秘书省正字，曾为翰林学士兼史馆修撰，官至工部侍郎。

大中祥符六年（1013年），也就是在杨亿将近四十岁的时候，他以秘书监身份任汝州知州。一次，朋友钱惟演来访。

钱惟演，字希圣，钱塘（今浙江杭州）人。他是吴越末代国主钱俶的四子，幼年随父亲投降大宋。到了宋真宗继位后，钱惟演逐渐有了进入上层的机会，经过多年小心谨慎的打拼，最终钱惟演和杨亿一样，也成了翰林学士，这相当于北宋时期文臣里面的最高职称。钱惟演后期攀附刘皇后，通过子女与皇家的政治联姻巩固自己的政治地位，这都是后话了。这个时候的钱惟演还是和杨亿差不多，都是较为纯粹的文人。

虽说汝州离洛阳不过一百多里地，但来回一趟也是舟车劳顿。看到老友前来探访，杨亿心中自是十分欢喜。杨亿在汝州著名的望嵩楼上设宴款待钱惟演，席间说起汝州有一风穴寺，寺中的僧人禅性极高，建议钱惟演有空可去一看。杨亿推荐风穴寺也是必然，他自己对佛教兴趣盎然，宋代名僧惠洪对杨亿的禅学修养曾作出过很高的评价，他认为："大年，士大夫，其辩慧足以达佛祖无传之旨。"

第二日，两个人便带着随从兴致勃勃地游览了风穴寺。杨亿因为多次来过寺里，所以说起寺中的种种如数家珍，钱惟演听得十分着迷。半天的游览结束后，钱惟演对杨亿说："大年兄，余闻汝州有一处温泉之所甚是有名，不知兄是否有闲暇带我去温泉看看。"杨亿笑道："此地温泉乃是中原一带最好的温泉，希圣兄果然是行家，明日我便陪你前往。"

隔日，俩人来到汝州温泉。泉水淙淙，热气腾腾。杨亿和钱惟演宽衣解带，赤诚相见，一边泡温泉，一边说着朝中轶事，好不惬意。

浸泡在温泉池中，杨亿不禁灵感闪现，急忙唤人取来纸笔，写下了《温泉》一诗：

> 大造真炉冶，不炊亦沸汤。
> 珠喷泉带雨，暖溢谷称旸。
> 仗涤尘凡虑，兼滋枯槁乡。
> 惟余诗酒癖，未肯告医王。

这首诗形象地刻画了天造地设的温泉风光，对温泉消除疲劳、荡涤尘垢以及治病的神奇疗效大加赞扬。

可惜的是，天不假年，杨亿这样一位北宋大才子在他离开汝州知州任上不久后便去世了。如果能够长寿一些，说不定杨亿对中国文学的影响会更加深远。

欧阳修考《流杯亭侍宴诗序集》

郭锰

以今天的标准来说，欧阳修可以算得上是北宋的一位"明星人物"，他为后人所熟知主要是因为他在文学上的造诣。欧阳修是著名的"唐宋八大家"之一，他在当时文坛上的"领袖地位"不言自明，但是很多人却因此忽略了欧阳修的另一个身份：他除了是当时影响力极大的文学家，还是北宋时期重要的政治家。

1031 年，欧阳以二甲进士第十四名的成绩，被授西京留守推官一职；三月抵达洛阳就任。在此地，他遇到了人生当中非常重要的几个人。首先是结识了梅尧臣、尹洙，他们志同道合，经常在一起讨论诗文；然后遇到了他的上司——西京留守钱惟演，并加入了钱的幕府，这对欧阳修之后的人生影响很大。

在洛阳的几年里，欧阳修基本没有什么政务要处理，除了每日研究学问、写写文章，就是叫上三两好友外出游玩。而洛阳作为一座历史名城，无论是城内还是城外都有着丰富的文化遗产。一日，欧阳修想起史书记载过武则天曾经在汝州温泉建流杯亭，与文人墨客们饮酒作诗。对此，他很感兴趣，就叫来仆人，向他打听汝州温泉的故事。那人正是当地人，于是滔滔不绝地向欧阳修讲述了有关汝州温泉的历史故事，讲到流杯亭一段更是绘声绘色。欧阳修就这么听着，仿佛已经能看到当时的景象。仆人越说他越好奇，不等说完，他就让人备马，准备自行去汝州温泉体验一番。

从洛阳出发，不到半日便抵达了汝州温泉。刚一下马，欧阳修就迫不及待地向传说中的流杯亭走去，想要看看那座记载了当时宴会众人所作诗文的碑。当地人引着欧阳修穿街走巷，到达流杯亭遗址后，欧阳修径直走向石碑，一看就是半天。这时，一个同是外乡人模样的在此泡温泉的老人走过来，见这客人盯着这石碑入神，便问他："普通的石碑而已，先生为何如此入迷？"欧阳修听后，笑着说："老伯，这可不是一般的石碑，武则天你可听说过？这石碑是她让人立的哩！"老人瞬间来了兴趣，但又有点怀疑："你是说这东西在这儿立了几百年？"欧阳修把老人拉到碑的侧面，指着碑上的文字对他说："老伯，你看，现在咱们看到的这个碑是修过的。武则天立的那个碑，立完没多久就坏了；到了贞元年间，当时的地方长官陆长源又给修好了。现在咱们看到的，应该就是他修的。"老人乐了："真不容易，那也保存了不少年了吧？"欧阳修抬头算了算："可不是，二百多年了。"老人一边感叹着一边走远了，欧阳修对着石碑又研究了一会儿，便进了温泉镇，享受了一番温泉浴之后，第二天便返回了洛阳。后来，他又去过几次温泉镇，都是半天研究石碑，半天泡温泉。

后来，经过多次的研究，欧阳修确定了这块石碑就是贞元年间陆长源修复的《流杯亭侍宴诗序集》石碑，上面记载的是武则天当年在流杯亭与文人墨客"曲水流觞"的诗文，于是便把它记入了《集古录》，并作了如下议论。

"右《流杯亭侍宴诗》者，唐武后久视元年幸临汝温汤，留宴群臣应制诗也。李峤序，殷仲容书。开元十年汝水坏亭，碑遂沉废。至贞元中，刺史陆长源以为李峤之文、殷仲容之书，绝代之宝也，乃复立碑造亭，又自为记，刻其碑阴。武氏乱唐，毒流天下，其遗迹宜为唐人所弃。而长源，当时号称贤者，乃独区区于此，何哉？然余今又录之，盖亦以仲容之书可惜，是以君子患乎多爱。"

　　1034 年，钱惟演因为政治问题被贬，欧阳修也受到影响，由此他结束了三年四处游历闲适自在的生活。欧阳修返回开封，开始了自己起起伏伏的政治生涯，但洛阳的这段经历，包括汝州温泉在内，都是他非常留恋的，以致到了自己的晚年，依然写诗感叹："曾是洛阳花下客，野芳虽晚不须嗟。"

范纯仁品性如温泉

蔡明月

宋代范仲淹因一句"先天下之忧而忧，后天下之乐而乐"名垂千古，而在当时，其子范纯仁的名望和影响都不逊于范文正公；更为重要的是，他除继承了中国传统知识分子忠君、爱国、为民的思想，更有一种从心而为、坚持自我的独立风范。这一点从他早年在汝州为官的经历就可以看出，他游沐汝州温泉后所写的《温泉》可以说是他对自我期许的一种昭示。

当时他在汝州襄城做知县，曾慕名到附近的汝州温汤洗浴。他有感于温泉的千古不变，诗兴大发，挥毫赋诗《临汝温泉》一首，曰：

> 山前阴火煮灵源，昔日曾临万乘尊。
>
> 历尽兴亡皆如此，不随世俗变寒温。

前两句大意是说，温泉就像被地火烹煮的灵气之源，历史上曾有至尊威仪的一众帝后驾临此地。关键是诗的后半部分。温泉见证了历史沧桑变幻，却不受人世影响，温暖如初。整首诗其实是借物喻人，托温泉之水温度恒常不变，来寄寓作者坚持自我、永葆本心的人格追求。事实也确实如此，范纯仁的一生坚守和跟随自己的本心，就是他在温泉镇写下的这首诗的生动演绎。

从心，不诱于名位

范纯仁高中进士后，朝廷派他任常州武进知县，后又改任许州长葛知县，但他均不赴任，一直亲身侍奉父亲直到去世，守孝三年期满才出仕为官。他把侍奉父母看得比自己的前途名利更为重要，因此坚持从心而为。

从心，不媚于时流

提到宋代的文字狱，有一件著名的"车盖亭诗案"，其牵连面广，对于当时的政坛走向也有严重影响。事情是这样的：蔡确被贬安州期间，游览车盖亭而作诗十首，被他的宿敌故意曲解，污蔑他的诗是在讥谤当时垂帘听政的高太后，于是蔡确被朝廷再贬至当时的岭南蛮荒之地新州（今广东新兴）。其时御史台的媚上势力是极力要置蔡确于死地的，正是在范纯仁等人的力争之下才将其安置在新州。并且范纯仁还对太后进言说："朝廷执政应该宽厚，不能因为语言文字模糊不明就流放和诛杀臣民。今天的举动很可能被后世效法，所以这样的事情一定不能开头啊！"虽然范纯仁深谋远虑而忧心忡忡，苦口婆心地犯颜直谏，但是当权者并没有听从他的意见，同时将其他很多受牵连的朝臣纷纷降职外放。

范仁纯能从朝廷执政行为对于后世影响的大局高瞻远瞩，为蔡确据理辩护，可见他既不会迎合上意，也不会见风使舵，依从公理而非政治利益。他心中自有一杆公道的秤！

从心，不改于私我

哲宗亲政后，新党重新执掌权柄，于是旧党人物吕大防等被罢职。范纯仁因为为吕大防仗义执言，也被视为旧党，被宰相章惇贬至永州（就是柳宗元《永州八记》的那个永州）。范纯仁有一个同样被贬的同僚韩维，因为其子对章惇说韩维做官的时候与保守党领袖司马光不和，于是韩维就免去了远迁外地的厄运。范纯仁当时已经年届七十，双目失明，还要面临永州恶劣荒凉的生活条件，家人为他担心。他的儿子提议效法韩维，却被纯仁厉声禁止了。他说："我因为司马光的推荐而官至宰相，虽然我和他的政治见解不同，但以此作为自救的稻草，我必然会心存愧疚，无法安生，如此苟活于世还不如让我去死呢！"

　　好一番掷地有声的金石之言！这一席话可谓范纯仁崇高人格的集中体现。生死关头，他仍然感念司马光的知遇之恩，虽然他与后者持不同政见。

　　范纯仁一生坚持自我，从心而为，这种特立独行已臻于圣人境界。而他"从心所欲"的背后实质上是"纯"与"仁"的人格。"纯仁"不仅仅是他的名字，更是他的品性，而他的品性就像温泉：清澈纯净，以其温暖滋养和疗愈众生，又是一种仁爱。范纯仁人格如其纯净，心怀如其仁爱，真乃纯仁如温泉！

范纯仁为温泉赋诗

曾雪薇

范仲淹之子范纯仁在担任襄城知县的时候，曾做过一件与汝州有关的事情。

当时范纯仁一面忙于公务，一面像古代文人一样，领略祖国的大好河山，这同时也是一个实地考察民情的好机会。身边人看到范纯仁每天因忙于公务而熬到半夜，身体并不是很好，便极力建议范纯仁去泡泡温泉。范纯仁听说距离襄城不远的地方，有一个泡温泉的胜地，很多王公贵族都去那里泡过温泉，而且听说温泉对身体很有益处，所以他也很想去泡泡温泉，放松一下自己那被政务所劳累的身体。于是，他踏上了寻访汝州温泉的道路。第一次泡温泉的范纯仁觉得十分新奇，世上居然有如此奇妙的好东西。这里的泉水受地热的作用，常年保持着恒定的温度。身体置身于温泉中，十分舒适和放松，难怪这么一个小小的地方能够吸引能够如此多的帝王将相和文人骚客。范纯仁享受完温泉水后，又想想自己身处的这个世间，颇有感触，便写下了一首十分有名的诗《温泉》，其诗是这样的："山前阴火煮灵源，昔日曾留万乘尊。历尽兴亡只如此，不随世俗变寒温。""阴火"指的是地热，"灵源"大概是对温泉水源的一种夸赞吧！首句将汝州温泉的地理环境、形成过程描绘出来，其中暗藏了诗人对汝州温泉的赞美之情；第二句中"万乘"指的可能是黄帝见广成子之前在汝州温泉洗澡的典故，也有可能是指历代来汝州泡温泉的帝妃们。最关键的是最后两句，"历尽兴亡只如此，不随世俗变寒温"，汝州的温泉作为一种自然物，受地热的作用，一年四季都保持着同样的温度，并不会因为世事的变化而改变温度，是相对永恒的。可是社会历史以一种人类无法预料的方式前进着，没有谁可以预先知道世界的变化，正是因为这种不可预知性，人生才充满了选择和困难。回想范纯仁所处的历史环境，以司马光为首的保守派和以王安石为首的改革派在朝堂上论战，总有一方占据上风。当王安石得到支持时，改革的方法则过激；当司马光一派占据上风时，又将变法的条例无论好坏全部废除。无论怎样，最终受苦的都是百姓。而范纯仁虽与司马光同属一派，但十分不赞成司马光将新法全部废除，可是他没有权力去左右司马光的行为，只能独自叹惋。再加上当时西夏王朝常常骚扰边境，西北边境并不太平。这一切都让范纯仁感到深深的无奈。

苏氏兄弟与汝州温泉

曾雪薇

1037 年，在四川眉山这片神奇的土地上降生了一位时代巨星，他就是北宋中期的文坛领袖苏轼。苏轼是初唐大臣苏味道的后人，他的父亲苏洵年少时十分贪玩，直到二十五岁才开始发奋读书，后来也成为文坛的重要代表人物之一。父亲苏洵给他取名为"轼"，"轼"的原意为马车前的扶手，扶手虽然不引人注目，但是作用很大，所以苏洵取其"默默无闻却扶危济困、不可或缺"的意思。后来苏洵因为父亲去世，在家守丧，闭门读书，将自己一生的学识品行都传给了苏轼和苏辙俩兄弟。

1079 年，四十三岁的苏轼被调为湖州知州，上任后他给宋神宗写了一封《湖州谢表》，但是这封简单的奏表却被当时的新党所利用，上任三个月的苏轼就被御史台的吏卒抓走，押往京城，上下牵连很多人，这就是北宋著名的"乌台诗案"。"乌台诗案"是苏轼一生的转折点，但还好他躲过了这场杀身之祸，最后被贬为黄州团练副使。但这只是虚设的官衔，没有实权，此时苏轼对自己的仕途已经十分失望了。1084 年，宋神宗又授予他汝州团练副使的官职，但苏轼在接到皇帝的任命之后，并没有去汝州上任，最后留在了江苏常州，因为在上任的途中，苏轼最小的孩子不幸夭折，再加上没有足够的路费，只好上书请求暂居常州。

似乎苏轼就这样错过了美丽的汝州，其实不然，苏轼与汝州早就结下了不解之缘。虽然苏轼并没有遵循皇帝的命令去汝州上任，但是在他的一生中，曾经先后五次去过汝州。苏轼第一次去汝州是在他二十一岁的时候，当时他已经是一个饱读诗书、英气勃发的少年，父亲苏洵带着苏轼和弟弟苏辙前往汴京参加秋天的科举考试，当时就经过了汝州这个地方。1059 年因为母亲不幸去世，苏轼前往四川为母亲奔丧，又途经过汝州。1061 年和 1064 年，苏轼从汴京前往凤翔上任，后又从凤翔回到汴京，两次经过了汝州。其中，最重要的一次是在 1094 年，宋哲宗已经继位掌权，当时正担任定州知州的苏轼被贬为英州知州。英州就是现在的广东省英德市。从定州到英德的路途十分遥远，更何况还有一家老小，苏轼无法筹措如此一大笔路费，只好求助于弟弟苏辙。而当时的苏辙就在汝州担任知州一职，于是苏轼踏上了前往汝州的路途。

这一次去汝州，一来念及许久没有与弟弟团聚，二来一向热爱游山玩水的苏轼看到这里的美景便挪不动脚步了。这里远离喧闹的朝堂，与世无争，乡亲十分热情好客，满眼绿树成荫，青山绿水，风景如画，所以苏轼一直在这里住了十几天才回到定州。而在这十几天里，苏氏二兄弟并没有闲着。早已熟悉汝州环境的苏辙带着苏轼四处游玩，最先便去了汝州最有名的温泉胜地。此时苏轼已经五十八岁了，相比自己那艰辛的仕途生活，眼前的一切竟是如此安逸美好，还有最亲爱的弟弟陪在身边，沐浴在温泉之中，怎能不让苏轼生发隐退之心呢？而后又去了附近的龙兴寺和小峨眉山，年过半百的苏轼站立在山之巅，于缥缈朦胧的烟雾之中遥望山脚下的美景，更是萌发了隐退之心，便对弟弟说道，希望将来退出官场后能够来这里隐居，过闲云野鹤般的生活，与山水相伴。但遗憾的是，苏轼最后没有机会来这里隐居，他临终的遗愿就是葬在嵩山脚下。苏轼死后，苏辙就将哥哥的遗体运到了小峨眉山，将其埋葬在那里，以实现哥哥的夙愿，生前不能尽享山林之乐，死后一定要长眠于山林之下。十一年后苏辙去世，也被埋在这里。后来，子孙又将其父苏洵的衣冠取来一并葬在这里，这就是有名的"三苏坟"。

苏轼曾专门写过一篇《温泉七记》，详细地记录了汝州温泉的盛大场景："……沐浴可疗疮疾。前人引水行数步为浴池，珉（白石）甃（池壁）甚洁，规模颇宏······"这里说到了温泉一个很重要的作用——治疗疮疾，对皮肤有好处；且指出当时的汝州就已经修建了专门泡温泉的浴池，浴池是用光滑的白石砌成的，规模十分大。苏轼是一位十分喜欢泡温泉的文人，写了不少赞美温泉的诗词。可想而知，当时的苏轼是多么身心愉悦，功名利禄全然抛在脑后，让温热的泉水浸泡着这被俗世玷污已久的肉体，使心灵也得到了片刻的释放和欢愉。

苏轼的弟弟苏辙更是与汝州有着千丝万缕的联系。北宋哲宗四年，也就是1094年，正是苏轼从定州出发去找苏辙的时候，苏辙被调往汝州担任知州，尽管只有短短的三个月，但是苏辙却被载入了汝州的史册，因为苏辙作为一名尽职尽责的地方官，为汝州做了不少好事。苏辙刚到汝州的时候，当地正在闹旱灾，粮食作物长得十分不好。一方面，苏辙为了稳定民心，带领当地的官员一起去为百姓向上天祈雨，尽管这在如今看来有几分迷信色彩，但就当时的情况而言，恰恰体现了苏辙对百姓的关心和重视；另一方面，苏辙努力动员百姓，在汝河上修建堤坝，截水抗旱，从而缓解了旱情。苏辙的文学功底深厚，对书画艺术也十分有研究。当时离温泉镇不远的龙兴寺里有不少吴道子留下的精美壁画，为了保存这些壁画，苏辙慷慨解囊，将自己本就微薄的俸禄拿出来，资助重修吴道子的壁画。他对于汝州的贡献还在于对当地温泉的开发。苏轼和苏辙都十分重视汝州温泉的开发和利用。据传，苏辙在汝州担任知州的时候，还专门拨款用以开发当地的温泉，因此，当地的温泉在那个时代已经具有相当大的规模了，而且修整得十分美观、整洁，吸引了不少文人墨客。

沈括与汝州温泉

叶一格

沈括，字存中，号梦溪丈人，北宋政治家、科学家。沈括是"中国整部科学史中最卓越的人物"，他一生致力于科学研究，在众多学科领域都有很深的造诣和卓越的成就，其代表作《梦溪笔谈》，内容丰富，集前代科学成就之大成，在世界文化史上有着重要的地位，被称为"中国科学史上的里程碑"。而这样的他，幼时体弱多病，其父沈周听闻汝州暖泉有疗养之效，前朝之人纷往汝州温泉疗养身体，便把沈括送到汝州温泉处，以期温泉调理沈括之身。

沈括虽出身于仕宦之家，却对医学有研究。沈氏在医药学方面颇有建树，有家传药学书籍《博济方》。受家庭影响，沈括也从搜集医方开始钻研医学。他从小身子骨弱，需要经常服食药物调理。

沈括来汝州时，风雨时至，沈周道："你身子骨不好，不可受寒，便坐马车去温泉吧！"

沈括年少，自尊心却强得很，平日最厌烦别人说他身子弱，不过这话是他爹说的，他反驳不得，道："雨飞自林端，盘旋泉中，不尽入泉。我便同父亲走一遭，又有何不可？"

于是沈氏父子偕沈括书童吴二从汝州南门出。见此县左为万里桥，沈括道："这中原的桥倒是不同，所见如连环。"

虽说沈括幼年便随父亲宦游各地，仍为这汝州温泉所惊叹。

彼时，父母都赞成沈括到汝州休养，其父问道："据说这水有疗养身体之效，你从小体弱多病，如今，你就在汝州好好休养，等身子骨好些了再进京赶考，可好？"

沈括自幼勤奋好学，很小就读完了家里的藏书，此次随父亲出来，一是为了疗养身体，毕竟入京考试要考九天，吃喝拉撒都在考房中，身子若是不好，怕是连考试都撑不下来；二是为了增长见识，此次离家，沈括去过泉州、润州、简州等地，他从这次游历中学到了不少。

沈括细细瞧了这泉，"温泉？"他自言自语道，"这泉果真温热。"

两个人便脱去衣服，往泉中去。

"父亲，我来汝州前，曾听汝人古方言'云母粗服，则著人肝肺不可去'。如枇杷、狗脊毛不可食，皆云"射入肝肺"。汝人世俗似此之论甚多，可是真？"

沈周笑道："我还道你博览群书，你难道不知就连《欧希范真五脏图》，亦画三喉，盖当时验之不审耳。水与食同咽，岂能就口中遂分入二喉？人但有咽、喉二者而已。"

沈括答道："可我上次瞧汝州一野记，便说'人有水喉、食喉、气喉'者，此亦乃谬说？"

沈周点了点头，身子在温泉之中甚感舒畅，让他身心愉悦不已。"人之饮食药饵，但自咽入肠胃，何尝能至五脏？凡人之肌骨、五脏、肠胃虽各有别，其入肠之物，英精之气味，皆能洞达，但滓秽即入二肠。"沈周揉了揉眉心，道："像你平日里吃的药膳，其精气味皆入肠，日积月累也不曾如天地之气般贯穿金石土木通达肌骨，因此你身子骨不曾强壮。"

沈括似明非明："为真气所蒸，便可获金石之精？由此，父亲才将我送至汝州温泉？"

沈周道："不错，孺子可教。"

沈括道："汝州温泉有何特别之处？"

沈周伸手抚了抚胡须，道："汝州温泉乃湿之所化也，如木之气在天为风，融为细妍，如朱砂乳石。但凡你在此调理一年，你的身体会好很多，赶考自是轻而易举。"

沈括便在汝州住了下来。

他一周要去温泉泡上三次，不泡澡之时便吃药膳，如此积累，日复一日，身体日见康健。后于嘉祐八年（1063 年），沈括进士及第，授扬州司理参军。治平二年，经淮南路转运使张蒭推荐，沈括被调入京师，编校昭文馆书籍，参与详订浑天仪，并在闲暇研究天文历法之学。熙宁元年（1068 年），沈括升任馆阁校勘，后又得到宋神宗和王安石的器重，被任为检正中书刑房公事。熙宁五年 1072 年，沈括奉命主持汴河疏浚工程；七月，加官史馆检讨，仕途坦荡。

后世有诗人听闻此事，为汝州温泉题诗道："天下汤泉莫漫夸，传闻温沼让汝州。汝州暖泉如无异，水比安宁比更嘉。入浴能教人似玉，到来几许貌如花。春寒我欲频经此，童冠讴歌乐岁华。"清朝之时，张岱岳来汝州温泉时也曾感慨万千，道："此泉洁身净体，放松心情，于考前来此放松放松亦无不可。"并题诗道："天下第一汝州汤，梦溪先生无虚奖。人杰地灵胜瀛州，暖比春温洁比秋。仿佛玻璃漾水晶，宛若珠玑盛琥珀。"

此后，汝州温泉游人络绎不绝。今时，不少父母都会带孩子来汝州玩耍散心，来温泉泡澡，就是为了让孩子在紧张的学习生活中感受生活的乐趣与惬意，培养劳逸结合的良好习惯，以求达到缓解疲劳、调节身体各部位功能的效果。

徐霞客探访汝水之源

叶一格

相传，汝水正当大江入海之冲，汝水以泉名，亦以泉之势至此，源晢泉是也。汝州东与禹州、郏县接壤，南与宝丰、鲁山毗邻，西与汝阳、伊川交界，北与登封相连。生长于汝州者，望洋击楫，知其大不知其远；溯流汝水，穷尽其源，只以为发源岷山而已，实则不然。

徐霞客，名弘祖，字振之，号霞客，明代地理学家、旅行家、文学家，著有《徐霞客游记》。

徐霞客初见汝水，不知其源，便初考汝籍，见汝水充沛。溯其源者，有博望之乘槎。其言不一，皆云在昆仑之北，计其地，去岷山西北万余里。何泉源短而河源长也？岂泉之大更倍于江乎？霞客迨逾淮涉汝，而后睹泉流如带，其阔不及江三之一。岂江之大，其所入之水，不及于泉乎？

徐霞客不知，便于崇祯十年（1637年）西出。迨北历三秦，南及五岭，西出石门、金沙，而后知中国入河之水为省五，陕西、山西、河南、山东、直隶。

徐霞客于河南时，过汝州，遇同进士张诀："霞客，你这次来汝州有何贵干啊？"霞客道："我看遍古籍，不知这汝水来源，便来此地亲自瞧瞧。"

"霞客，你恰巧遇着我了。我乃汝州本土之人。"张诀道，"你既对此不明，我便带你去这源晢泉瞧瞧。"

徐霞客颔首一笑："如此甚好。"便应了张诀，同他一起前往源晢泉。

这日初二，霞客、张诀循汝水而西，抵南溪桥。渡大溪，循汝水，依山北行。十里，两山峭逼如门，溪为之束。越而下，平畴颇广。二十里，有智乐泉。由小路往林中去，路其峻，涉之甚难。见一阔溪，北望汝州诸峰，片片可掇，又三里，复见源晳泉。

张诀道："霞客，此处便是旁人所道之汝水之源，源晳泉是也。"

徐霞客点了点头，蹲下身来细细察看，伸手掬把泉水，愣了愣，道："此乃汤泉。"

张诀惊讶道："你说这是汤泉？"

"温而暖，汤泉也。"

"那……这汝水之源便不是这源晳泉了。"张诀叹了口气，"还想着或许可为霞客解惑呢……想不到，竟是白跑一趟。"

徐霞客道："张兄此言差矣。既有幸来此，不若进这汤泉泡上一泡，也好解你我风餐露宿之苦。"

两个人遂俱解衣赴源晳泉。此泉前临溪，后倚壁，三面为玉环，上环有玉器，温润清清。泉深三尺，面汤气蒸然，水泡从泉底汩汩起，气本香冽。

张诀问："霞客，你可知这泡汤泉可以排出寒湿之气，缓解寒气郁结和湿气凝滞，从而打通经络？"

徐霞客嘴角勾勒出一丝了然的微笑，道："我在《食疗本草》中看过，寒湿气易阻塞人身经络，若是经络不通，自然百病丛生。尤其女子，天生便阴，湿气也比男子重些。"

张诀道："霞客，你瞧，此泉下注深泓，上而停涵，婉转如此，却又群峰环耸，木石掩映，岂不怪哉？"

徐霞客愣了愣道："此言有理。先前上来之时，石峰片片夹起，路宛转石间，塞者凿之，陡者级之，断者架木通之，悬者植梯接之，云气甚恶。上来之后，下瞰峭壑阴森，枫松相间，五色缤纷，灿若图绣，天色便朗。如此，倒也不觉怪异了。"

张诀细细思虑，又仰见一崖，中悬鸟道，源皙泉又泻如练。泉光云气，磬韵温烟，缭绕左右。

张诀道："霞客又是为何想知汝水之源？"

徐霞客道："我曾游历多处，于蔬木茸茸中，仰见群峰盘结，天都独巍然上挺。又曾见过级峻雪深之景，见其阴处冻雪成冰，坚滑不容着趾。便突发奇想，这水源头在何处？我翻遍古籍，也无法得知详细，便先来汝州了。"

张诀点了点头，徐霞客一向好学，为寻水河源头跑遍大江南北，勇气可嘉。张诀道："霞客，你可知泡这温泉有什么习俗？"

徐霞客从小博览群书，杂书尤胜，遇不明者更为苦心钻研，因此比旁人知晓更多。"相传，远古时代，便有人以壬夫和丁芊作为'温泉之神'加以崇拜。后来，民间便有许多祭祀'汤神'的习俗。我在《奇林杂异》中瞧过，哈尼族人若是婴儿出生了三天，便一定要用温泉'洗三'，以求孩子一生顺遂。古代之时，京山县人也要为未满月的婴儿洗温泉浴，而临沂之人却要举行个'汤头大集会'。此会乃临沂温泉附近之人世世代代举行，每逢清明节，便举行三天'汤头大集会'，是时人山人海，四乡人流会集。相传这天，汤神显灵，在五更前饮汤泉水便能祛病消灾。"霞客说着口渴，便喝了口泉水，接着道："就连云南也有温泉歌会，怒江之人，在除夕后的第三天，会聚集到登埂温泉，举行盛大的温泉歌会，场面尤其壮观。"

张诀叹道："听霞客如此说，徒生无奈，不能瞧见如此壮景，倒是可惜了。"

徐霞客知道不是所有人都能有游历的决心，于是言道："张兄放心，无论我游历何处，都会将所闻所见记录下来，到时将其与兄阅，岂不很好？"

张诀道："哈哈哈，霞客仗义！到时我便让人抄录，以便让更多人知晓。"俩人相谈甚欢。

后来，这汪源皙泉还被人题了字。那便是徐霞客的诗："一了相思愿，钱唤水多情。腾腾临浴日，蒸蒸热浪生。浑身爽如酥，祛病妙如神。不慕天池鸟，甘做温泉人。"此后，来源晢泉的人络绎不绝，游客中有的人是读了《徐霞客游记》，对徐霞客极力推崇的汝州源晢泉好奇不已；有的人则只是为疗养身体。泡这源晢泉，不仅可以洁身净体，缓解生理上的疲劳，而且还能洗去精神上的苦闷，放松心情，治疗心理疾病，便是"一洗容颜端正，二洗百病俱除"了。

王士禛记录汝州温泉

郭锰

清顺治七年，一个年仅十六岁的翩翩少年郎突然名声大噪，因为他在当年的科举考试中，连中三元，被人们视为"神童"，认为他前途无量，必将"登天子堂"，这个人就是今天故事的主人公——王士禛。

清朝入关以后，虽然拥有很强大的军事实力，但是在如何建设和治理一个统一王朝方面尚缺少足够的经验。于是，清朝的贵族联合一部分汉臣，对明代的制度进行了全面而细致的研究，并最终在继承明朝制度的基础上，建立起了清朝的政治、经济和文化制度，稳固了清朝的统治，使清朝站稳了脚跟，并建立起了统一的中央集权王朝。

科举制，就是清朝从明朝继承来的一项非常重要的制度，所以明、清两代的科举制度差异不大，都是读书人走入仕途的必经之路。

说起科举制度来，人们想到的往往就是状元、榜眼和探花，但是很多人不知道，科举制度远比人们想象中复杂，状元、榜眼和探花都是在科举考试的最后一轮——"殿试"中被皇帝钦点的，在此之前，还有很多步骤，但总的来说，分为两部分：科举资格考试和正式的科举考试。

科举资格考试又叫童生试，分为三步：县试、府试和道试，所有的读书人都可以参加，只有经过了这三轮考试，才可以被称作"秀才"，才有了参加正式科举考试的资格。秀才接下来要参加的正式的科举考试也分为三部分，分别是乡试和会试、殿试。只有经过殿试，才能获得进士资格，才能具备做官的资格。

　　王士禛"连中三元"，其实是童生试当中考了三个第一，也就是县试、府试和道试都考了第一名，然后以第一名的成绩获得了"秀才"资格，这对于一个十六岁的少年来说，已经很了不起了。况且，王士禛并非浪得虚名。他参加科举资格考试只是顺便的事儿，他的大部分精力其实都用在写诗上了。当时十六岁的他已经在文坛小有名气，和自己的大哥王士禄、二哥王士禧、三哥王士祐一起被时人称为"一门四诗人"。后来，王士禛果然不负众望，于顺治十五年（1658 年）考中进士，开始了自己的仕途。

　　王士禛的仕途很顺利，官越做越大，但是他并没有荒废自己的文学才华。处理政事之余，他笔耕不辍，有大量优秀作品流传于世，其中流传较多的名篇被康熙帝看到了，康熙还特地将他召入宫中，当面夸奖他"诗文兼优""博学善诗文"。受到鼓励的王士禛依然十分冷静、谨慎，他认为，自己的文笔已经达到一定水平，想要在辞藻上再做突破已经很难了，如果想让自己的文学水平再上一层楼，他需要更多的经历、见识，同时多思考、多记录，才能有新的灵感。于是王士禛开始培养记笔记的习惯，他将自己的见闻、思考都记录下，以便自己写作之用。

　　当时的王士禛应该没有想到，他的一个小习惯，竟给后世留下了许多珍贵的资料，记录他从 1689—1701 年前后十三年见闻的《居易录》成为后人了解和研究清朝朝章典故、年景丰歉、人情事理、文人轶事、诗歌品评和书画鉴赏的重要依据。而就是在这部书里，王士禛记录汝州温泉是天下七大温泉之一，这里面还有一段小故事。

　　王士禛年轻的时候游历四方，曾经渡汝水之上，但他只是路过此地，因却没有前往汝州温泉洗浴。但他对汝州印象很深，因为当地的自然环境非常优美，所以当他后来读书读到"汝水"的时候都会特别留意一下。

　　这天，王士禛处理完政务，已经过了子时，王士禛伸了个懒腰，打算起身回床上睡觉。他叫仆人去打些热水来烫烫脚，想缓解一下一天的疲惫。仆人允诺一声下去了。古人用热水都是要用柴火烧的，所以等候的时间会比较长。王士禛等得无聊，就起身到书柜里找本书来翻着看，然后就看到书里面有一段元代陆友先生的记载。陆友先生说："天下知名泉者七：匡庐、汝水、尉氏、骊山、凤翔之骆谷、和州之惠济、渝州陈氏山居"。读到这里，王士禛一下子就来了兴趣，心想：不对啊，我渡过汝水，怎么没见有温泉？是不是陆友先生记错了？"但他又转念一想，陆友先生是著名的博物学家，应该不会有错，而且就从他的这本书来说，也基本没犯过什么错误，所以应该不是错误。但是王士禛依然心存疑虑，直到仆人将热水端上来给他烫脚，他还没想明白。泡过脚后，王士禛感到舒服的同时，对温泉更心痒了，不过他还是不确定汝州有温泉怀着这样的疑问，王士禛沉沉地睡去。梦里，他回到了渡过汝水的小船上，他问船夫："船家，你可知道此地有个有名的温泉？"船家冲他一笑，说了句他没听清的话，然后指了指船尾的方向。王士禛顺着他手指的方向看去，白雾缭绕，一群儿童正在温泉里沐浴嬉戏，但是他却离温泉越来越远……

　　第二天醒来之后，王士禛还没来得及洗漱，就赶紧去翻阅跟汝水有关的资料，终于又在明代文人李晔撰写的书中发现了相关的记载。他这才知道，陆友说的汝水，并不是他过的那条汝水河，而是汝州温泉。不仅如此，他还知道了汝州温泉属于温泉当中非常有名的一种硫黄温泉，也就是温泉中有丰富的矿物质。

　　这下，王士禛的疑惑得到了解决，汝州确实有一处上等的温泉，只不过自己当年错过了。在询问了从河南来京的地方官后，王士禛确认了汝州温泉至今还在，而且一如当年模样，内心萌动，盘算着找机会去体验汝州温泉。与此同时，他把汝州温泉的记载也整理到了自己的笔记当中，目的是提醒自己，阴差阳错，却成了后人了解汝州温泉的资料：

　　"陆友记天下知名泉者七：匡庐、汝水、尉氏、骊山、凤翔之骆谷、和州之惠济、渝州陈氏山居。李太仆晔曰，温泉有三种：朱砂者水光赤，硫黄者有硫气，乳石者流白而无气。黄山朱砂，汝上硫黄，石门钟乳也。"

宋名立与汝州温泉

程曦

宋名立，字令闻，号补斋，生于康熙戊寅十二月十八日。他自小聪颖善悟，敏而好学。科举时代，挑选府、州、县生员（秀才）中成绩或资格优异者，升入京师的国子监读书，称为贡生，每一年或两三年由地方选送年资长久的廪生入国子监读书的，称为岁贡。宋名立因才学出众，而被选为岁贡生，诰授奉直大夫，历任河南裕州、汝州知州、四川达州、直隶州牧署、顺庆府知府。他清正廉洁，克己奉公，为官以来政绩卓著，史书上多有记载。他到任之处，都颇受百姓的爱戴；离任时，百姓时常自发相送。最可贵的是，宋名立不仅深谙知人善任、"以民为本"的为官之道，而且他还始终保留着文人风骨。每到一地做官，宋名立都要组织编修地方志书。"方志"是记载一个地方自然与社会各个方面的历史和现状的资料性著述，功能为"存史、资治、教化"。"存史"就是记载当地历史并传之后世；"资治"就是帮助当政者了解当地的历史和现实情况，并以此作为主政的历史借鉴和制定决策的参考依据；"教化"就是通过阅读地方志，会自觉或不自觉地受到爱国、爱乡的教育。宋名立对此非常重视，他编修完成的《汝州全志》《裕州志》六卷、《达州志》等志书，内容翔实准确，为当地留下有关自然、社会、政治、经济、文化等方面的珍贵史料。他所亲撰手书的《汝州全志序》《达州志序》和《琅琊宋氏二修家谱序》等，更是文采斐然，字体洒脱，颇具大家风范。

宋名立在汝州做知州时，亲力亲为，足迹踏遍了汝州各处。他认为汝州文化底蕴深厚，有太多值得记载下来留给后世的内容，他便因此决定在任内续修一部汝州地方志，就此开始组织编修《汝州全志》。他本来就博学多闻，趁此机会走访了不少早有耳闻的胜景古迹。但是，繁重的编修工作，再加上公务缠身，宋名立的身体逐渐吃不消了。他早年做岁贡生时勤学苦读，长年伏首书案，焚膏继晷，废寝忘食，身上本就落下了些许病灶，这下子都显现出来。稍坐一阵腰背处就痛得如同针扎，只得卧床歇息。宋名立望着案头来因来不及处理而逐渐堆积起来的公文，心急如焚，有心处理，身体却不能支持。他的家人亦是十分着急，求问了不少大夫。这些大夫医治方法不同，有开药方的，有火灸的，有针灸的，然而多管齐下折腾了半个月，宋名立的病情只是稍有缓解，但并没有显著的起色。汝州百姓听闻父母官身体抱恙，也十分关心，自发送来些祖传偏方，可惜也没有太大的用处。

　　一日，一个青年人求见知州，说有法子能医治知州的病。宋名立家人经这段时间折腾，本想回绝，可宋名立却道："也是人家的一片心意，请进来喝杯茶吧！"家人便将青年人带进来。青年人探看了宋名立的病况，问了病情，开口道："大人的病，小的的确有法子治。"宋名立笑道："请讲。"青年人答道："大人随小的回故乡一趟，病情定能好转。"宋名立未说话，一旁随侍的家人怒道："胡说，大人现在连久坐都不成，还能随你奔波？这里不是你说笑的地方！"宋名立皱眉道："听他说完。"青年人连忙解说原因。原来他是汝州温汤镇人，温汤镇有天然的温泉水，可滑暖生肌，抚痛疗创，效用十分神奇，被奉为"温泉神汤"。早在西汉时就得到了开发利用，历代曾有十位帝王、三位后妃先后二十一次驾临此地，史称"十帝三妃浴温泉"。温汤镇人自小沐浴温泉，个个身体康健，鲜少有患风湿骨痛病的。知州若是前往温汤镇，多在温泉中浸泡沐浴几次，辅以其他的疗法，想必能有所好转。宋名立熟读史书，听青年人说完，他立刻也想起了不少有关温泉神汤的记载，不由懊恼自己之前未曾想起，连忙谢过这位青年人，决定随他一同前往温汤镇。

　　知州大人来到温汤镇，温汤镇百姓莫不欢喜，纷纷夹道相迎。他们知道知州大人既有视察之意，也是为了温汤神泉而来，心中颇为自豪。宋名立同地方官员会面后，就跟随指引，来到了久负盛名的神泉。所谓"天造真炉冶，不炊亦沸汤"，只见泉水清澈可鉴，热气四溢，还未入水就已经被熏蒸得通体舒泰。宋名立迫不及待地进入水中，立时舒爽得长叹一声，只觉周身病灶都在温泉的浸泡下有所缓解。他在温汤镇逗留了几日，一面视察，一面疗病，到离开时病情已经大有好转，不妨碍处理公务了。后来宋名立还曾莅临温汤镇视察过几次，并且亲自写下一篇《温泉铭并序》："汝西门外四十余里有温汤镇。泉出乎地，溅珠跳瀑，源源不穷。其熏蒸之气逼人，虽冰雪天寒皆可雾浴。斯泉者，非惟去垢，并愈癣疥之疾。予谓：濯其身者即可洗其心；润泽一人之肤体即可以涤除四境之疮痍矣。有牧民之责者慎勿贻笑于汤泉焉。系之以铭：造物之流泉兮，润民生之枯槁，秉淑气而温和兮，涤余性之烦躁。四体欲其修洁兮，岂扪心而弗皎皎。翼泽以滂沱兮，庶同慈母之褓褓。清可鉴兮知可饮，铭大德而歌熙暤。"他毫不吝惜溢美之词，盛赞汝州温汤镇之神泉，不仅濯身洗心，而且如同慈母的褓褓一般，有着极大的功德，值得人们长久铭记。

沈复与汝雅泉的传说

叶一格

汝山之面，在汝州，数十里皆壁。水从瀑出，万仞直落，势不得不森竖跃舞。往外十几里，登望绝胜，沿崖而折，峡苍碧立，突见一泉，泉中无石无屿，泉色暖肤，扑面雾气腾腾，此为汝雅泉。

沈复，字三白，号梅逸，清乾隆二十八年（1763年）生于长洲，乃是清代作家、文学家，著有《浮生六记》。他少年之时随父游宦读书，奉父命习幕，曾在安徽绩溪、江苏扬州、河南汝州等地做幕僚。沈复平时喜爱看书，好游山水，工诗善画，长于散文。

这日，沈复看着《奇林杂异》，心中想着，自己同芸娘成婚也有不少时日了，不若去这汝州的汝雅泉玩玩，好生潇洒。便朗声道："芸娘，你我成亲已六月有余，良久月上，便去这汝州玩玩可好？"

"汝州有何好玩的？"芸娘绣着手中的双面绣，笑道："依我说，莫如登黄鹤楼。"

"芸娘，你这就不知道了。汝州好玩的不逊于其他，汝州温泉最为出名，徐霞客、孟诜等人都曾去过。都说温泉养人。我在《奇林杂异》所见，如今这汝雅泉倒是个好去处。"

"哦？"

沈得道："古有唐高宗偕皇后去那汝州治疗风眩症，今有沈复同芸娘，有何不可？再说芸娘你日日操持家中之事，手掌中馈，便是去放松也无不可。"

"如此甚好。"芸娘含笑答道。

芸娘生来就长得好，一笑令人动容，又满腹诗书，才气逼人。如今听见沈复这般一说，倒觉得是夫君体贴自个儿，心里熨帖，也不拒绝了。

两个人便相偕而去。

汝州貌古，汝山幽邃。芸娘见之，为之动容，道："《游天目记》中讲，'凡山深僻者多荒凉，峭削者鲜迂曲，貌古则鲜妍不足，骨大则玲珑绝少，已至石高水乏，石峻毛枯，凡此皆山之病'。从前未觉不可，如今来了汝州，方知此话也并非全对。"

沈复目露赞赏，点头道："汝山石色苍润，石骨奥巧，石径曲折，确是不错。"

两个人便顺延而上，至汝雅泉。泉清澈见底，晶晶然如镜之新开，而雾气之乍出于匣也。汝雅泉不负其名，淡色轻阴，娟然如拭，鲜妍明媚。沈复见其雾缕缕出泉中，如堵碎玉，伸手一试，果真水温。

"芸娘，汝雅泉果真温泉，快快来此，同我一道泡泡。"沈得道。

芸娘连连摇头，两腮泛起红晕，羞涩道："夫君，在外可不许说这些浑话。"

沈复一想，确有不妥，自己着实孟浪了，便道："那芸娘先泡，我在此为芸娘候着。"

芸娘便褪去衣衫，滑去泉中。

沈复抬头看云，见其白净如绵，灵感一来，便吟词一首："书剑忆云中。从前事，底处不堪伤。念汝雅嫩旖，向南汝山；白净如绵，窥宋东墙。汝城外，燕随青步障，丝惹紫游缰。泉水古今，雾烟前后，暮云楼阁，春草汝雅。 回首不萧瑟。年芳但如雾，镜发成霜。独有蚁尊陶写，蝶梦悠扬。听出塞琵琶，风沙淅沥；寄书鸿雁，烟月微茫。不似汝雅泉佳，能到汝州。"

芸娘笑道："夫君的词又有长进了。"

沈复抬眼望去，见芸娘两腮微红，倒不似从前脸色苍白。

沈复问："如何？"

芸娘答道："此泉果真大好。初泡只觉暖身，再泡一会儿便觉心暖，身子都不如往常畏寒。"

"食疗鼻祖孟诜曾夸过这汝州温泉的疗效，如今看来，果真不假。"说罢，沈复便把衣物往旁一扔，游去泉中，喟叹一声。

于这汝雅泉中，温泉暖身，沈复心思放空，突然有种前所未有的轻松。灵感一来，便让芸娘写道："世事茫茫，光阴有限，算来何必奔忙？人生碌碌，竞短论长，却不道荣枯有数，得失难量。看那秋风金谷，夜月乌江，阿房宫冷，铜雀台荒，荣华花上露，富贵草头霜。若布衣暖，菜饭饱，一室雍雍，优游温泉，如沧浪亭、萧爽楼之处境，真成烟火神仙矣。"

芸娘道："你这灵感来得巧，我恰恰将你先前所吟之词写好。"芸娘便将沈复刚才所言写了下来。芸娘问："你这不具韵律，潇洒得紧，拟个什么题目为好？"

"芸娘做主便是。"沈复道：

"俯视长空，琼花飞舞，遥指银山玉树，恍如身在瑶台。暖泉宜人，纵身其中，便觉浮生若梦，如浪卷残叶，名利之心又有何用？"芸娘叹惋，"便叫作《浮生记》好了。"

"不错不错，此名甚好。"沈复赞许道。

时方七月，绿树荫浓，水面风来，蝉鸣约有。沈复同芸娘在汝州自由自在，赏其景色，观其夕霞，随意联吟。少焉月印汝雅泉中，虫声四起，设竹榻于篱下，芸娘报酒温饭熟，遂就月光对酌，微醺而饭。于泉中浴罢则凉鞋蕉扇，或坐或卧，与芸娘谈浮生种种因果报应事。九月菊花开，又与芸娘居十日，方才归家。

多年后，沈复仍记得与芸娘在汝州那几月，他看着芸娘在汝雅泉中的倩影出了神儿。泉外的芸娘，在竹篱下，粉颈低垂、身姿婀娜，一双素手在绣绷上灵活舞动，眼眸顾盼神飞间，像是含着这世间所有的美好。

　　芸娘去后，终于，世间只剩他一个人。他想起芸娘种种的好，写下《浮生六记》记生平事，而这生平却事事与芸娘有关。再也没有人为他准备合口味的暖粥小菜，没人肯女扮男装与他夜游玩闹，也没人能同他去汝雅共住烹茶了。

　　后世之人阅《浮生六记》，感沈复之心，道是"汝雅泉中，泉中暖光，翠帘不卷春深。一寸横波，有情人在泉心。而今追忆曾游处，无数鸳鸯鸟。紫玉烟沈，芸娘花桃重来亦是如云锦。钟情皆是相思路，盼汝州，草尽红心。动心吟，碧落黄泉，痴心仍旧"。众人纷至沓来，来汝州见其汝雅泉。今世之人皆偕妻来此，放松心情，以慰身心，心怀深情所表，汝雅泉也。

汝州知州陈拜庭赋诗温泉

叶一格

汝州乃是河南丰饶之地，非他地所能匹敌也。汝州背山临水，其景致可谓："憺游子之忘归，抑且挨藻摘辞，挟墨卿而标胜"。

这一年，陈拜庭任汝州知州之职已三年矣。

陈拜庭这日同府中客卿道："某来汝州已三年矣，听闻汝州暖泉乃一绝，今日休沐，卿可愿一同前往见识一番？"

他这客卿唤作袁构，是清嘉庆四年的同进士，不喜做官，便来他府中做了客卿。"大人既有如此心意，莫如叫上府中幕僚，一同前去，游山玩水，若是能得个诗集，使大人的贤明得以众所周知，岂不妙哉？"

陈拜庭一细想，称是。陈拜庭便让府中幕僚同往，去了那汝锦泉。

一行八人，往汝山去。这汝锦泉在汝山中，此时为嘉庆十二年（1807年）春，汝城下多栽桃花，花得阳气及水色，大是秾华。艳丽珍花，助烟霞之绚丽，抚云气以多彩。汝州城中之居民，以细榆软柳编篱缉墙，花间菜畦，绾结相错如绣。陈拜庭一行人骑马踏至汝山以东，众人皆提壶带糕，更有一人身负行包，乃是记诗的小吏。

陈拜庭带着人往汝山去，从汝溪畔箕踞石上听水声，浩浩潺潺，潾潾泠泠，恰似一部天然之乐韵，疑有汝灵在水中鼓瑟也。

陈拜庭道："某先前爱杂书，观《山海经》时，见其中有道'又西九十里，曰阳华之山。其阳多金玉，其阴多青雄黄。其草多藷藇，多苦辛，其状如棣，其实如瓜，其味酸甘，食之已疟'。依我之见，这阳华之山之物倒不如汝山之景了。"

众人连连称是。其中一人道："少学琴书，偶爱清静。开卷有得，便欣忘食。见树木交荫，是鸟变声，亦复欢然有喜。如今来此，千岩竞秀，万壑争流，草木葱茏，云兴霞蔚，果真妙哉。"

一身穿宝蓝色圆领直襟袍子之人嗤笑道："倪兄此言差矣。汝锦泉乃温泉，从地下涌出，此温泉水晶莹剔透，清澈见底，滑腻如抚锦缎，又何来万壑争流？"说话之人乃是薛故，他是嘉庆元年的秀才，从前在私塾教书，后来才来了陈府，平日里就同倪仪不和，素来争斗惯了，因此一有机会便要嘲弄他。

倪仪顿了一下，冷哼道："薛兄大气，莫如就这汝锦泉赋诗一首？"

薛故自是不将他放在眼里，说："作诗亦是做得，待我见了此泉，定为大人赋诗一首。"说罢跟随陈拜庭往前去。

倏尔，几人便走到泉眼处。

倪仪见汝锦泉雾气腾腾，暗叹一声，果真是温泉。可他瞧不得薛故那得意的模样，同陈拜庭道："大人，酒已备好，可要听薛兄吟诗？"

陈拜庭也知他们俩个人不过斗斗嘴，因此也不担心，道："如此，便请故暖作诗一首了。"

薛故，字故暖，听了这话也不急，他有真才实学，虽说不过一秀才，可到底有底蕴，张口就道："芳苞照眼妍丽嫩，纤指开新白玉香。直颂满劝三山酒，更喜持杯汝锦泉。"

"好诗！"一人道："不过薛兄说要'满劝三山酒'，还不快快就饮？"

薛故拿起酒杯便喝了三杯。倪仪道："好是好，却是不如那首《贺新郎·汝州月夜被酒》了。"

"哦？这首是何？却未闻过。"

倪仪诵道："今夜清辉苦。真醉矣，人生有几，关山如许。极目海天浑一碧，回首家乡何处？总则是，年年羁旅。脱帽凭阑何限恨，倚风前，细把寒更数。谁更打，严城鼓。无端忽忆疏狂侣。曾记得，乌衣巷口，别来如雨。明月也知千里共，照尽秦楼楚戍。应渐到，故人黄土。只恐白杨和月冷，比人间，更有销魂处。汝河水，白如乳。"

"仪礼此词虽好，格调却苍凉凄苦，不合此情此景，不如故暖。"陈拜庭道："既然诸位都有兴致，莫如对诗对词，何如？"

袁构道："如此甚好。大人，此泉甚暖，不如去泡泡，以解解乏，可好？"

陈拜庭点头："今日诸位莫要拘束，便一同下泉吧！"

众人便宽衣解带，入泉之。

袁构喟叹一声，将随身带的酒放在汝锦泉上暖着，喝口暖酒，甚是暖胃。

"便由我开头吧！"袁构道："溶溶琥珀流匙滑，璨璨蜾珠著面浮。"

"一天飞絮东风恶，满路桃花春水香。"

薛故对道："谁教艳质撩潘鬓，生怕朝云逐楚风。"

"盈盈醉眼横秋水，淡淡蛾眉抹远山。"

倪仪喝了口酒，身在汝锦泉，浑身暖意，只觉轻松悠然，早已忘了同薛故的争斗，脸上尽是恣意风流，道："偶然汝水清尊满，况是暖泉爽气浮。"

小吏从未泡过温泉，更遑论同知州大人一同泡澡了，眸子晶亮，有些紧张，顿了顿才道："万丝明灭青山映，匹素浓纤渌水萦。"

陈拜庭伸手拍了小吏一下，似是示意他莫要紧张，随后朗道："耳听宣政升平曲，酒中和乐是汝州。"

众人皆道："好诗好诗！"

沐后，拿了纸笔的小吏将此回汝锦泉之行所对的诗词进行整理，誊在纸上，此行本就以陈拜庭为首，因此小吏便请知州陈拜庭作序取名。

陈拜庭翻开诗集，见其中有句叫做："汝山碧树生春色，千里青山入暮云"又想起此行共八人，便道："叫《春暮八子集》吧！"说完，又提笔为这《春暮八子集》作序。他之前还听说高宗武后曾来汝州泡浴，觉得汝州温泉果真名不虚传，又行云流水写道："胜事刚逢上巳期，温泉风浴与时宜。摩娑武后残碑碣，隐惹骚人绝妙词。"

小吏让人把《春暮八子集》印了，送于各人。陈拜庭食髓知味，又去了汝锦泉多次。

后世，不少文人学者听闻此事前往汝州考究，不过因时代久远，《春暮八子集》早已失传，只留了陈拜庭那首作序之诗。后世之人仰慕其文化，纷纷前往汝州，只为泡一泡那温泉，方知诗如泉涌之意。

陈赓带兵沐温泉

曾雪薇

在古代，汝州不仅是一块人杰地灵的宝地，承受日月之精华，拥有着迷人的风景，尤其是温泉镇的温泉，吸引了来自全国各地的帝王将相、文人骚客。清初的一位刑部尚书王士祯曾在其著作《带经堂诗话》中记载："天下汤泉知名者七：匡庐、汝水、尉氏、骊山、凤翔之骆谷、和州之惠济、渝州陈氏山居。温泉有三种：朱砂者水光赤，硫黄者有硫气，乳石则流白而无气。黄山朱砂，汝上硫黄，石门钟乳也。"从清朝这位官员的记载中我们可以看到，汝州温泉是全国七大温泉之一，而且就温泉的质量来说，硫黄类温泉是最上乘的。除此之外，由于汝州地理位置的特殊性，这里还是历代王朝的兵家必争之地，到了近代中国也不例外。比如，在国民党新军阀混战的过程中，蒋介石和冯玉祥就曾在汝州这个地方进行过几场激烈的战斗。1929 年 10 月 26 日，冯玉祥军队向蒋介石发动总攻，直接攻打到了临汝城下。后蒋介石兵分三路，在临汝镇大败冯玉祥的军队。

到了抗日战争时期，1944 年春，抗日战争转向了战略进攻阶段。日军为了抓住最后的反攻机会，集中五万余人马，进攻河南西部，也就是豫西地区，其中就包括汝州。当时有国民党的一批军队驻扎在这里，人数是日军的七八倍，却因为消极抵抗而溃不成军。短短三十几天，豫西的 38 个县城就全部沦落到敌军的手里。为了解放豫西的百姓，扩大解放区，贯彻毛泽东同志广泛建立敌后抗日根据地的指示，八路军总部组建了"豫西抗日先遣支队"，挺进豫西，以汝州为核心建立了豫西抗日根据地。直到 1945 年 4 月，大峪店周围形成了一片 156 平方千米的汝州抗日根据地。而汝州抗日根据地的建设为抗日战争的胜利作出了重要的贡献，为汝州乃至河南整个地区的解放作出了重要的贡献。

到了解放战争时期，这里发生了一场十分重要的战役，并且汝州温泉对这场战役具有重要作用。当时指挥这场战役的是担任 129 师 386 旅旅长的陈赓。陈赓为中华民族的解放与独立事业奉献了自己的一生，他经历过北伐战争、南昌起义、长征、抗日战争和解放战争，立下过汗马功劳。1947 年 8 月，陈赓曾在汝州镇西南部指挥了一场有名的战役，这场战役拉开了汝州解放的序幕，这场战役就是唐沟战役。一位战役的亲历者讲述了他所知道的唐沟战役。

唐冠杰是一名共产党员，已经八十多岁高龄，现在居住在温泉镇西唐村七组，为了传承历史，他将自己亲眼所见到的唐沟战役记录了下来。当时的唐冠杰只有 13 岁，八月十四日晚饭后，他像所有小孩一样，好奇地趴在门缝边上看着身穿灰色军服的八路军排成一路，由西向东大踏步走去。天刚亮，他就看到院子里的墙上写着这样一排大字——"打倒蒋介石人人有饭吃！打到南京活捉蒋介石！"到了七八点钟的样子，从村子的南方响起了一片枪声，原来是国民党的青年军发起了连庄战斗，当时在唐沟的八路军从后面围剿国民党青年军，给了他们一个大大的回马枪。八月十五日这天，青年军就像缩头乌龟一样，而八路军则发扬不怕苦、不怕死的精神，连夜从汝阳胜王台经过石台街，过汝河、牛涧河，最后占领了温泉镇、銮驾山、崆峒山、伏牛山等战略要地，形成了一个大包围圈，并打算在銮驾山和崆峒山之间设关卡一举歼灭国民党青年军。但还没等到计划实施，八路军就直接和青年军碰头了，唐沟战役的第一枪由此打响，接下来就是一场激战。

唐沟是一个"漏底"的寨子，所以攻打容易国民党守住难，这给国民党青年军带来了不少麻烦。于是，他们便在周围的高地上修筑工事，用以抵抗八路军。这些国民党青年军在唐沟也不做好事，把老百姓堆起来的玉米堆、芝麻垛等都点燃，顿时唐沟村火光四起，烧红了整片天空。八路军两次攻上去都被国民党青年军打下来了。第三次进攻的时候，八路军便绕到敌人的后方，冲上去占领高地，一鼓作气将国民党青年军赶到了东唐沟村。接着，八路军继续攻打后岭头，为了炸掉敌人的重机枪，八路军一个接一个地用自己的身体堵住枪口，上前去炸死敌人的机枪手。就凭借着这种精神，八路军国民党将青年军打到唐沟村北边寨子的墙边上不敢出来了。

无论是什么战役，最终伤害的都是无数的生命，在这场小小的唐沟战役中，双方的伤亡达到了上千人。当时汝州也就是一个小地方，再加上当时中国医疗水平落后，在这种闭塞的环境下，受伤的士兵们该怎样得到良好的治疗呢？还好汝州的温泉十分有名，在陈赓的带领下，这些受伤的八路军纷纷来到温泉镇，通过这里的温泉来治疗伤痛，温汤"神水"为他们的康复治疗作出了不小的贡献。1947 年 10 月 31 日，陈赓团司令部进驻汝州温泉街，陈赓司令员以洗温泉浴的名义，召开了军事会议，并在此次会议中制订了中原地区的作战方案，为开辟豫西根据地创造了有利条件。

陈赓部队在抗日战争和解放战争期间都立下了卓越的功勋，汝州温泉能够在他们的戎马生涯中提供一"洗"之地，让汝州人民感到荣幸。解放战争取得胜利后，汝州温泉的价值也受到了党和政府的重视。

作家张光年慕名到温泉

麦浪

抗日战争时期，在延安，一位年轻人写出了长篇组诗《黄河大合唱》，诗中雄奇的想象与现实图景交织在一起，组成一幅壮阔的历史画卷，歌唱苦难与抗争，刻画黄河的形象，反映中华民族英雄儿女抗战的真实场面。经过著名音乐家冼星海的谱曲，《黄河大合唱》迅速传遍全国，成为家喻户晓的歌曲。写出"风在吼，马在叫，黄河在咆哮"的正是年仅 26 岁的作家、诗人张光年，当时他用了笔名"光未然"。其实，早在 1935 年他就已经出名，当年在武汉，张光年就发表了歌颂抗日志士、反对卖国投降的歌词《五月的鲜花》，歌中唱道："五月的鲜花开遍了原野 / 鲜花掩盖着志士的鲜血 / 为了挽救这垂危的民族 / 他们曾顽强地抗战不歇……"由阎述诗谱曲后，这首歌以其深怀忧患与悲愤，体现出浓郁深沉的抒情气息，在抗日救亡活动中被广泛传唱。

新中国成立后，张光年一直从事文艺创作。参与《人民文学》的复刊，是张光年晚年事业的起点。也正是在担任《人民文学》主编期间，张光年来到了河南汝州，并对汝瓷和温泉都赞不绝口。

张光年于 1977 年担任《人民文学》主编，不久，他因为参与主持中国文联和中国作协的恢复工作，于 1978 年 9 月让诗人李季接任主编，1980 年 4 月李季因为心脏病突发去世，张光年重新兼任《人民文学》主编，直到 1983 年 8 月由王蒙接任。王蒙之后是刘心武任《人民文学》主编。这两位继任者都成名于《人民文学》，都与张光年的慧眼识珠分不开。

担任主编的张光年具有强烈的文学重建意识。文学重建的前提是破除"极左"路线在文艺界的恶劣影响，显示了他作为马克思主义文艺理论家所的远见卓识。他首先选择从为文艺界解缚、正名的工作抓起，以《人民文学》为依托，率先组织短篇小说座谈会，恢复了文艺界的基本联系，又积极推进破除"文艺黑线专政论"工作，重新评价 20 世纪 30 年代的文学，使得新中国成立以后"十七年"文学和"左翼"革命文学得到正确的评价，新中国成立以后"十七年"文艺传统得到恢复，大批作家、作品恢复了名誉，文艺工作在体制中重新确立起来，文艺界的联系机构——文联和作协也恢复运转，由此全面恢复了文艺的生态。

第二个方面是大力促进新时期文艺创作的繁荣。新时期《人民文学》之所以很快就成为"时代文学"、社会思潮中的"重镇"，首要的就在于它旗帜鲜明地坚持现实主义原则，大胆地发表那些积极回应现实问题、提出作家真实思想的作品，为新时期社会的改革和进步提供了积极的思想资源和巨大的舆论支持。在新时期，《人民文学》是伤痕文学、反思文学和改革文学的发源地和最主要的发表园地，在乡土市井文学、探索文学、寻根文学和先锋文学的发动与推动中，也创造了辉煌的纪录。众所周知，刘心武的小说《班主任》得以发表，是张光年大胆决策的结果。

在他的任期内，还推动了朦胧诗的崛起，开展了全国优秀短篇小说的评奖活动，创办了《小说选刊》杂志，这几项工作对后来的文坛都产生了极为重要的影响。

1981 年 4 月，应河南汝州文化部门的邀请，张光年一行来到汝州，给年轻的文学工作者做了一场精彩的文学讲座。在当时，一个小小的汝州能够请到国家权威文学刊物的领导来讲课，这对于当地的文学界来说是一件大事。讲课之余，张光年去了两个最能代表汝州特点的地方，一个是汝瓷厂，另一个是温泉。

张光年在参观了汝窑遗址和原临汝县汝瓷一厂、二厂后，欣然提笔赋诗，歌赞汝瓷。诗是这样写的：

温柔敦厚传诗艺，

玉洁冰清想翠容。

汝窑美誉流千载，

继往开来此日功。

张光年一行还慕名前往汝州温泉镇，体验了一次温泉浴。天然的温泉水雾气缭绕，人入其中周身通泰。可以说，这一次，张光年到汝州停驻的时间虽然不长，却留下了深刻而美好的印象，对于中原文化也有了新的认识。

贺敬之夫妇与汝州温泉

麦浪

在中学语文课本里，有两首现代诗给大家留下的印象极其深刻。一首是《回延安》，诗中写道："心口呀莫要这么厉害地跳／灰尘呀莫把我眼睛挡住了……／手抓黄土我不放／紧紧儿贴在心窝上／几回回梦里回延安／双手搂定宝塔山。"这些情真意切的话语表达了作者回到延安的激动心情。还有一首是《周总理你在哪里》，脍炙人口的诗句这样说："我们对着高山喊：周总理——山谷回音：'他刚离去，他刚离去，革命征途千万里，他大步前进不停息。'"

《回延安》的作者是曾经担任过文化部代部长的贺敬之，《周总理你在哪里》的作者是贺敬之的夫人柯岩。

柯岩原名冯恺，1929 年 7 月出生于河南郑州一个铁路职工之家。抗战时期，难民像潮水般地往南方涌，柯岩一家也随逃难的人群到了南方。为躲避日本飞机的轰炸，整天钻山洞，所以柯岩从小就目睹了百姓的苦难。1948 年，柯岩考入苏州社会教育学院戏剧系；1949 年起，她先后在中国青年艺术剧院、中国儿童艺术剧院任专职编剧，曾任中国作家协会书记处书记。

1950 年年初，柯岩所在剧院举行剧本座谈会，请当时已是著名诗人的贺敬之谈《白毛女》的创作经验，柯岩是课代表。初次接触，贺敬之对柯岩的印象非常好——朴素，不矫揉造作，充满了革命热情。而柯岩见到贺敬之却感到出乎意料——想不到《白毛女》的作者只有 26 岁，那么年轻文雅，不仅没有大作家的派头，连沾沾自喜也没有，谦虚且富有幽默感。

从工作的接触开始，柯岩和贺敬之的交往越来越多。两个人常聚在一起谈文学，谈生活……他们有太多相似的追求，很快就成了朋友。1953 年 10 月的一天，这对有情人终成眷属。

但这对优秀的夫妇都是"老病号"，先后得过重病，时不时要看病住院。可他们的意志力惊人，从未为病痛所压倒，对待生活他们一如既往地热情似火。

1991 年，贺敬之发现自己得了癌症。当时人们谈癌色变，医生建议动手术，但贺敬之的一些朋友认为保守治疗比较适合。那天，贺敬之也没多说，只是紧紧地拉住柯岩的手，俩个人手拉手回了家。

柯岩不仅患有心脏病、高血压、糖尿病等多种疾病，而且腰椎骨还严重错位，除了睡觉，白天大部分时间只能躺着看书。柯岩曾有过十几年的尿血史，最初医生检查说是肾炎，但柯岩没当回事儿。1994 年，病情实在严重了，柯岩才住进了医院，确诊结果显示是肾结核。后来通过手术，切除了右肾。

因为身体不好，贺敬之和柯岩会到国内一些地方进行疗养。2001 年初夏，夫妻俩来到位于汝州温泉镇的河南省工人温泉疗养院疗养。

温泉疗养院热情接待了贺敬之和夫人柯岩。讲解员还就温泉的历史和疗效给他们做了详细的介绍。几千年来，温泉镇秀丽的山水、奇妙的温泉、淳朴的民风引得历代帝王后妃、名人雅士纷至沓来，流连忘返。贺敬之开心地说："过去仅供王侯将相、皇室贵妃专用的温泉，如今能为群众解困，真正做到了为人民服务。"贺老的一番话引得陪同人员会心一笑。

沐浴数日，贺敬之对"汝州温泉水晶莹剔透，滑腻如抚锦缎"的特色倍感兴趣。当了解到汝州温泉富含氡、锂、钚、锶等 50 多种化学元素和偏硅酸、硫化氢等 7 种化学成分，且不含铅、砷、汞等有害重金属时，贺老终于抑制不住激动的心情，写下了一篇《歌汝州温泉》：

汝州温泉天下优，
地心人心贮暖流。

泉水疗我半生疾，
春风减我世风愁。
四方来此多劳者，
早非旧时尽王侯。
老者少者亲，
医者患者友。
水含元素五十四，
人怀"四有"喜同俦。
开窗汝海风景新，
展卷汉唐史迹留。
思悠悠，情悠悠，
泉注史河过行舟。
则天"三绝"已往矣，
真绝终数民不朽。
神悠悠，梦悠悠，
今日瑶池民共游。
似应杜甫呼广厦，
恍见乐天万里裘。
忽闻白衣使者声，
对此连道"远不够"。

千般喜，万般忧，
登高望远更上楼。
听君言，握君手，
与君心契放歌喉。
生为万众生，

人寿江山寿，

应不负神泉滔滔万载流！

病消再迎风雨骤，

眼明更穿迷雾透。

汝州临别作长歌，

神泉神思向神州！

这首诗刊发在 2001 年 6 月 14 日的《人民日报》上。多年以后，河南省工人温泉疗养院的领导到北京去看望贺老，他仍然对汝州温泉赞不绝口，并且鼓励大家一定要把温泉资源开发起来，让更多人享受温泉的疗效。

03 民间传说中的汝州温泉

中医"汤药"始于温泉

蔡明月

中医是中华传统文化中的精华，我们常常将中医称为"岐黄之术"，这是因为我国现存最早的一部系统的医学著作《黄帝内经》是托名黄帝、岐伯所作，所以后世就将"歧黄"作为中医学术的代称。歧伯是传说中远古时期最著名的医学家，他上知天文，下知地理，被黄帝尊为"天师"。《黄帝内经》以黄帝问、歧伯回答的形式来讲述中医之术和养生之道。虽然我们现在知道此书并非二人语录，即非歧黄所作，但是很多关于中医药的有趣动人的传说仍与歧伯和黄帝有关。这些传说反映了古代人们对于健康长寿的美好期望，从书中所记录和流传至今的仍然在指导着生活实践的医学智慧，也可以看出先民的健康观、生命观，以及对人与宇宙之间关系的看法。

其实黄帝内心是很向往长生不老的，据说黄帝曾经问道于广成子，问的也是守神壮身的长生之道。而《黄帝内经·素问》一开篇黄帝就表达出对上古之人普遍百岁而不衰老的羡慕，并问歧伯他们何以能够如此，而"今人"（托名的黄帝时期的人）却年过半百就衰老。歧伯回答说，那是因为上古之人顺应阴阳气数的变化，饮食有节，作息有常。这不就是我们今天仍然在倡导的饮食作息科学有规律、有节制吗？接着他具体说道，今人把酒当水喝，不醉不寝，这样就竭尽精神、耗散真气；放纵心欲，贪求一时痛快而起居无节，这不就相当于我们今天一些人熬夜晚睡甚至通宵不眠吗？不论是因为忙于工作还是玩乐贪欢都是对体力与精力的透支，也就是我们古代中医所说的"竭尽精神、耗散真气"。

所以说，"黄帝之问"其实是代表了我们祖先对于对健康长寿的渴望，歧伯的解答就是祖国传统医学爱精保神、顺应时律的养生智慧。如此这般地托名于黄帝和歧伯的对话，中医学家就把预防治和疗疾病的观点与方法巧妙地呈现了出来。此类附会的传说还有很多，今天我们就来说一个与"汤药"的起源相关的故事。

黄帝命通明智慧的医官歧伯尝百草，希望为百姓找到疗疾的方法。歧伯每天都会进山，寒冬酷暑风雨无阻，他期望尽可能地遍采百植、遍尝百草，尽快地拯救万民疾苦。他春求梢头初生之鹅黄叶尖，冬攀冰巅壁立之雪莲，夏寻映日傲放之奇葩，秋访寒泉水落之碧藓。采集、配制药草，尝试每一种草不同的样态，是捣泥还是晒干，是连根带叶还是取其汁液，是外敷还是口服，口服又是咀嚼还是吞咽，不一而足。因为事关人命安危、病情缓急，所以问题琐细、情况复杂，这一切都得通过自我试验，有时甚至是反复试验才能得到答案，所以他是冒着生命危险尝百草，试百药，当然他也出现过中毒的危急时刻。此外，一些慢性药草的负面影响也在身体里日积月累，对他的健康产生了不可逆的影响，比如他因为尝试某些药物而患上与天气时节和周围环境相呼应的水肿的病状。

但是歧伯仍然坚持不懈，十几年如一日，他尝的药草越来越多，发现的制药方法也越来越多，但是他始终没有找到一个制药通则。

这一天，歧伯照常穿行在山林草丛之间。他越走越远，天已薄暮，他翻过一座山丘往下走，到了一个从未见过的地方，而此时他已经非常疲惫了。在斜晖之中，只见这里地势四周高，中间低，而他此时就站在这个像聚宝盆一样的凹地中。多年来，为了典医疗疾的大业，风餐露宿是家常便饭，他早就习惯了。不过他至少得在天黑之前找到一个露宿之所，而且每当夜凉他的身体就很可能水肿，所以他加快脚步继续朝前走。虽然夜幕将至，但是在夕阳最后的余光中，他看见前面盆地中心有什么东西冒着白雾，腾腾向上。他跑过去见是一口泉眼，口渴至极的他捧起来大喝，刚入口他惊讶地发现水是温热的，原来是温泉。他推测差不多是沸水一半的温度啊！于是他跳进去，泡在温泉中，感觉全身放松下来，所有的疲乏、劳累和不适感都消失殆尽。当他出水时，自觉容光焕发，身上的水肿紧绷之感全无，在丛泽之间被奇虫叮咬的皮肤痒块也全好了。他喜出望外地感叹道："此汤真乃药也！"刚刚念完这一句，他像被什么击中了一样。汤药！汤药！他灵光一现——"对，汤药！"受到温汤之泉的启示，他豁然省悟：浸泡在热水中的多味药草也许可以产生意想不到的药效！

于是他回去后就进行实验，刚开始是以烧开的热水浇沃配好的草药，后来干脆将它们放在水里直接加热。经过多次试验，他最终发现将草药混合入水加热，再以文火慢煎，以细细熬制的方式可以最大限度地析出其中的成分，从而收获最大的药效。于是歧伯终于找到了一个对大多数百草普遍适用的最佳制药方法。

后来他就以这种方式为百姓治病，拯救无数生命。人们就把歧伯尊为"华夏中医始祖"，祖国传统医学就渊源于此，经过千秋万代而奔流成滔滔长河。古人就把中药汤剂称为"汤药"。而那处启发歧伯熬药方法的"温汤神泉"所在地，据说就是今天河南省汝州市的温泉镇。今天那里还保留着大大小小的温泉，因其特殊的化学成分而具有疗愈多种疾病和强身健体的作用。汝州温泉在历史上也备受皇家青睐，根据史料记载，先后有十位皇帝、三位后妃前来温泉沐浴观光，史称"十帝三妃浴温泉"。

伊尹降生育温泉

蔡明月

伊挚这个名字，你可能较少听闻，但是如果说伊尹，你就耳熟能详了。因为伊尹是历史上有名的贤相，不仅在汤灭夏建商的过程中功不可没，而且在汤死后又辅佐了四代商王。伊尹在政治上主张加强自我道德修养，尊用贤才，可以说既能建国兴邦又能强国富民，堪称有商一代的奠基者。后世甚至把他与孔子等量齐观，尊称其为"元圣"。

其实"挚"才是伊尹之名，而"尹"代表官职，也就是宰相；可能是因为伊尹作为政治家（其实他还是军事家、思想家等）太杰出，人们就直接以这个响亮的职官来称呼他了。伊尹是温泉人，也就是今天河南省汝州县温泉镇人，今天那里还有伊尹庙。说到他的家乡，背后还有一个关于伊尹降生的有趣的传奇故事呢！

伊尹的母亲在历史上并没有留名，为了叙述简便，我们姑且为她赋名"媛女"。相传，媛女居住在伊水，是一个以养蚕为生的采桑女。她年轻美丽，心地善良，但凡邻居同伴遇到困难，她都会尽力相助。她每次去邻村打桑叶，都会事先准备好饭食，装在竹篮里，顺路去看望邻村那位无依无靠的孤寡老妇。因为老妇的儿子很早之前就战死沙场，年已耄耋的老人行动困难，无力照顾好自己。每次媛女去看望她，她都非常高兴，吃到她做的丰盛可口的饭菜常常感动得老泪纵横，说："你是一个善良的姑娘，你一定会得到上天的眷顾！"媛女只是把它当作老妇的祝福，没有放在心上。

这天她又要去邻村采桑，仍然给老妇送饭，但发现屋里空无一人。虽然感到奇怪，但是媛女也没有多想，就像往常一样屋内屋外、力所能及地帮老妇收拾打点好一些事情，这样老人平日生活就会更便利一些。做完了一切，她照旧去桑林打桑叶。虽然只有十七岁，但是媛女采桑日久，已经非常灵活娴熟。优美的身形穿梭在桑林间，如轻盈的燕子在一棵棵桑树之间飞来飞去。半晌，她的一个篮筐已经装满了。晶莹的汗珠也开始顺着她白皙面庞两侧的鬓发慢慢往下滑，于是她坐在田垄上休息。清风吹动了她的罗裙，她快乐地摆动着两只脚，这时一颗汗珠滴了下来，滴到她脚下的土上。她低头一看，居然看到有一条鱼在土里！她还以为自己眼花了，定睛一看，确实是一条鱼，而且身上沾满了泥土，还微微地摆动着尾巴，估计是快要死了。于是她马上小心地把它捧起来，快步跑到桑林尽头的伊水边，把它轻轻地放到水里。媛女只希望它能够活过来。只见这条鱼朝她转过头来，缓缓地摆了两下尾巴才游走。

当天晚上，一个神托梦告诉她说："如果明天你看到臼里面出了水，就往东跑，不要回头！"媛女对这个神奇的梦感到莫名其妙，将信将疑。第二天她家的石臼里果然有水冒出来，像泉眼一样源源不断。善良的媛女第一反应不是向东逃跑，而是赶紧通知乡邻。在奔走相告的过程中，她谨记神的训嘱，没有回头。他们一起逃向东边，路过桑林时，只听见"哎哟"一声痛叫，原来是一个跟在后面的老翁不小心摔了一跤，媛女不自觉地回头跑过去。就在她扶起老翁的那一刻，她变成了一棵桑树！但是这棵桑树是空心的，随着一声"呱呱"之音，里面出现了一个男婴。而与此同时，原本已经化为汪洋泽国的村庄洪水渐渐退去，村舍田园又显露出来。

大家都觉这个婴孩来历奇特，颇有神缘，说不定是神的后代，或者就是天神下凡转世，将来一定会大有作为，成为一个了不起的人。于是把他献给有莘国国君，收为国君的家奴。后来这个孩子渐渐长大，果然天资过人，颖悟非凡，不仅精于中药、烹饪，而且还通晓尧舜之道和治国之策。后来这个孩子在成汤的几度请聘下出山，被委以重任，官至宰相。这就是我们的一代贤相伊尹，他所成就的伟业用李白的话说，可谓"致君尧舜上，再使风俗淳"。

话说水退后村民们又回到了村庄，生活和农作又恢复了正常，但是他们却发现村庄的自然地理环境与以前有了很大的不同。此前，村里面只有两口井，整个村子的人和牲畜都仰赖这两口井生活，所以离得远的村民担水不便。可是那天过后，人们发现村庄里很多地方都往外冒水，而且是热水，算起来有几十个泉眼。原来退去的大水全部渗入地下，储存在地层里，生生不息地涌出来。

每天热水哗哗地翻着往上涌，冒出来的热水汇成一条小溪往东流去，溪水面上飘散着蒙蒙的雾气，绵延几公里，即使不是云蒸霞蔚，也颇为壮观，尤其在冬天更是一番热气腾腾的奇景。胆子大的村民特别是年轻人跳进去，泡在温泉中，出来后神清气爽，面色红润放光，耕种劳作的疲乏和酸疼也消失得无影无踪。于是大家纷纷效仿，泡温泉一时间蔚然成风。大家都说："真是天赐神汤！""温汤神泉"之名不胫而走，伊尹降生的村子也以"温泉"命名，也就是今天的温泉镇。

乡亲们十分感激伊尹的母亲和那个降生的神孩，当然那时候还不知道他就是后来指点商朝江山的政治家和军事家。后来伊尹功成名就，也为家乡办了许多好事。温泉百姓的子孙后代感念他的恩德，就为他建立了"伊尹庙"。

汤王祠的由来

潘春琳

　　"祷雨圣王尚有台，盘铭浴德此间开。叶林祈得甘霖降，酬德报功拟子来。""天命玄鸟，降而生商"，汤继承其父主癸做诸侯后，为新一代夏朝方国商国的君主。夏朝当时的统治者是桀，桀是著名的暴君，他不理朝政、迷信鬼神、专事打猎玩乐，骄奢淫逸、宠信佞臣、暴虐无道，引起了当时民众的憎恨与反对。在夏桀残暴的统治下，商汤在亳营建新国都、积蓄粮草、招集人马、训练军队，他抛却身份之见，任用了奴隶主仲虺和奴隶伊尹，并委以重任，使其俩个人担任左、右相。在俩个人的辅佐下，商汤鼓励自己的子民安心农耕、饲养牲畜，通过一系列的举措，推动了商国的农业发展，为推翻夏王朝奠定了坚实的经济基础。而后，与仲虺和伊尹共同商议，制订了推翻夏王朝的计划。

　　为了削弱夏王朝的势力，扫清灭夏的障碍，争取更多的诸侯支持。他们在政治上采取了争取民心的政策，进行了揭露夏桀暴政罪行的政治攻势，为战争的胜利奠定了政治基础。在军事战略上，他在贤臣伊尹、仲虺的有力辅佐下，巧妙谋划。因桀反复无常，昆吾又与商为敌，九夷族忍受不了桀的残暴统治，纷纷叛离，使桀的力量大为减弱。太史令终古带着占卜的凶兆，逃到商国。商汤大喜，将此事遍告诸侯，并且选择了这个有利时机，西进伐夏桀。夏朝的军队被打得节节退败，商汤因此获得胜利。商汤灭了夏王朝，统一了自夏朝末年以来纷乱的中原。在"三千诸侯"的拥护下，汤做了天子，告祭于天，宣告了商王朝的建立。

当商王朝建立后，商汤允许了伊尹回家乡探亲的请求。伊尹拜别商汤后，和家人回到了家乡温泉，受到了家乡百姓的爱戴和拥护。然而让伊尹没想到的是，商朝建立后，当地的百姓仍然生活在水深火热之中，食不果腹，生活贫困，精神萎靡。他召见了当时温泉的官员，并询问道："今日我能有如此的成就，离不开家乡百姓的帮助和支持，但是今日我见家乡人似乎生活得并不好，你说说是何情况。"听完伊尹的问话，官员诚惶诚恐地说："请相爷明鉴，这并不是下官的过错。作为相爷的家乡，我们温泉感到非常荣幸，然而由于温泉的天然地势，这温泉水混浊熏人，百姓们生活在这里，对于农业耕作等方面都有很大的影响。一是由于这温泉水池的数量较多，占地较广，耕地就变少了。二是这温泉水混浊熏人，既不能用于农业灌溉，也不能让人们沐浴休闲。下官也一直为此事苦恼。请相爷恕罪。"伊尹听完官员的回话，用手扶起官员说道："你也辛苦了！咱们这儿的温泉水问题不解决，其他的发展也要受影响，我来想想办法，你也再打听打听有没有能够解决这个问题的人。"官员松了一口气，答道："谢谢相爷体谅，我马上张贴告示寻找能够解决温泉池水问题的人。下官告退。"

伊尹在家乡休假期间，对于百姓受这混浊熏人的温泉之苦，感同身受。作为一名为民着想的官员，伊尹一直关注着告示张贴后的情况。看到悬赏的告示，许多人都来衙门告知自己的方法，然而各种方法试遍，却并没有成效。在家乡期间，伊尹除了关注温泉池水解决的进展，还为当地人提供先进的农耕技术和工具。通过学习先进农业工具的使用方法和技术，温泉人民的农活负担渐渐减轻，农业渐渐发展起来。眼见回朝的时间临近，看到百姓们提高了农业效率，伊尹心里十分高兴，但是一想到温泉池水这个大问题还没有解决，伊尹坐卧难安。回朝时间到了，伊尹带着家乡百姓的祝福和感谢，带着心底的遗憾回到朝廷。

回到朝廷后，伊尹一直挂念着家乡的百姓。想到家乡百姓一直受到温泉水池的影响，他心里总是很沉重，时时盼望家乡能传来解决温泉水问题的消息。商汤见伊尹经常眉头紧皱，便察觉出伊尹心里有事，但朝廷一向安好，百姓安居乐业，农业与畜牧业也得到了很好的发展，伊尹到底在思虑何事呢？这天，商汤对伊尹说："最近本王见你眉头紧皱，是有什么困扰吗？"伊尹叹了口气说："回王的话，臣下是担心家乡百姓的情况。臣的家乡在温泉，那里的百姓纯朴、善良、勤劳，却一直受到温泉水混浊熏人的影响。臣此次返乡虽然传授了家乡百姓先进的农业技术，也张贴了告示寻求解决问题的方法，但是一直没有人能解决。这温泉池水的问题不解决，百姓也会受到很大的影响。由此，臣才烦恼至今。"商汤道："原来是这样。爱卿真是为人民着想的好官。天下百姓都是朕的子民，朕也找人想想办法。"伊尹说："臣为天下百姓拜谢大王，大王能如此为百姓着想，真是百姓的福祉呀！"

第二天上朝，商汤对百官说："众位爱卿，你们都是朝廷的栋梁之材，如今温泉百姓深受温泉池水的影响，哪位大臣有办法解决温泉池水的问题，本王重重有赏。"说毕，大臣们都面面相觑。第二天，一位大臣上书道："大王，臣有愚见。臣昨晚夜观天象，那温泉乃为上天恩赐给天子的福地。因为是赐给天子的宝地，却因天子未曾到临，所以才呈现出混浊熏人的景象。通过泡温泉水，既能够强身健体，还能够使头脑清明。"

听大臣这么一说，商汤批阅完奏章便叫来伊尹。伊尹随即下跪请求道："请大王驾临温泉镇，为臣家乡的百姓带去福祉。"商汤听完后，便道："本王正有此意，爱卿放心。"

没过几天，圣君商汤就驾临温泉镇，果然见温泉池水混浊熏人。在温泉镇住了不到五日，商汤那温泉池水便渐渐清澈。商汤见温泉池水变得如此清澈，既觉得神奇，又想到这温泉水的疗效，遂在此停留沐浴几日，龙心大悦。随后，他又让当地百姓多泡温泉，强身健体，为国家多做贡献。

为了感谢商汤、伊尹，当地人民就自发组织捐献银两，购地十亩，修建了汤王祠，并在汤王祠的东面盖了伊尹庙。汤王祠规模宏大，内有山门、大殿、中殿等。人们于旱年在此祈雨，往往"灵验"。因汤王祠"灵验"之事经常发生，现在仍香客云集，游人如织。

愈痹阁

薛梦缘

上古时期，中国的长江流域和黄河流域住着许多的部落和氏族。其中，以炎帝为首的部落联盟和以黄帝为首的部落联盟，是当时实力比较大的两个联盟。他们为了壮大自身的实力，常常对外征战，兼并其他部落，彼此之间矛盾很大。

炎帝部落中有一支系叫做九黎族，九黎族部落的领袖名叫蚩尤。蚩尤骁勇善战，性格又不愿服输。他还有八十一个兄弟，个个铜头铁臂，勇猛异常。在一次作战中，黄帝与炎帝所带领的兵马发生了冲突，黄帝赢了，炎帝投降。

蚩尤见状，很不甘心。他带领九黎族的部下练兵休养，希望能够找机会与黄帝作战。一日，他在山边发现铜矿，便急忙命部下把这些矿石进行冶炼都制作成了兵器，有刀、矛、盾等，种类十分齐全。等兵器做完那天，蚩尤仰天大笑，他对部下说作战时机已经到来，于是便迫不及待地召集部队去找黄帝复仇。

黄帝为人敦厚，爱护百姓，本性不喜作战。他见到蚩尤的作战阵势，十分担忧，便派人去劝蚩尤休战。可蚩尤好战，上次失败心有不甘，怎能放弃这次机会？他十分不屑黄帝的劝告，坚持要决一死战。黄帝没有办法，便只能亲自带兵与他对阵。

黄帝派出应龙作战。应龙有翅膀，得令后便飞向天空，并向蚩尤的部落喷水。眼看军队、营地都要被淹，蚩尤随即派出了风伯和雨师。风伯一发力，天空刹那间乌云密布，狂风四起，应龙喷出的水被大风吹离了军队。雨师本就能掌控水，开始收集应龙喷下的水，反过来向其泼去。应龙始料未及，被大水击落在地。风伯、雨师见到这样的情形，更是无所畏惧，合力刮起了狂风暴雨。千钧一发之时，黄帝又派出女神旱魃，停止了风雨。但是战争还未结束，蚩尤诡计多端，又派人放出了大雾。

黄帝完全迷失了方向，只好带领伤痕累累的军队撤退到了汝州温泉附近。见走出迷雾，黄帝长长地舒了一口气。他看汝州温泉附近空气清新，温度适宜，很适合安营扎寨，便下令在此地休息一晚。傍晚，黄帝到营地查看了士兵们所受的伤，有超过半数的士兵都被刀剑砍伤，伤势严重。尽管黄帝已经派专人来替他们疗伤，但是士兵们的伤口仍然血流不止。看着士兵们垂头丧气、不断喘息的样子，黄帝很是焦虑。但是他知道，如果带着他的部下回到刚刚作战的地方，又会被风伯和雨师用同样的方法击退。

正在黄帝思考之时，附近居住的一位老人请求进入黄帝的营帐。黄帝应允了。只见老人神采奕奕，眉宇间透露着不凡之气。他对黄帝说："我刚刚路过此地，听到士兵们疗伤时哀号连连，心中实在不忍。您为何不带他们去温泉疗伤呢？"黄帝听到"温泉"一词很是疑惑，他赶忙请老人坐下，言："我们对此地情况并不熟悉，只因作战迷失了方向，才不得不在此扎营。敢问长者能带我们前往温泉吗？"

老人听了，便说："此地温泉堪称神泉，有疗伤治病之效。伤口破了也可以很快愈合，您可以带领部下前往一试。"黄帝听了又惊又喜，天蒙蒙亮，便带领部下前往温泉。温泉自然喷涌，水面上热气蒸腾，白气泛在空中恍若烟雾缭绕的仙境，泉水还在扑扑地冒着泡泡儿。士兵们听说温泉可以疗伤，都将信将疑，但是伤口实在太疼了，只能选择尝试着走入温泉中沐浴。只见，温泉水一触及伤口，伤口便慢慢开始变小，最后只留下一小道水印。伤兵们感觉自身的经脉仿佛都舒展开了，全身上下都充满了力量。

黄帝看了大喜，知道这位老者不凡，便把他请到上座，请教他能够攻破蚩尤大雾迷魂阵的做法。老人捋了捋胡子，对黄帝说："您军中有一员大将名叫风后，您为何不问问他呢？"黄帝听了，立刻派人寻找风后。找了很久，都没有看到风后的身影，后来在战车上发现了他。黄帝很生气，对他说："部队情况危急，你怎么还有心情睡觉呢？"风后慢悠悠地起身，对黄帝说："我早已想出奇招。"看着黄帝满脸疑惑，他便顺手指向天空说："您看这北斗七星，斗转而柄不转，是为什么呢？我今日听闻伯高曾经发现一种有磁性的石头，我们可以利用北斗星的原理，来做个可以指明方向的东西，这样就不必担心大雾了。"

黄帝立刻召集部下讨论，大家一致认为，这是一个好方法，便推荐风后为总负责，让他设计这个能指明方向的东西。风后欣然领命，带领一批人投入制作，经过几天没日没夜赶工，仪器终于制作完毕。风后建议将它安装在战车上，给它取名为"指南车"。这个指南车上有个木头假人，手始终指向南方，这样，无论前方的道路有多模糊，士兵们也不会再迷失方向了。

因此，黄帝带领士兵们又回到战场。蚩尤本以为赶跑了黄帝，可以高枕无忧了，现在看到黄帝又来，有些心烦，于是派人又放出大雾。这次黄帝很镇定地指挥士兵跟着指南车的路径行走。士兵们因为在温泉中已经治好了伤，因此越战越勇，与蚩尤的队伍大战。后来，黄帝获胜，活捉了蚩尤。

黄帝十分开心，想要找老人表示感谢，但是怎么也找不到了。黄帝只好命令部下在温泉附近建了"愈痹阁"，取治病疗伤之意，感谢这池泉水，也希望能够有一天再与老人相会。后来据说，唐太宗带着士兵攻克汝州，进军洛阳的途中，也前往愈痹阁旁的温泉洗浴。士兵们沐浴其中，所受之伤也很快愈合了。唐太宗感叹泉水神奇，立刻下令在原址建立殿宇。想来，若是称这愈痹阁为历史上最早的医院，恐怕也不为过吧！

汝境海的传说

叶一格

汝州之境，泉若天降，随意观赏皆可窥其不凡。古时的人们对水有着莫名的敬仰之情，有左河水词《破阵子·河水》曰："破坝排山易泻，穿崖倒壁难收。常展清幽通万物，偶作奔腾起壑沟。载舟亦覆舟。片片炊烟绿野，滔滔命液源流。无止弃污凭愿泄，不尽贪婪任意求。无忧也隐忧。"汝州之境的泉水便是这样充满着传奇色彩。泉是地下水的表露，是天地美好造物的体现。相传，远古时期，女娲之女降生之时，天降祥瑞，霞光万丈，在风云变幻之中，一颗透明的精魄直降而下，嵌入了大地，方圆数里银装素裹。从此，这个被叫作汝州的地方就被神秘的力量所笼罩，此处的水源更是变得奇幻。汝州温泉镇正是因为有了这奇幻的温泉水而闻名遐迩，它细腻晶莹，软滑亲肤，如一颗颗晶莹的珍珠镶嵌在汝州这片土地上。美好的事物总是让人向往，让人传扬，从而有了一个又一个美好而神秘的传说。

远古时期，蛮荒纵横，混沌之劫降临，三界生灵涂炭，哀鸿遍野，秩序不定。各种强势者作威作福，弱势者颠沛流离，苟活于世。

上古神界，众神悲悯众生，但又各持己见。众神主要分为两个派别，一个是以九天玄女为主的"顺天道派"，这些神明认为，混沌之劫顺应天道而生，且物各有源，磨砺越大福泽也就越大；另一个派别则是以女娲之女白玉为首的"帮扶派"，白玉是伏羲与女娲的爱女，她有着一颗善良的心，她无法视无数的伤患于不顾。

　　日月变更，两个派别争执不下，毫无作为。白玉心急如焚，深怜三界生灵疾苦，于是便去请求她的母亲——上古真神女娲。女娲欣慰女儿的想法，同意了她的请求。女娲带白玉来到了一片新的空间，一处被女娲命名为"汝州之境"的地方，这里一片生机盎然，万千翠色中有一点晶莹璀璨。俩个人到达这片晶莹时，女娲出现了少有的伤感，因为伏羲氏与女娲氏的爱女白玉曾不幸病故，女娲悲痛欲绝，伏羲十分不忍。六日后，伏羲氏不眠不休设计出此阵来，让他们已死去的女儿白玉成功复活。只要死去还未超过七日，魂魄尚未至轮回之道转世为人便可通过此阵复活。这是唯一能让死人复活的方法，但是还需要两样宝物——死去者复活时所需之心与命。于是，当年伏羲氏以玉石加天丝制伏羲琴，女娲氏将自己万年修为贯注于一颗当年补天所剩的五彩玉石上，自此该灵石就具有神奇之力，名为"女娲石"。如今这处大阵被移到了汝州之境，阵眼变身成了眼前的这片湖，古朴神秘的气息扑面而来，让人不由得想要探索。整理心情后，女娲和白玉走进了湖中天地，初入眼帘，湖中空间更是光怪陆离。

　　一处泉水成跃动之状、奔腾不息之势，可谓绝佳之境；继续前行场景又变，下方的泉水宛如一条戏水白龙，自池底翻腾而出。"绿如翡翠，浓似琼瑶，仙气纵横，浩浩汤汤"。女娲向白玉解释，这是阵眼所化，包容万千，千变万化，灵泉空间每一处的景色都是不同。泉池分上、中、下三池。上池呈八角形，由八根小巧的方柱嵌八块条石以为栏，池深三尺余。池中泉水水质很好，水色透明，如碧玉翡翠，晶莹照人。中池紧挨上池，呈四方形，水清可见底，别有韵味。下方是一个大池，呈长方形，下池池壁雕刻了一具螭首，这螭首似龙非龙。中池泉水通过石龙头下注到大池之中，岁月变更却喷涌不息。再向前行又是一处别样的仙泉，依次变更，反复不停。此处由女娲给它命名——"汝境海"。

　　下界残破不堪，直接将大阵移到下界，无疑是自找死路，需要找到能承受住真元的洞天福地。女娲只好耗费真元将其仙界投影放入下界——汝州。影像刚刚投下，混沌之劫对下界的伤痕便开始了缓慢的修复，投影的"汝州之境"出现了一个朴素却又充满神秘感的泉池。由泉眼开始向四周散发着修复之力，微弱的溪水潺潺地流出，流向四面八方，九幽十境。众生敬仰，趋之若鹜，到这里的人们都会被此处的壮丽景象所震撼四周的林木葱茏，幽泉滴翠，泾河与胭脂河如两条素练环山而流，山清水秀，风景如画，更有仙雾氤氲成泉，灵气飘荡，所有生灵都怀疑眼前这个仿若仙境的泉池的真实性，当接近泉池时，灵魂与身体都得到了洗涤和修复。白玉一身医道修为惊世骇俗，在汝境海的帮助下，白玉的救助进行得迅速异常，人们的生活渐渐充满了生机活力，此处也被称为"汝州仙境"，它的存在让生灵有了新生的信念。

日月更替，光阴变迁，混沌之劫的伤痕被汝境海修复得完善，"汝州之境"昔日的神辉不复，饱经历史风霜的它，古朴而大气，尽管没有了以前的威力，但是依然充满难以名状的神秘。神泉应劫而生，虽然抵御天灾后便沉寂下来，但它的余威依然震慑着邪秽，余下的神力潜移默化地改善着周围的一切。这里开始聚集大量的人与各种动物，享受神泉的恩赐。每每看去，泉池依然清澈见底，静时如镜，微风吹过泛起细微波澜，光与影在树影之间扑朔迷离。只有泉南那块布满青苔的巨石，依然记录着它曾经的辉煌，隐隐约约的凹痕显示出三个大字——汝境海。汝州境海，不舍初心，蕴神一世，福泽三生。

水火不容成就温泉

蔡明月

我们常常说"水火不容"，但是为什么水、火这两种元素在宇宙间就不能相容呢？估计是开天辟地以来，水神和火神就不能和平相处。据说水神共工长着人的脸，不同的是其脸庞两侧各长了三对鲨鱼样的腮，还长有红色的头发；其上身似人形，腰以下又全是鱼体。他性情暴戾凶残，善战好斗，是一个有名的恶神。而火神祝融其实本性不坏，就是意气用事，每每受不了水神共工狂妄自大的挑衅，无心行凶作恶，却往往冲动之下就和水神开战，常常给人间酿成大祸。其中一次几乎毁天灭地，但就是在这次最大的灾难中却诞生了汝州温泉这一块风水宝地，算是不幸中的万幸。

这一年，水神和火神不知为了什么又大打出手。水神这一次身负重伤，败得很惨。共工恼羞并作，觉得无脸面对天界诸神，不知如何再在神界立足，就一头撞向西方的不周山。毕竟是功力深厚的上神，他自杀没有成功，支撑天空的不周山却被撞断了。于是，天空出现了一个巨大的窟窿，由于失去了擎天柱，天空向西北方向倾斜下来，大地的东南角也损坏而陷了下去。江山易改，本性难移，水神虽然战败，恶根却未减半分，反而变本加厉，想让人神、都惧怕自己。他趁着地陷东南，兴风作浪，于是东南一带变成了汪洋大海，地面上也洪水泛滥，淹没了下界的良田、房屋和山林，冲毁了城市和乡村，人民流离失所，饿殍遍野。从山林里跑出来的野禽猛兽凶相毕露，不仅袭击人类，而且还以人为食。乾坤四维全部大乱，人民根本无法在这个世间存活。可以说是盘古开天辟地以来，最严重残酷的一次祸乱。

人间的保护神女娲娘娘只好一面补天，一面治理洪水。火神祝融也因为自己造成的弥天大祸而惭愧不已，一心想要将功补过。于是他以自己的火力帮助女娲熔烧从大海江河采集来的五色石，把它们炼成岩浆似的液体。女娲就飞上苍天，一手托举天空，一手将五色石熔液糊到天上；经过七天七夜不眠不休的紧张工作，终于黏合了西北边天空的大窟窿。此时共工还在九州东极继续倾倒洪水，陆地上的水灾也越来越严重。因为补天已经元气大损，筋疲力尽的女娲娘娘就派智勇之士禹担起治水的大任。水神共工于是又去破坏大禹治水的事业。

祝融不仅助力女娲补天，而且还乘驾火龙飞到地之东南，阻止共工的恶行，同时也在大禹治水的过程中鼎力相助。火神祝融以火攻对抗水围，先要抵挡洪水排山倒海般前进的势头，把它们逼退到东海。因为东海里有一个叫归墟的地方，是一条与海一样长却没有底的又大又深的沟壑，天下之水在这里有去无回，因此只有它可以吸纳无穷无尽的水量。

水神共工为了一雪前耻，倾尽全身力量发动了巨大的洪水，甚至是抱着同归于尽的心态，即使倾吐和调动滔天大浪会严重损害自己的体力和功力但是共工也在所不惜。共工腰部以下的鱼身直直矗立，片片巨大的鳞甲在太阳下闪着银色的寒光，红色坚硬的长发如钢针斜向上贲张散开，嘴两旁的三对鳃如一排张开的扇子一前一后地扇动着。他为了积蓄力量，不仅吸纳海水，而且还就近吸取黄河、长江之水。所以下界继洪水之后大地又千里龟裂，万里尘沙。他面目狰狞，巨口一张，脱口而出的洪水或者排空而下，冲毁城镇市集；或者平地波澜突起，卷走村舍牛马。那个时候水旱接替，百姓没有立锥之地，整个大地白骨遍野，听不到鸡鸣狗吠，看不到炊烟田园，人类文明几近毁灭。看来一场天地大战是不可避免了。

火神和水神在中原一带决一死战，双方相持不下，这次决斗持续了三个月。火神祝融由于先前帮助女娲补天炼石，融化了三万五千六百块奇石而消耗了他很多力量，所以他预知要战胜共工必得牺牲自己，他已经做好了用生命战斗的准备！那时南方尚且人迹罕至，是一片丛林烟瘴的蛮荒之地，火神祝融在南面挖出了两个大坑，发动神力把洪水推运到此，填满了这两个深坑，容纳了大量洪水，这就是后来南方的两大湖泊——洞庭湖和鄱阳湖；而挖坑多出来的土石全部被移到北方中原堆积成为大山，用来抵挡共工水势的西进，因为十分稳固，所以起到了巨大的作用，这就是后世所说的泰山和太行山，所以民间才有"稳如泰山"这一说法。

为了减轻下界的旱灾，拯救百姓，他又把部分水流引到地下深层，让它们缓缓浸润和流出，人们可以根据生活和需要适量汲引地下水，这样百姓的生产就生活又重新恢复了正常。但是火神也因此不眠不休地与共工战斗，连续奋战了两个月零二十九天，元气一损再损，已经筋疲力尽。

而此时水神共工也因连月来持续兴风作浪，使神力大大亏虚，但是他还想做最后的挣扎，再发动一次灾难。祝融决定根除共工这一穷凶极恶的祸害，以永葆人间乐土。到最后一天，因为双方皆已神力耗尽，二神在今天的河南汝州地区展开了肉搏。徒手交战勇者胜，最后祝融拼尽所有的力气扯断了水神的鱼尾，给了共工致命的一击，因为鱼尾正是水神的精元，共工鱼尾一断，立刻就丧了命。

看着共工轰然倒地，祝融也一下子瘫倒在地，似乎要睡去。在生命的最后一息，他把自己的精元化为无尽的热能，聚集在中原的地脉也就是汝州西部的温泉镇，从此这里充沛的地下水便源源不断地散发热量，常年恒定在 $57 \sim 75℃$，正因如此，这里才被称为"温泉镇"。温泉镇的温泉因为其特殊的化学元素和成分，具有疗愈多种疾患和强身健体的巨大功效，素有"温汤神泉"之誉。也难怪，这是火神祝融用尽生命精元为人间造就的风水宝地啊！

"温泉"里的凉水井

蔡明月

《大河报》"厚重河南"栏目曾经报道说，平顶山市的一个打井队与某疗养院"签了份特殊的协议：打一口凉水井。协议规定，如果打成凉水井，工程款照付不误；如果是热水井，一分钱不给"。结果工头带人打了两次都是热水井，一测水温 60℃。

原来这家疗养院是河南省工人温泉疗养院，位于汝州市温泉镇。顾名思义，温泉镇正是得名于其得天独厚的温泉资源，也因此在历史上成为帝王、后妃流连忘返的沐浴胜地。自古以来温泉镇热水处处是，凉水反稀有。而白龙泉就是为数不多的凉水井之一，此井既凉且甜，是附近最好的泉水，它又名"扳倒井"，坐落于汤王祠北三百米处。关于白龙泉缘何能于一片热水之中独出清凉，人们是这样说的——

话说龙王敖广有两子，一条小白龙，一条小黑龙。小白龙生性温和，与人为善，与世无争；他喜欢人间生活和景色，常常变成普通人到人间游玩，虽然如此，小白龙却暗藏大智慧。而小黑龙向来残忍好斗，喜怒无常，稍不顺意动辄杀伐，鲜有同情和怜悯之心，而且他聪明才智不及小白龙。所以龙王心里也偏爱小白龙一些。随着龙王渐老，他开始考虑确立储君的问题。显然于情于理，老龙王是想立小白龙为龙太子的。但是小白龙志趣不在统治四海，只希望自由自在地遨游于天地。龙王先是说服他，如果小白龙不肯继承龙位，黑龙无仁且无智，那么海界水族必将深受其残暴之苦，还将殃及人间，如此小白龙便是有罪于四海臣民和人间苍生了。于是小白龙只得答应下来。但是一直觊觎皇位的小黑龙极力阻拦立储一事。龙王为此苦恼不已，最终他决定权且以两个人比武胜负定龙储。小黑龙生来好武善斗，所以老龙王不禁为小白龙的比武深深担忧。而小白龙叫他大可放宽心，仿佛信心满满，胜券在握。

原来小白龙心里早已有打算。他曾经在人间游览过一处风水宝地——温塘村，他刚降临那里的时候就惊讶地发现村民们的面貌和气质不同于别处的百姓。因为那里的男女老少都容光焕发，脸上总是洋溢着健康、年轻的笑容和快乐满足的神情，一看自是与其他地方普通百姓的身心状态有所不同。他在村里交错相通的田间小路转悠，看到一方方良田、一排排桑树，听到农家鸡鸣犬吠，缕缕炊烟盘桓着缓缓向上，就喜欢上了这里的气息。于是他也在此营建了自己的房屋，和村民们打成一片，大家都以为他只是一个新来的邻居，除了年轻俊美、气度不凡，和普通人没什么两样。虽然神界只是几天，但是他在温塘村一住就是好几年。

决定和小黑龙一决高下后，他又回到温塘村，还和小黑龙约定第二年的二月二就在温塘村开战。这一年小白龙在温塘村，每天和村民们日出而作，日落而息，不仅经常帮邻里干农活，而且还经常在乡里乡亲间串门，给他们送家仆制作的美酒果馔，甚至不时捎来海鲜特产。村民们都很喜欢这个热心大方、温和善良的年轻人。

到了二月一日这天晚上，小白龙给全村的居民托梦，告诉他们自己是龙王的儿子，明天要和他的兄弟小黑龙在温塘村的汤王祠北边的温水池以比武的形式角逐龙王继承人，但是须得到村民们的鼎力相助，方可马到成功。小白龙让村民们观战，若看到小黑龙的头抬出水面，就用东西打向他。小白龙还向温塘村的百姓保证，只要他获胜，就赐予温塘村一口凉水井，以免去到邻乡担凉水的劳苦和麻烦，并且保证这里今后都会风调雨顺、年年丰收。

二龙如约在温塘开战，他们在温水池的水下打得不可开交。但是小白龙战斗实力本就略逊一筹，到第三回合快结束时，小白龙体力已经难以为继。小黑龙也有些累了，准备钻出水面缓口气就速战速决，结果了小白龙。他的头刚抬出水面，就冷不丁被村民们手中飞来的石块砸中。他像触电似地赶紧退回水下，忙不迭地抱住头，叫苦连天，叫痛不绝。因为头是龙的命脉，就像心脏之于人类，一旦头部受伤，就可能有生命危险。这时候小白龙轻松地缚住小黑龙，将其押解至龙王面前，大功告成。

当上龙王的小白龙自然兑现了当时的承诺，从此温塘村汤王祠北约三百米处就有了一口凉水井，村民们就命名其为"白龙泉"，白龙泉既凉且甜，是附近最好的泉水。而温塘就是我们开头所说的疗养院所在地——温泉镇。丰富的地热资源和大大小小的温泉本是钟灵毓秀之地的宝贵财富，对于温泉镇来说固然可贵可喜，但是热水随处可见而凉水却变得珍贵，这个传说其实就说明了这个有趣的情况。

如今温泉镇内除了河南省工人温泉疗养院，还有各种温泉宾馆和洗浴中心等数十家疗养机构，来此疗养、度假、洗浴、治病的人络绎不绝。人们到此洗浴疗养、放空身心，人们可以尽情享受大自然馈赠的健康礼物。

硫黄泉水

范静

汝州温泉从西汉时期就开始得到开发利用，后来又随着广成苑等的开发，而成为历朝历代皇帝妃子和文人墨客喜欢聚集游乐的地方。人聚集得一多，各种坊间故事和传闻便也丰富了起来——从温泉的形成，到温泉的利用，再到温泉的价值，应有尽有。在清朝王士祯的《居易录》中就记载了一小段关于大家考证汝州温泉水质的小故事，读来颇有趣味。

明朝人李晔把温泉分成三种类型，第一种是朱砂类，其汤水呈赤红色；第二种是硫黄类，会散发出硫黄的气味；第三种则是乳白石，汤水呈白色并且没有味道。硫黄是一种具有杀菌、消毒、止痒等功效的药用物质，既然汝州温泉属于这一类泉质，那说明汝州温泉所具有的祛除疾病的功效属实。有一次，李晔跟自己几个好朋友一起来到温泉池旁，闻到蒸腾的热气中夹带着一丝丝别样的气味，有的人还夸张地掩鼻以示不能忍受。后来李晔把在书中看到的关于对温泉的介绍，并加上自己的见闻分享给大家听，大家才恍然大悟，明白为何汝州温泉会有这样的特质，并对自己之前的行为感到羞愧。

关于硫黄温泉的功效，在民间有这样一个故事。

有个老员外的千金生了病，过了很久还不见好，看过了很多有名的大夫也不能做到药到病除。看着自己的女儿天天被疾病所困扰，老员外夜不能寐，他命令家丁到各地去张贴寻医问药的求助信。有一天，老员外的家门外来了个乞丐，说自己有办法并且保证能治好千金的病。一开始老员外并不相信眼前这个衣衫褴褛的乞丐的话，但是员外看到女儿被疾病折磨得终日愁眉不展，索性放开心胸，让这个年轻人试一试。而年轻人说的就医的地方就是汝州一个刚刚被开发利用的温泉。

收拾好简单的行李之后，带上三个贴身的丫鬟和家仆就上路了。当他们风尘仆仆地赶到温泉的时候，蒸腾的热气吓傻了这位从不出深闺之门的小姐，在乞丐和丫鬟的百般劝说之下，她才同意下水试试。合适的温度使得她很快就忘记了路途的疲劳，同时也忘记了疾病带给自己的困扰。以致到后来她每天都期待并且享受泡温泉的时光，觉得这是她每天最快乐的时候。有一天，他们在山上游玩的时候突然发现了一种和温泉的味道一样的小石头，于是就带了一些石头回去想让父亲找人研究一下。她把这些小石头放在自己的床头边、书桌上、绣筐旁，久而久之，她已经习惯了被这种味道充斥的环境。有空的时候她就会带上丫鬟和家仆一起再到上次的小山上寻找形状和味道相似的小石头，但是无奈收获很小。这位小姐一直在温泉待了三个月，她的父亲很想知道她此时的治疗进展，于是让她回家探亲。但是，由于天气干燥寒冷等原因，原本已经有些好转的病情似乎发生了反转，性格刚刚有些开朗的她又回到了往日的沉默不语。老员外不忍心看着自己的女儿再这样日渐委顿下去，却又不想再跟女儿长期分离，便决定跟随女儿一起到温泉去。

这次到温泉来，老员外还专门带了几位大夫同行，以便研究出可以根治女儿疾病的药物。在长途跋涉来到汝州之后，大夫们因为不能忍受温泉的味道和温度，便纷纷离去。老员外虽然很恼怒，但也不好意思说什么，只能摆摆手让他们回老家。再看看女儿，身上的疾病似乎并没有痊愈的意思，但是她天天很开心地泡温泉、读书、去爬山，老员外也感到十分欣慰。有一天，那个离开多日的乞丐突然回来了，说自己知道了这些难以寻找的小石头是什么，并讲给他们听。原来这就是一种硫黄，汝州的温泉属于硫黄汤泉，所以本身就带有一种和硫黄相近的气味。在他们得知这些小石头的来历后，便开始想办法保存并提纯这些小石头中的硫黄物质。他们把仅有的小硫黄磨成粉状，然后制成小小的香丸分装在香囊里，除了悬挂在小姐的闺房，还让小姐随身携带。时间一久，再加上长期泡温泉，小姐身上的味道也变得越来越淡，而她也不愿意再离开这个地方。所以老员外在征得女儿的同意之后，便在一个温泉旁边开了一个卖瓷器的小铺子，让乞丐在店里伙计。看着女儿每天忙来忙去，也不再纠结于自己的疾病，老员外内心甚是欣慰。

其实，这位千金得的病就是我们现在所说的狐臭，而由于硫黄本身具有解毒、杀虫和疗疮的作用，所以在她长期浸泡温泉的过程中慢慢消解了体内的细菌并抑制了新细菌的生长，对于治疗狐臭产生了间接影响，而这同时也证实了温泉的硫黄质属性。慢慢地，汝州温泉的这项疗效广为人知，普通百姓也纷纷到这里来一探究竟，原本平静的汝州开始热闹起来，不仅带动了当地对温泉的开发和利用，发现温泉的更多疗效，而且也开始带动了相关行业的发展，成为当时汝州地区的一个集散地。

神奇的大慈泉

程曦

　　河南汝州的少室山陡峭险峻，逶迤延绵，峰峦参差，峡谷纵横，景色巍峨壮观。群山环绕中，藏着一座名为"风穴寺"的古刹。风穴寺因寺东之山有大小风穴洞而得名，依山就势而建，高低错落有致。风穴山口，两山夹道，万木葱茏，流水潺潺，迤逦北行 1.5 公里，方能发现寺院，确有"深山藏古寺""曲径通幽处"的诗情画意。风穴寺距今约有 1800 余年的历史，是中国最古老的佛寺之一。曾与白马寺、少林寺、相国寺齐名，并称为"中原四大名刹"。这座历史悠久的佛寺，历经千年朝代更迭，保留了古代的建筑景观，传承着佛家正法，更有诸多奇闻趣事流传至今。单是寺中的一眼四尺余深，涝不增旱不减的清泉，就有说不完的神奇故事。

　　这眼神奇的泉水位于观音阁前原卷棚内。传说先时观世音菩萨听闻世间人愚昧不堪，品性无状，心中忧急，故亲自到凡间来寻有缘人点化。这一日，菩萨行至汝州，有心探视此地百姓品性如何，就化作衣衫褴褛的贫苦老妇形象，沿途乞讨。菩萨本以为此化身一路上定会受人嫌恶，遭尽冷眼，不料并非如此。虽然也有人绕道而行，视而不见，但也遇上很多热心人伸手相助，施舍衣食。这些人中不少都衣着素朴，更有面容消瘦、满手老茧者，显然自己也不富裕。都说世间人种种不好，此地百姓心地纯良，乐善好施，却是难能可贵。观世音菩萨不由感叹一声，以法术将沿途所收之物悉数还予所施者，收了化形，将身一隐，继续前行。途经少室山一带时，菩萨忽然听见诵经之声，不由为之所吸引。只见幽静的小路上有一群善男信女，手捻佛珠，一面诵经一面虔诚地向着一处行走。菩萨心生好奇，便又化作年轻女居士，向一老妇开口询问道："婆婆打扰，敢问您这是往何处去？"老妇笑道："姑娘定是从外地来的，竟然不知我们这里的佛门圣地风穴寺。今天是观音菩萨修成正果之日，风穴寺专程举办庙会，作为纪念。"菩萨能观察众生心声，也知道有欺骗信众借以敛财之事，有心去看看这风穴寺如何，便借着老妇的话头，请求同去。

一路上苍松翠柏，泉水潺潺，不少小生灵在树丛里欢悦嬉戏，似是知道这些人不会伤害它们一般。观世音菩萨见惯洛迦山美景，却也不由得为此处美景所吸引。还未踏进寺门，诵经与木鱼钟磬之声便遥遥传来，信众们似有所感，在此处就叩拜起来。再看佛寺上下，无不虔敬。菩萨也为他们的向佛之心而触动，有心点化，化为真身腾云而上。只见那庄严的丈六金身乍现云头，一时间众人皆不敢仰视，拜伏在地，口诵菩萨法号。菩萨在云端微微一笑，将手中白玉羊脂净瓶中的柳枝取出，轻洒瓶中甘露数下，法相方才慢慢隐去。甘露化作细雨，落在人们身上，人便觉得周身舒畅，心灵澄澈。待雨停后，地上忽然冒出一眼甘泉。因是大慈大悲观世音菩萨所赐甘露变化而来，因此得名为"大慈泉"。

大慈泉清澈见底，甘甜可口，到风穴寺礼佛的信众，也定会到此游览一番，也留下了美妙的诗句。如清代就有僧人写下诗句："镜比澄光玉比颜，夕阳倒影浴龙山，阿谁偷剪瑶池水，藏在白云画阁间。"极赞其美。近代也有诗人写下"饱餐山色畅饮泉，古刹登临翩然仙。老妻不识白发变，笑问谁家美少年"，以稍带夸张的笔法，夸赞风穴寺之美景、大慈泉之甘美及令人返老还童的奇妙。而大慈泉的神奇不仅限于此。有一日，在寺中修行的僧人忽然发现原本清澈见底的泉水变得混浊发黄，如泥水一般，心中十分疑惑，正要去告诉住持，此时天便降下倾盆大雨。他没法子，只好先去避雨。奇怪的是，大雨过后，他想起此事再去看时，泉水竟恢复了清澈的原貌。如此观察了几次，每每应验，大慈泉变混浊则必有雨至。难道这泉水真是观世音菩萨点化而成，有呼风唤雨的神通吗？多少年来，这谜底都没有人能够解答。直到当代地质和水利等方面的专家组成团队，专程前往风穴寺实地考察，才揭开了大慈泉能够预报降雨的谜底。

风穴寺处于群山环抱之中，而且山谷中遍布一种叫"麦饭石"的石头。这种石头有储水特性，下雨时，这里很容易形成汇水坡，且汇水坡下必定储存着地下水层。经过考察，专家发现大慈泉变作浑水时，颜色与"麦饭石"十分接近，于是取大慈泉井底沉积的沙粒，与山谷中的麦饭石进行对比。对比结果显示，这二者竟然真是同一物质。山谷里的石头出现在寺里泉水中，那就表明，泉水之源头与汇水坡下的地下水层是连通的。每当降水时，从嵩山南麓汇集来的雨水，一部分沿着汇水坡两侧的冲沟流走，另一部分被麦饭石层层储存起来，处在汇水坡底部的大慈泉，自然成为地下水的出水口。降雨前，由于气压变化，使得岩石储水层变得特别不稳定，在重力作用下，麦饭石空隙中的水失去张力，从而压迫坡底大慈泉的出水口，水流渗出速度加快，这样便渗出了一股股携带麦饭石颗粒的浑水。而当雨过天晴，气压稳定，大慈泉水渗出速度放缓，泥沙也就慢慢沉淀，重新变得清澈见底。

原来大慈泉之所以在降雨前变得混浊，能够精准地预报天气情况，并不是真有神仙在背后施展神通，而是由于大慈泉水源地的特点，以及此处特殊的地貌特征等多方面因素共同作用的结果，能够被科学所解释。这并没有损害大慈泉的神秘之美，而是为之更增添了一层趣味。

伏牛山与黄牛涧

程曦

汝州温泉"八大景"之一的黄牛涧，位于温泉镇南二里处，发源自于伏牛山。每逢雨季，山洪暴发，河水无拘无束地奔腾而下，水里夹杂着黄土、泥沙，起伏似黄牛的背脊一般，所到之处，土地与庄园都被冲为平地。人们便形象地称之为"牛犊水"，后改为黄牛涧。伏牛山与黄牛涧的来历，都有着十分有趣的传说故事。

传说在上古时期，有一个性情暴戾的君主统治着中原大地。他不知勤政为民，只是一味贪图享乐，横征暴敛。本来中原大地土壤肥沃，人民又勤劳肯干，百姓应当能过上好日子。可在这个暴君的统治下，官府一面不断增加赋税，另一面又强征年轻力壮的青年大修土木，搞得良田荒芜，民不聊生。君主倒也察觉出民间怨声载道，但他一点儿都没有反思自己的所作所为，只担忧百姓生出造反之心，威胁到自己的地位，于是向臣子征求意见。君主最倚重的大奸臣立时想出了一个恶毒的计谋，急忙向他进言。君主一听，觉得此计甚妙，一举两得，便重赏奸臣一番，采取了他的计谋。

第二天，"家家不得私藏黑铁与黄铜，必须上缴国库，违者处斩"的旨意便传了下去。中原百姓虽然疑惑不解，但哪里敢违抗君主的命令，只得老老实实地找出家中的黑铁与黄铜，就连这二者打造的器物也不能留下，通通都得交予国家。没过多久，从全国各地收缴上来的黑铁与黄铜就装满了皇宫里的两个大仓。奸臣得意地看着仓库，对君主道："殿下，如此一来，那些刁民就是想犯上作乱，也造不出兵刃来，又有何惧？"君主得意不已，接着按照奸臣的计谋，命工匠将这一仓黑铁、一仓黄铜铸造成两只牛。工匠对于这个指令疑惑不解，但也不敢提出异议。众人不分昼夜，拼命赶工，真的铸造出两只重逾万斤的巨牛来，一只牛遍体玄黑，另一只牛遍体澄黄，形貌巨大。铸成之日，这两只牛就放置在宫门口。没少百姓都好奇地在远处观望，猜测这两只巨牛有何作用。没过多久，君主又传旨意，命官兵推着巨牛到民间去。每推到一处人家，便将巨牛放下，百姓若是有本事将巨牛移走便罢；若是办不到，就必须交出足够的钱粮来，官兵才将巨牛移走。若是百姓实在交不出来，就干脆将这家人归入奴籍。逼得百姓无计可施，只能哭泣照办。巨牛所到之处，哭声震天。

这一日，巨牛被推至河南境内一户贫苦人家。家中唯一的壮丁早就被官府征走，只有老妪和儿媳靠耕种一亩薄地，和没日没夜地纺织维持生活，拉扯一个小娃儿。小娃儿不晓事，瞧着停在家门口的两只巨牛只觉得十分好奇。两个妇人却悲愁不已，她们日日食不果腹，哪里有法子移走那铜铁铸的巨牛。眼下收成不好，没有余钱，若是交不出就只能入奴籍，这娃儿还没长大，可怎么是好？两个人正对着烛火以泪洗面，忽然有人敲门。儿媳将门打开，却是个白发老头，一副饿得快死了的样子，极为可怜。尽管她们自己都身处绝境，但还是觉得不忍心，拿了一个干馍馍给老人吃。老人吃了馍馍，从怀中摸出一根貌似寻常的树枝来，说要报答二人的救命之恩。原来这是大禹用过的"赶山鞭"，三更时分手持这根赶山鞭，就可将这两只巨牛赶走。说完这一席话，金光一闪，老人竟然消失不见了。两个妇人知道遇上了神仙，拜谢连连。待三更之时，她们悄悄出门，拿着老人留下的树枝在巨牛上轻轻抽了一下。说来也奇，那重逾万斤的巨牛竟然真的乖乖动了。两个人高兴不已，趁着夜色将巨牛驱赶到无人的旷野。

第二天官兵起来，发现巨牛居然不见了，大为吃惊，将两个妇人捉来讯问。俩人不敢隐瞒，将老人赠予的"赶山鞭"之事说了出来。众官兵连忙将此事禀报给暴君，暴君一听竟还有这样的宝贝，哪里坐得住，当天便从都城赶来，要亲自试上一试。奸臣自然不肯错过这进言的机会，连忙道："既然这赶山鞭如此神奇，殿下不如干脆驾着一只巨牛返回都城，让百姓好好瞻仰您的威仪，将他们震慑一番。"暴君心说有理，到返程之日，暴君亲自坐在牛头最醒目之处，几个奸臣随侍牛颈处，官兵们则依次列在牛背下，做守卫状。暴君居高临下地望着地面上渺小的百姓，十分得意，将那夺来的法宝赶山鞭在牛头上抽了一下，黄铜巨牛真的老老实实迈动巨蹄，走动起来。"太慢了！再快！"暴君犹觉不足，将那赶山鞭抽在牛身上，越抽越狠，巨牛果然撒蹄狂奔，速度如飞。暴君正在耀武扬威之际，奸臣忽然略带恐惧地开口："殿下！前面有河！"暴君哈哈一笑，用赶山鞭抽打巨牛道："蠢牛，快转！"谁知这宝物似乎瞬间失了灵，巨牛毫不停歇，朝着奔腾的河流疾驰而去。众人还没反应过来，巨牛已经带着他们一跃而下，坠入河中，掀起了滚滚巨浪。

百姓眼见昏君、奸臣和作威作福的官兵坠河，纷纷叫好。后来继任的明君派人到河中打捞，竟然什么都没捞出来。百姓都说，是神仙专程下凡来惩治恶人的。他们坠入的那条河本来清澈见底，水流平缓，自从铜牛入水就变得混浊了起来，像黄铜的颜色一般，而且每逢雨季就起伏汹涌，犹如牛脊背，得了"黄牛涧"的名字。而另一只黑铁所铸的巨牛没被暴君带走，一直留在河南境内，天长日久，它吸收了日月之灵气，幻化成八百里伏牛山，一直留到今日。

汝河的由来

曾雪薇

"渚浅沙清若鉴开，盈盈带水自环回。啄萍野鸟分行立，戏藻游鱼逐贯来。海客错疑蓬岛路，渔郎谁作济川才。春来遍是桃花浪，一任乘槎快溯洄。"河水清澈得像是一面镜子，透过河水，可以直接看到河底雪白的沙子。河水弯弯曲曲，宛如轻盈的玉带；野鸟低垂着脑袋，悠闲自在地啄着浮萍；水里的鱼儿在水藻中嬉戏玩耍。来来往往的游客身处此番美景中，不觉已陶醉，恍惚间竟错把它当作蓬莱仙境。有了这样的"桃花源"，还有谁愿意踏入浊世，委屈身心去完成济世的梦想呢？不如做一名"一蓑烟雨任平生"的渔夫吧，待到来年春天，桃花盛开的时候，泛舟于清水之上，将这美景赏遍！想象着这样一幅美景，此刻的你是否已经蠢蠢欲动了呢？这幅美景描写的就是汝州八景之一——汝河横舟，上面的这首诗也就是《汝州八景诗》之一。

汝河，发源于伏牛山腹地，是淮河支流洪河的重要支流，流经遂平县、汝南县、平舆县、正阳县、新蔡县班台与小洪河汇流入大洪河，汝河流入汝州境内时，自西向东，横贯汝州大地，世世代代滋养着这里的人民，是汝州人的"母亲河"。假如从温泉镇向南出发，不久就能够看见汝河；沿着汝河向东走，就能看到汝河最美的风景了。

关于汝河，有着许多美丽的传说，其中之一便与当地的一位姑娘有关。在很久很久以前，当地的村子里有一位姑娘，长得十分漂亮，就像从天上下凡而来的仙女一样。她勤劳善良，经常帮助父母和其他村民做农活大家都十分喜欢她。

姑娘慢慢长大,到了恋爱的年纪,她情窦初开,爱上了同村的一个小伙子。小伙子看她美丽、善良又勤劳,也十分喜欢她。两个人到了谈婚论嫁的年纪,又经过父母的同意,便决定步入婚姻的殿堂。可是,村子里有一个财主,十分霸道,经常欺压村民,每当看到漂亮的女子,总是要想方设法娶过来。这一次,他就看中了这位姑娘。就在姑娘举行婚礼的大喜日子里,财主带着一群身强力壮的伙计,硬是把姑娘给绑走了。财主想要逼迫她做自己的小老婆,姑娘誓死也不顺从,财主怎么强迫她都没有成功。可是财主又非常想要得到她,强迫不成,便开出一系列诱人的条件,允诺她富裕的生活和地位。但是姑娘依旧没有同意,一心一意想着那位小伙子。财主已经想不出办法了,一气之下,便放火烧掉了关押姑娘的房子。姑娘趁机从屋子里逃出来,拼命地逃跑,想要回到心上人的身边。财主发现姑娘逃跑后,立马派人前去追赶。姑娘眼看着后面的追兵越来越近,心想被抓住也是一死,还不如让自己死得更有尊严,无奈之下,她便从村头的断崖跳了下去。

各位猜猜这位姑娘跳崖后发生了什么奇事呢?原来,这断崖下面是一潭深水,姑娘跳下断崖后,因为受伤流了很多血,把整潭池水都染红了。就在这一天的晚上,东海龙王听说了财主的暴行后,就连夜把这抓走了。当时天气突变,电闪雷鸣了许久。估计是财主惹恼了东海龙王,从这以后,这个村子接连几个月都没下一滴雨,农作物都干死在了农田里,粮食也歉收了,村民们连正常的饮水都成问题。突然有一天,有一位村民外出,发现了一件令人奇怪的事,就在那位姑娘跳崖的地方,隆起了一个小山包,形状就像母亲的乳峰一样,小山包的中间正往外喷着泉水。这位村民以为是自己看花了眼,使劲地揉揉眼睛,可是小山包并没有消失,泉水也没有消失,他连忙跑回村子里通知大家。大家一开始听到这件事情时,以为他在开玩笑,可把这位村民急坏了。其他人见他这个样子,便结伴前去断崖那边看看究竟。村民们来到断崖边上,都无法相信自己的眼睛,这里居然莫名其妙地冒出一座山头,还有一股莫名其妙的泉水,大家也来不及寻思那么多，便纷纷走到断崖下面，喝起了泉水。谁知这泉水十分甘洌，许久没痛快畅饮过水的村民们如获至宝。喝着喝着，大家开始想，这座山和泉水是从哪里来的呢？很快，他们想到了几个月前在这里跳崖自尽的姑娘，想必这山泉是那位屈死的姑娘化作的吧！于是，村民们为了纪念和感谢这位姑娘，就将这泉水取名为"乳头泉"，因为"乳"和"汝"同音，后人就将乳头泉流经的河称为"汝河"了。

这泉水宛如一条银带，缓缓地流入旱田，滋润着下游的万亩良田。从此以后，这一带旱涝保收，百姓也安居乐业。这就是关于汝河由来的传说，尽管传说未必可信，但从这里可以看出，汝河对于汝州人民来说具有重要的作用，汝州人民也十分敬爱这条"母亲河"的。到现在为止，汝河也已经成为汝州的一大景观。元代时，汝州有一位名叫张政的进士，他来到汝河游玩时写了一首诗，诗句是这样的："湛湛清流九曲湾，深沉澈底似拖蓝。扁舟一叶无人系，风动横移向碧滩。"读完使人有种身临其境的感觉。

汝州灵渭

叶一格

温泉的魅力，令人向往，温泉的美，就在千山万壑、娇柔滑凝的汤泉之中。温泉镇因有温泉自然溢出而得名，也因温汤神泉而闻名，史称汉唐皇家温泉。它像一颗晶莹的珍珠，镶嵌在辽阔的中原大地。

相传，在上古时期，仙人广成子驾鹤来到崆峒山（广成子乃元始天尊的第一位弟子。玉虚宫中第一位击金钟的仙人，也就是昆仑十二金仙之首。深受元始天尊宠爱，修行于九仙山桃源洞。在道教史上赫赫有名，曾经是轩辕黄帝的授业恩师，故被尊称为"人皇帝师"。），他见此处林木葱茏，幽谷滴翠，泾河与胭脂河如两条素练环山而流，山清水秀，风景如画，灵气飘荡。广成子暗暗称奇，深觉遇到了仙家宝地，于是便住下来蕴神养气。在闭关修行多年后广成子道法得到精进，达到了天人合一的境地，更加体会到了此地的奥妙之处，感觉灵泉灵韵非凡。广成子渐渐地让自己与大自然相融合，仙力得到了自然的反哺，变得浑厚扎实且源源不断。

闲暇时，广成子开始仔细观察这处灵泉，只见这处灵泉仙雾凝聚不散，地心之火使之温热，如一块晶莹的宝石镶嵌在这片土地上，如启明星神秘而璀璨。灵泉无私地洗涤着万物，清除了一切可见的污浊。当人浸入灵泉的时候，会感觉身体正被和煦的春风吹拂，灵魂好像神游在天外，无拘无束，潇洒万千。巡视过后，广成子只能连连赞叹这一处仙家宝地，却无法窥其神秘之源。

道法精进的广成子认为得此灵泉是受到了祖神的眷顾，自己也要知恩图报才行，而报答的最好方法就是造福众生，跟众生分享自己的体悟与所得。最后，广成子将自身仙力一分为二，一部分保留，另一部分用于凝聚仙道云雾，将雾气凝入泉源。每当冬日清晨，泉孔中的热气蒸腾而上，时隐时现，如春雨初霁，霞光骤降，随后广成子将自己对道的体会也留在了泉水中，灵泉的灵韵更足。大彻大悟后的广成子意气风发，挥斥方遒，给灵泉题名"汝州灵涓"。

汝州灵涓，坐落在汝州这片灵气宝地。灵泉仙气缭绕，滋润了这片土地。凡人沐浴过灵泉后百病不侵，身强体壮，滋养灵魂，可长命百岁；苦行僧被滋润后心灵澄净通明，立地成佛，霞光万千；世间罪大恶极之徒在灵泉沐浴后心性完善，痛改前非，善举连连。汝州灵涓因此得以闻名三界，引得众仙朝拜，众生向往。

水有灵则名。东方的黄帝听说广成子住在汝州灵涓，所以不顾万里之遥，一路风尘仆仆前来拜师问道，探寻灵泉。此次黄帝出行，为探寻自己的大道，孑然一身。广成子仙法高明，早已知道有凡间先达要问道于自己。心境通明的广成子对世人充满了莫名的亲切之感，早有帮携之心，此次机会来得恰到好处。黄帝独具慧根，广成子生起惜才之心，想要考验黄帝的心性，便沿途为其设下各种艰难险阻，一路跟随他，观察他的行为。黄帝心性坚忍，广成子欣慰不已，打算让他再经历一个心魔，但最后的一关显然是不好过的，纵然是黄帝也是九死一生。

刚刚经历险阻的黄帝，好不容易获得一丝喘息，便随地盘坐休息体悟，心中还在向往着汝州灵涓。广成子略施法术，在黄帝的脑海中便响起了一个声音："因何问道？"正所谓大道至简，原本简单的问题却直击本性，黄帝原本坚定的心出现了迷惘。黄帝扪心自问，自己到底为何问道，什么是自己的道，广成子发现被这个问题缠身的黄帝变得浑浑噩噩，灵台不光，顿时悔恨自己的要求太高，毕竟这是难倒无数仙人的问题，对于仅具有慧根的凡人来说，更不可能解答。黄帝像失去了灵魂的躯壳，麻木地前行，他的脑海中一直反复地询问着自己那个问题："因何问道？"权力，为了掌控天下成为万古帝王？力量，能够抗击天灾人祸，让自己长生不死？

广成子不忍让这旷世之才就此沉沦，所以重新安排了黄帝的修炼路线，让他早日进入汝州灵湉去修补被心魔侵蚀的残缺灵魂。广成子希望黄帝能在此悟道，重新充斥生机，毕竟此处灵韵非凡，仙气缭绕，而且还有了自己对道的领悟，自己浸浴其中都受益匪浅，对黄帝的帮助一定更大。

广成子果断行事，毫不犹豫。正当黄帝行走在无边的荒漠之时，一片绿洲突然出现在眼前，绿洲仙雾缭绕，若隐若现。浑浑噩噩的黄帝正想寻一处安静的地方好好思考"道"的问题，这个绿洲的出现让他不由得一喜。黄帝看见绿洲中简直像是人间仙境，古树参天，小鹿欢脱，四周绿荫环绕，潭水清澈；再看自己污头垢面，与这一派仙家气象格格不入，顿生愧感，他于是下潭沐浴。当他进入后发现一切都没有那么简单，他发现自身好像发生了翻天覆地的变化，原来的伤疤全部消失了，自己的感官被无限地放大，好像可以看到自己的心灵，他对"道"的理解也瞬间透彻了，他知道了自己问道的原因，那就是领导苍生，福泽天下。当一个人拥有了无限的力量，他同时也就承担了无限的责任，力量越大，责任越大，他明白了，当自己拥有了胜于常人的力量后，就应该做更大的事。明悟后的黄帝起身对灵泉叩拜以表感激之心，然后毅然决然地反身而行，他放弃成仙成神的机会，靠强壮的身体和不屈的意志力去领导人们走向繁荣昌盛。广成子看到后抚手称赞，仰天长笑，倍感欣慰，更加满意留下灵湉湖的决定，灵泉福泽万千，众生向往。

时光荏苒，沧海桑田，岁月变更不断，在黄帝时代过去后的无数年间中，灵湉池一直被奉为神迹，受得三界敬仰。汝州灵湉，与世长存。后有诗曰："山前阴火煮灵源，昔日曾临万乘尊。历尽兴亡皆如此，不随世俗变寒温。"

汝州温泉与灵狐传说

叶一格

上古之时，汝水丰沛。此处，北靠巍巍嵩山，南依茫茫伏牛山，西临洛阳之城，东望黄淮平原，唤做汝州。汝州山水之间，有一狐，这狐修炼千年，终得人形，在深山之中独来独往惯了，也不懂这人间世故。

一日，这狐于汝州泉水中嬉戏。鬓珠作衬，略有妖意，未见媚态，妖然一段风姿，谈笑间，唯少世间礼态。断绝代风华无处觅，唯纤风投影落如尘，便是说的如此景象。她眉心天生携来的花痣，傲似冬寒的独梅。她也不知这泉叫什么，只知她还未修得人形的时候就常于这泉中玩耍。

也不知这狐于哪里拾得书本，由于狐性一族天性聪颖，她看过几眼便全部记住了，此时竟能吟上几句，附庸风雅。"这泉沸，总不能叫沸泉。听人道，这里乃是汝州地界，不如就唤作汝州泉，可这样又感觉怪怪的，叫什么好呢？"狐将玉臂上的水珠抖落，"山前有火煮灵源，昔日曾临万乘尊。历尽兴亡只如此，不随世俗变寒温。便叫它汝州温泉好了！"狐越发洋洋自得，觉得自己真是聪慧无比。

四周寂静，水面上浮动清辉，悦耳的流水声使周围显得更加幽静。"咦？"狐惊讶地看了看玉腰，大前天她用狐形在森林中玩耍时，被猎人射了一箭，幸好她跑得快，只是后来拔箭的时候流了太多血。她虽已成妖，但也没什么功力法术，只会变人形，因此也留下了伤，没想到今日准备上药的时候，竟发现这伤已经好了。她惊讶地想着，她这几天也没吃什么灵丹妙药呀，要说天天用的，也只有这泉水了。难道是这汝州温泉有疗伤功效？

或许是想得太入神，她竟没发现她自己已化为原形。"咻——"一支利箭直插入狐的眼睛，剧烈的疼痛使她不住呻吟，只听得旁边有人道："恭喜大人，贺喜大人，这狐已得。"她忍着剧痛微微转头，见一人穿黑靴站于她旁边。那人道："这狐毛雪白通透，是以才射她眼睛，就是怕坏了毛，幸好没伤着，来人。"那声音残忍道："把这狐皮剥了。记得，要全皮。"

狐听了，愤怒而绝望。她修作人形也不久，想不到就要命丧于此……

此时，却听得一温润如玉的声音道："大人这是做何？"

"卑职见过大公子。"

"大人可否将此狐赠予我？"

"大公子若是不嫌弃，只管拿去。"狐听到自己可免于一死，松了口气，却晕了过去。

当狐醒时，却见一人守在床边。此人穿着墨色的缎子衣袍，袍内露出银色镂空木槿花的镶边，面若中秋之月，色如春晓之花，鬓若刀裁，眉如墨画，面如桃瓣，好个英俊公子。

狐微微动了动，就见守在床边的人倏地睁开双眼，狐这才发现这人的眼睛如杏，眼睛似星河璀璨："你醒啦？眼睛还疼不疼？"

狐听出这是救她那人温润的声音，刚想答话，就听他道："对不起啊，忘了你不会说话。你不要担心，我不是坏人，我叫伯邑考，那日见人伤了你，就把你带回来治疗了。"

听完他的话，狐才发现，自己还是原形，却发现自己另一只眼睛尚可视物，仿佛不曾受过伤一般。

似是看出了她的疑惑，伯邑考道："你昏迷了七日。那日看到那汤泉，族中巫师竟发现这温泉水有疗伤功效，我便让他用泉水和着药给你敷了眼睛。没想到，你这眼睛竟被治好了。"

狐想着，这伯邑考对自己有救命、治眼之恩，便索性将自己的身份告诉他，日后如他有难也可相助，便化了人形，道："此乃汝州温泉。"

伯邑考一惊，见此女眉如翠羽，肌如白雪，齿如含贝，柔情绰约，折服于她美貌，竟也不问她身份，说话又温柔了些，想将此人镌刻心间："你唤作何名？"

"奴家乃是这山间白狐，修炼千年终得人形，无名。"

"曲曲远山飞姐色，翩翩舞袖映己裳。从此，你就叫姐己可好？"

姐己媚颜微羞："如伯邑考所言。"

此时姬族族中巫师却来言："某夜观星象，文王姬昌有难，恐遭帝辛毒手。"

父亲因触怒纣王而被监禁，伯邑考向来仁德且孝，为营救父亲，带了七香车、醒酒毡与白色猿猴三样异宝，献给纣王，以期帝辛放过文王。姐己却请命："奴家命是伯邑考救的，自是要一同前往。"

两个人便一同去了商朝。为羞辱姬姓一族，帝辛让伯邑考为王驾车。后为考验文王卜卦本事，帝辛便烹杀伯邑考，将他做成肉羹赐给姬昌。姬昌佯装不知，吃下那肉羹，后来又使计归乡。

姐己暗恨帝辛残暴，可叹自己没有法力，不能杀了帝辛为伯邑考报仇，便只身入宫。帝辛本就爱色，见姐己如此美貌，又如何会不下手？

姐己便成为帝辛的宠妃。从此，他对姐己的宠爱日胜一日，越发无道。姐己为维持美貌，让亲信从汝州温泉带了泉水日日沐浴，美貌更胜。帝辛为讨好姐己，大兴土木，新修宫室，扩建楼台，劳民伤财，酒池肉林，夜夜笙歌，加重刑罚，滥杀功臣。

后来，伯邑考的弟弟姬发带人灭了商朝，帝辛自焚而亡。之后周朝建立。

姐己带着伯邑考魂魄所化的白兔回到山间，日日在那汝州温泉之中休养，伯邑考终归人形。

汝州温泉边，一袭红衣，玄纹云袖，席地而坐，伯邑考低垂着眼睑睑修长而优美的手指若行云流水般拨弄着琴弦；姐己一袭白衣，娉娉袅袅轻舞，眼波流转。两个人结发为夫妻，恩爱两不疑，如同神仙。

今世，因着这个传说，汝州温泉又被叫作"汝州狐兔泉"。汝州狐兔泉两孔，可以煮鸡蛋，患有疥癣、风癫、杨梅疮者，饱食入池，久浴后出汗以旬日自愈也。《本草纲目》中也有言，温泉主治诸风温、盘骨挛缩及肌皮顽痹，手足不遂。如今，全国各地都有人到汝州狐兔泉休养，并且大多是夫妇一起来，租房一间，小住一段时间，于此悠然自得，淡然闲适，放松心情，以期疗养身体。

龙女与崆峒山

程曦

东海龙王长女龙公主敖欣不忍见人间百姓受苦，以身为献，化作了奇妙的神汤汝泉。而另一位龙公主敖凌也曾来到人间，留下了另一个美丽的传说。

敖凌是东海龙王的小女儿，她不仅容貌鲜妍姣美，而且聪颖多才，是老龙王的掌上明珠。敖凌自小喜欢同长姐敖欣一处玩耍，因为敖欣熟稔种种人间故事，随口讲来，个个都有趣得紧。敖凌便常常缠着姐姐，要她将那些美妙的传说一一讲来，对尘世的向往之情，自此便种在她心头。后来，长姐敖欣竟为了人而化身为一池汤泉，再也无法返回龙宫。敖凌既伤心不解，又更加好奇：人间难道是这样好吗？值得姐姐做出这样大的牺牲吗？这令她更想去人间看一看了。但是东海龙王可不这么想，失去一个女儿已经让他心痛不已，哪里还敢让最疼爱的小女儿也去，如此便越发加强了龙宫的守卫，以免叫小公主偷溜出宫去。

敖凌非常聪明，她先假意对人间没了兴趣，使老龙王安下心来，才慢慢地盘算着溜出龙宫的时机。巧的是，再过几日就是老龙王的寿辰，到时候四海宾朋都要前来贺寿，龙宫中定然处处热闹。这对敖欣来说，这是最好不过的机会了。想到这里，她转了转黑亮的眼睛，微微地笑起来。

到龙王寿辰之日，各路神仙纷纷前来赴宴。龙宫本就是水晶所筑，澄澈晶莹，这下与众宾客衣饰簪环辉映，更是璀璨夺目。宫中乐师舞姬更是铆足了力气，纷纷献艺以娱宾客。席间觥筹交错，人人都赞叹不已。到了献寿礼之时，众神仙自是不敢怠慢，诸般珍禽异兽、奇花仙葩都呈将上来。老龙王更是觉得面上有光，高兴得连连捋须。只见小公主敖凌笑意嫣然地走上前来，撒娇道："父王，孩儿的寿礼还未献上呢！"老龙王哈哈大笑，忙道："凌儿准备了何物？"敖凌拍了拍手掌，侍女数十人身着舞衣，手持绸带鱼贯而出，列队在旁。敖凌将身一转，转入队列中，待出来时，已换了一身金红纱衫，更衬得她容色娇艳无比。众侍女齐声将公主新制的歌曲吟唱起来，敖凌挥动绸带翩然起舞，舞姿优美，与歌声相应，海中珊瑚水草，皆有歌舞之态。歌舞毕，席间却寂然无哗，众宾客良久才醒过神来，无不称赞龙公主才貌兼备。老龙王见女儿如此有心，再加之众宾客如此称赏，飘飘然不知所以，不知不觉地多喝了好些酒，忘记叮嘱虾兵蟹将留心守卫。敖凌离开筵席后，便找了个僻静处，偷偷化作一尾金红色的小鱼，借着往来宾客的掩护偷偷混出了宫门。

这是敖凌第一次离开龙宫，心里可真是开心极了。要说这回到人间先去往何处，她早就有了主意——自然要先去看看姐姐化身汤泉的所在。敖凌便捏了个手诀，以法术感应敖欣气息，以此为指引，前往汝州，途经不少胜景。如那崆峒山悬崖绝壑、石洞瀑布之幽寂葱茏，广成泽珍林嘉树、鳞潜羽翔之生机勃勃，都令未曾见过的敖凌目不暇接。她心中暗暗感慨："人间这样美好的景象，在龙宫中从来不曾见过，怪不得姐姐那样向往。"正想着，她就已经抵达了汝州汤泉。

只见那泉水自然溢出，喷涌不停。尚未停步，就已经感觉到热气蒸腾，带来暖意。敖凌真身为龙，龙性属阳，见了温热的汤泉水，自然为之所吸引。她便小心地用了障目的法术，解下衣衫，跃入水中，这温热的池水立刻暖洋洋地包裹了她的身躯。敖凌本因初次离开仙界水域进入凡间，多少感觉周身有些不适，泡入泉水中却立刻觉得被疗愈了一般。趁障目法术效用尚在，敖凌忍不住干脆现出真身，以龙形在水中畅快地嬉戏起来。随着龙身翻腾搅动，热气蒸腾而上，时隐时现，如春雨初霁一般。敖欣见此美景，不由笑起来："这白雾渺茫浩荡，与西天梵境竟分不出区别。人间比之仙境竟是一点儿都不输呢！"她嬉戏许久，直到稍觉累了才停下来，变回人身静静泡在水中暂作歇息。温泉水仿佛有知觉一般，又温柔地包裹着她。敖凌轻轻捧起泉水，想起这汤泉是姐姐敖欣所化，觉得这泉水便似姐姐的拥抱一般，温暖地抚慰着她的心灵。一时间思念之情再也无法抑制，她忍不住落下了一颗豆大的泪珠。龙的泪珠可不同于寻常，敖凌吓了一跳，连忙止泪。可那颗泪珠已经迅速地滑下她的脸庞，轻轻落入泉水之中，融了进去，泉水瞬间变得更加澄澈了。这可如何是好？敖凌束手无策，又生怕耽搁太久被父王发现自己擅离龙宫，那就更加不妙。她不敢再留，便准备穿上衣衫返回宫中，谁知她最心爱的金红纱衫竟然不见了。虽然心疼不已，但也没法子。敖凌只好拿树叶变了件翠色纱衫，草草穿上身，唤来彩云向东海赶去。

　　人间一日，仙界不过片刻。待敖凌抵达龙宫，筵席还没结束呢！她状若无事地回到席间，还有侍女疑怪："公主殿下的金红纱衫怎么不见了？"敖凌亦是心中懊恼，她却不知道，那金红纱衫被风吹走，直卷到了崆峒山顶才落下。那纱衫是天上织女以缤纷云霞为布，灿烂日光为线，精心缝绣而成，立时与山石融到一处，美丽的云霞之色便留在了山石之上。此后，本来并无特别之处的山石变得"色如渥丹，灿若明霞"，为崆峒山增添了一重美景。

财神爷给人间的财富

蔡明月

如今我们看到的温泉镇地形如同元宝，四周高而中间低，温泉水涌出的地方，则如同元宝心，在凹地中高起。据说这都是托当年财神爷的福呢！

若要问当年天上诸神谁最得意，莫过于财神爷了。为什么呢？因为天神是靠人间供奉的，他们受到的祭祀、得到的贡品都代表了他们在下界的人气和威望，决定了他们在天庭的地位和神阶。而人间祭拜最兴盛，上供最丰富的神仙就是财神爷。因此之故，财神爷不仅位列上神，而且仅在玉皇大帝之下，远高众神之上，可谓志得意满。他每天享受着人间敬奉给他的山珍海味、鲜果美酒。谁给他的贡品多，他就偏爱谁，施予其更多的财运。所以人间往往是富人更加富裕，贫者愈加贫穷。凡间的人们就更加争先恐后地祭奉财神爷。仗着自己在下界的群众基础，财神爷愈加得意忘形，对其他神仙呼来喝去，颐指气使。神仙们早就看不惯他的盛气凌人，但是也无可奈何，渐渐地财神爷连玉帝也不放在眼里了。

话说这一天，财神爷俯瞰人间，只见老老少少、男男女女成天劳碌奔波，无不为一"利"字。因为凡人们都坚信金钱万能。人有七情六欲，有了钱就可以锦衣玉食，可以三妻四妾，可以使唤他人，可以奴役穷人为自己卖命，而自己便可坐享其成。于是，财神爷感叹道："看来，金钱真的是无所不能啊，有了钱就有了一切。有钱能使鬼推磨，但是我却可以使人为了钱忙碌，也怪不得我财神爷这么神通广大！这玉皇大帝一职该由我当才是啊，哈哈哈！"他已经忘乎所以了，以为自己的本领真的盖过玉帝。财神爷优哉游哉地端起一杯富商贡献的佳酿，正准备一饮而尽，这时候玉帝派天兵来召唤他。于是他就去觐见玉帝。

见了玉皇大帝，财神爷没有下跪。玉帝也没有计较，直接对他说："爱卿，你须亲自下凡历劫，有些道理你才能真正体会。更重要的是，人间断不可再如现在这般乌烟瘴气，否则下界子民迟早会自己断送了自己。所谓'人为财死，鸟为食亡'。好了，别的我什么都不说了，你这就去吧！"说着，宽袖一甩，财神爷还没来得及插上一句话，就已经落到了凡间。

财神爷下凡转世到了一个叫"财神乡"的地方。此地原本不叫"财神乡"，之所以取这个名字也只是图个吉利。因为除了一家富甲一方的豪族之外，这里的人们大多贫穷，渴望衣食富足，盼望财神爷的垂青，所以人们干脆直接把乡名改为"财神乡"。

随着"呱呱"两声，这户原本欢天喜地盼望着新生命降临的富贵之家却瞬间哑然。原来这孩子没有双腿！

他自幼便成天待在自己的房间，活动范围不过是自家庭院，小时候一直很羡慕邻家孩子去骑马打猎，而自己只能忍受着疼痛慢慢地滚到窗边看看空中的飞鸟。从出生以来，他几乎不曾外出去逛热闹的集市，去看元宵的灯火，去游佳节的庙会，因为他不想遭受别人异样的目光。他母亲曾经也以糖果吸引其他孩子来和他玩，但是孩子们都会盯着他竖立在椅子上的半截身体，眼睛里透出又害怕又好奇的目光，始终不敢靠近他。所以过了一两次后，即使他母亲给孩子们银子，他们也不再愿意了，毕竟小孩子还无法像大人一样因为钱而勉强自己去战胜恐惧。从此他就更羞于见人，虽然他一直很孤独，也渴望和伙伴们嬉戏玩闹。所以儿时他就形成了忧郁的眼神，每次他以这种眼神望着自己的父母时，好像在说："你们这么有钱也不能给我带来小伙伴。"

可是这孩子偏偏天资聪颖，志在四方。再大一些的时候，当他每次读到窦宪燕然勒功的丰功伟绩时就神往不已，恨不能跨马带刀，驰骋沙场，但是无奈自己身体不健全，他不禁捶打自己的身体，口中大喊："金山银山又有什么用，我宁愿用所有的钱换来我的健康之躯！健康才是最大的财富啊！"

转眼间，他已到该成家的年纪。他父母托媒婆四方说媒，可是女家一听说他没有双腿，便断然拒绝。当时人们最是迷信，总觉得这是个触不得的霉头。久而久之，财神乡乃至附近乡镇都不愿意再开门接见他家的媒婆，尽管他们家的彩礼可以买下整个财神乡。他哭着对母亲说："没有女子愿意嫁我，母亲，我们家再有钱也没用啊！"长此以往，他实在受不了自己一直做个动弹不得的人，宁可丢弃这所有的财富，在一个深夜自杀了。

历此一劫，财神回到天庭，与之前那个骄纵自得的财神爷已然判若两个人：他不仅变得谦恭有礼，而且更重要的是思想认识发生了根本性转变。天庭朝会上，玉帝问他："财神爱卿，下界走一遭，你有何体悟啊？"财神作揖答道："回禀玉皇大帝，臣投胎为无腿之躯，虽然生在巨富之家，物质上应有尽有，但是这一生却如身体一样残缺不全，没有友情、爱情，不能娶妻生子，金山银山也换不来普通人的健康。所以每天都自怨自艾，凡尘之一生没有一天真正快乐过。因此臣现在明白财富非但不是万能的，而且是无足轻重的身外之物！"

玉帝将一将长长的黑须道："嗯，很好，爱卿现在已经深刻领悟到，钱财买不来友情、爱情，换不来健康的身体；但是如果有了健康，这一切不都是可以追求、可以获得的吗？这些才是人生最大的财富啊！"众神仙均点头称是。财神爷心下默然。虽然已经重返天庭，但是他决定痛改前非，他希望人们都能明白最大的财富莫过于健康，绝非财货，人们整天为金钱奔忙好比缘木求鱼，还会错过快乐和珍贵的感情。

于是，他为自己下凡降生的财神乡赐予了一笔"真正的财富"——温泉。古人相信水是财的象征，聚水如聚财。财神乡的温泉还有与别处不同的神异之处：对颈、肩、腰、腿疼、风湿病、皮肤病均有显著的疗效。乡亲们泡温泉后神清气爽，红光满面，身体的疲乏和酸疼也消失无踪。"温汤神泉"之名因此不胫而走，于是大家把财神乡更名为"温泉乡"，也就是今天的温泉镇。温泉从"元宝"的中心涌出，有疗愈疾病、强身健体之奇功，仿佛就是财神爷一直无声地昭示后人最大的财富应该是什么。

汝泉女

孙强

广袤中原，山川秀丽，囊洛、许洛道界有一个远近闻名胜地方——神汤汝泉。这里有泉水自然溢出，水旺、温足，泉眼大的如拳头，小的像豆子，泉水滑腻生津，具有美容和医治皮肤病的神奇功效。传说是东海龙王的女儿，化身为汤泉，繁衍了这一个又一个的泉眼，并以她永世的美貌滋润着前来泡汤的百姓。百姓们为感谢她作出的牺牲，以及为汝州百姓健康作出的贡献，称她为"汝泉女"。

龙为众鳞虫之长，四灵（龙、凤、麒麟、龟）之首，马首蛇尾，身披鳞甲，头有须角，喜水、好飞、通天、善变、显灵、征瑞。凡是有水的地方，无论湖海河川，还是渊潭池沼，以及井、泉之内都有龙王存在。龙王就是海中的富豪，拥有大量的财富与珠宝，守卫天界与人间。《周易》以东为阳，中国以东为尊，东海龙王为四海龙王之首，亦为所有水族龙王之首。

东海龙王敖广的女儿敖欣公主生得很美丽，又极为贤惠。一天，她忽然想到：人间一定很美，不如去好好玩一玩。有了这个心思，公主便说给丫鬟听。于是，一主一仆便偷取了王后的一支分水簪出了宫门。不一会儿，便跃出水面。她们踏着两团彩云，向西飘了一阵子。公主往下一看，只见此地山清水秀、松柏苍翠，成荫的绿树美似陆上龙宫。敖欣便飘然而下，化身为人间美女。

敖欣公主未曾出过龙宫，中原大地上随风飘动的树叶、绽放的牡丹花都将她深深吸引。

　　庄稼地里的百姓正在辛勤耕作。走近一看，敖欣傻眼了，顶着烈日耕作的凡人，皮肤晒得又黑又皱，还被小虫叮咬过，看上去又丑又脏。走近一问，农民回答她，最近闹蝗灾，蚊虫太多，自己身上被它们叮咬得没有舒服的地方。

　　好奇的敖欣公主继续问这位普普通通的凡人小伙儿自己感兴趣的问题，小伙儿没有在村里见过如此晶莹剔透的美女，二人聊得甚欢。小伙儿便邀请敖欣到村里坐坐。

　　东海公主入村后，沿途经过一些茅草房时，发现了几个神志不清的老人，还有腰痛、腿痛的休憩者。连日来旱灾，蚊虫横行，不少村民得了皮肤病，尤其长在脸上，难看死了。公主不知道人间还有这样的苦和难，好不伤心，眼里流出了悲伤的泪水。她走一处流一处，丫鬟怎么劝也不行。

　　敖欣是龙，龙的眼泪是水也是血。流泪多了，再加上中原大地干旱无雨，敖欣由于疲累与缺水，晕在了村中。村民们见状，都走过来帮忙。朴素善良的凡人们饱受旱灾折磨，非常缺水，但敖欣所需要的水量巨大，村民们便将从地下打出的水全部给敖欣喂下。有了足够的水，敖欣便苏醒了过来。可是，井下的水并不干净，水里有土渍，这让敖欣红肿着眼睛回到了龙宫。

　　龙王敖广看到此情此景既心疼又生气，直说要水淹泛旱的村庄。敖欣却不断述说自己在人间的所见所闻，求父王为人间除病灭灾。敖广说："你私离龙宫已铸成大错，还无理指使为父为人间平灾，我可没有那份闲心。你还是回绣房去吧，看你把身子弄成什么样了！"

　　龙公主听了，心里很生气，说："女儿平日从来没顶撞过父王，您自然是知道的，可今天父王说话没道理。人间黎民百姓有灾难该是多么痛苦，您却要甩手不管，难道说父王的心是石头长的、铁铸的吗？而且，凡人有恩于我，用全村的水救了我的命。"说完，敖欣公文又哭了起来。

　　东海龙王此时无言以对，又看到公主如此善良，如此伤心，也受了感动。东海龙王两眼不禁一热，落下两颗鸡蛋大的、亮晶晶的泪珠，被公主当即用手帕接住。要知道，龙王是不轻易流泪的。龙王安慰公主说："女儿说得有理，父王就答应你的要求。"敖广说，只要敖欣将它投到人间灾地，让黎民百姓用其水浴身，病就可除根，人可变美丽；要是用水中的黑泥涂满全身，那就百病皆治了。

此刻，龙公主转忧为喜，跳起来，连连说道："父王真好！请接受女儿一拜。"就这样，龙公主按父亲旨意，再临人间。

走进村落，敖欣发现，当初救自己生命的村民们因干旱而被渴死了，没被渴死的村民因蚊虫叮咬、瘙痒难忍，表情十分痛苦。

敖欣难受极了，凡人们用自己的生命救了她，她自责又感动。自己身为神灵，没有尽到保护黎民苍生的责任。敖欣哭着将手帕包裹的泪珠滴到地下，还真灵验，立时，水变成汤泉，冒出一片泡泡。

敖欣越哭越难受，心里充满了感激和愧疚，不久便哭昏过去，融入汤泉之中。

从此，此地自然溢水，泉眼遍布，流水晶莹剔透、热气争腾。有一位细心的老人把汤水沾在手上，手舒服极了，蚊虫叮咬蛰的疼痒也不见了。后来，百姓们开始用汤泉水浴身擦背，一段时间后，大家发现自己变美丽了，身体舒适了，疾病治愈了，就连心灵也豁达了。

汝泉从此引来了中原各地的黎民百姓，大家都说，汝泉女敖欣让咱们过上了幸福、安乐的日子。

仙女温泉采缎

范静

　　温泉古镇位于汝州市的西部,因为这里拥有许多天然优质温泉而闻名于世。它的东面是浩浩荡荡的汝河,西面是地势开阔的广成泽,并且紧邻崆峒山。独特的地理位置使得温泉古时就有"神泉""神汤"之称,它的神奇之处不仅在于汤水有治疗疾病之奇效,而还在于它奇特的云雾生成的美景,并且留下了许多美丽的传说。

　　相传,古时有个书生饱读诗书,满腹才学,但是不知为何,屡次考试却都未能考中,平日里也只能以砍柴为生。一天下午,书生上山打柴,将近傍晚要下山的时候,他碰到了一个眉目清秀的女子。在山上住了这么些年,他竟从未见过这个女子,所以俩人往往擦肩而过,并未有只言片语的交流。晚上归家,隔壁的大伯来劝他早日动身去参加考试,以免路上有耽搁,误了考试。第二天一大早,书生便收拾妥当准备出发。在层峦间攀爬的时候,天色突然暗下来,山顶的乌云预示着大雪将至,他奋力寻找可以避身的地方,最后他躲进了一个山洞。刚才进去,洞外的大雪便开始一片片地落下来,很快在洞门前的空地上铺上了一层厚厚的白雪。天色完全暗下来的时候,大雪还没有要停的意思。他便从怀中取出书本,准备借着微弱的光线继续温习功课。恍然之间,他发现这是一个双孔洞中间被山石隔断。

　　正在他疑惑之时,一个身披斗篷的女子从洞门外走了进来,眉眼间有几分似曾相识的感觉,让他猛然想起原来是那天与他擦肩而过的女子。女子抬眼看了看正在读书的书生，便走进自己的窑洞里去了。书生也不敢多言，只是觉得这书上的字顿时变得生动了起来。

第二天早上，天刚蒙蒙亮，书生便启程赶路，静谧的山间只听见鞋底与积雪摩擦发出的咯吱、咯吱的声响。走着走着，书生不自觉地加快了脚步，像是脚底生风。当他到达山顶时，回头一望，才发现走过的路此时全都隐藏了一股股白色的烟雾之下，而那流动着的雾霭此时像绸带，彼时就化作欲飞的"巨龙"，气势磅礴。他放慢了赶路的脚步，开始为眼前的景色所着迷。这些白色的烟雾仿佛是从天上、地下约好了来见面似的，在宽阔的山间肆意地游荡、翻越、飘散着，浓度也从薄纱状幻化到绸缎状，在身边穿梭着、跳跃着。东方的太阳渐渐升起，眼前的雾霭也跟着发生了变化，从乳白色到淡淡的橙红色再到淡紫色。太阳每升高一点，顽皮的雾霭就随着换一次衣装。但是等到太阳完全升起来的时候，这片雾霭便机智地消散了，恢复了清晨的宁静，只看得到一座座清晰的山和袅袅的炊烟。书生顿觉这是一个好兆头，不知不觉加快了脚步。

数月后，敲锣打鼓来报喜的人，打破了这座小山村的宁静。原来是书生应试得中。此时，书生在山顶观日出还未回来。而这次，他又见到那个女子的时候，主动上前去问了话，方才知道，眼前这温婉的女子原来是天上下来的仙女，王母娘娘寿诞将近，她从姐妹那里得知这里的绸缎色泽最好，于是来到了这山间。当她靠近时才发觉原来这色彩绚丽的"绸缎"竟是腾起的烟雾。因为偏爱这片景色，所以她拖延到今天才打算回去。仙女来山间见到的第一个人就是这位穷困的书生，并且大雪之夜在窑洞里共处一晚。仙女发现，他风度翩翩，勤奋好学，饱读诗书，所以便央求天上的姐妹们帮忙。经此一番对话，书生似乎突然明白了那天出现在自己眼前的奇异景象，便连连向仙女道谢。

此后，这段佳话就为人们广泛传颂，而这漫天的云雾仿佛从天边飘来的祥瑞之气，也是人们对美好生活的一种期许和寄托。

事实上，那天山间飘散着的雾霭，就是从山底的温泉散发出来的水蒸气，在山间翻越着蒸腾而上。清风徐来，顿时间一股股乳白色的雾气开始在山间缓缓游荡，像一条条刚从织布机上取出的织锦，细滑且柔软。当太阳出来的时候，这些乳白色的雾霭开始渐变成紫色，到后来经过光的折射作用，或浓或淡的烟雾摇身一变，顺理成章地换上了彩色的薄纱。霎时间，上至砚山、崆峒山的山头，下至广成泽的湖面，完全被这绚烂的雾气所笼罩，而生活在其中的人们也被眼前这带着些许梦幻、浪漫色彩的景象所陶醉、折服。这流传很久的奇幻的景观就是现在被称作冬日"汝州八景之一"的"温泉晓霁"，后来更有诗句"初分曙色翻银浪，更染朝霞腾紫烟"来为世人描绘这冬日早晨的壮丽景象，也许这和"日照香炉生紫烟"所描绘的景象是相互映衬的，紫气东来，可谓大吉。

神医女

曹文潇

"温泉晓霁"是平顶山的"市外八景"之一，被称为汝州市温泉镇的一个重要景观。《汝州八景诗·温泉晓霁》中这样写道："寂寥夜壑响遍幽，百道泉从涧底流。晓色乍晴还乍雨，晨光宜夏更宜秋。红云俄见滕千丈，碧月犹看印一钩。遮莫瞳胧辉映处，蓬落活水认源头。"可以说，这将这奇观之"奇"盛景之"盛"都描绘得淋漓尽致。每每到天欲拂晓的时候，无数泉眼相继喷流出热腾腾的温汤，氤氲的蒸汽团团升天，使整个镇子沐浴在云蒸霞蔚之中，令人心旷神怡。

美景自然不只有人们喜爱，历来也为天上的神仙惦念着。民间还一直流传着一个"神医女"的传说呢！

在很多年前，温泉镇曾经流行过一场大瘟疫，方圆几百里的人们几乎无一幸免，相传那是因为当地的人们得罪了天上的瘟神。那瘟神到民间游荡的时候，看上了一户人家年轻貌美的女儿翠翠，便化身成一个年轻男子，带着几箱聘礼，到这户人家提亲。可这翠翠的父母皆已年过半百，本就是老来得女，加上知道眼前这男子是丑恶的瘟神，内心畏惧而更加不舍，便小心翼翼地婉拒了他。瘟神见他们眼神闪躲，又不说明缘由，以为是嫌弃聘礼不够，便化为一缕烟回了府邸。当他差人带着更多的聘礼上门的时候，发现翠翠家的屋子四周都插满了艾草，街坊四邻都来帮忙。瘟神见状大怒，便向整个镇子散播了瘟疫，又差小鬼挖了翠翠的心肝。

镇上的人一夜之间都得了瘟疫，这户人家还失去了小女翠翠，啜泣声日夜不绝。翠翠的父亲母亲深知全镇乡亲的病都是因自己家的事情而得，内心十分愧疚，痛苦欲绝，挨家挨户赔罪求罚，然而乡亲们却都叹着气反过来安慰他们："这瘟神历来不做好事，这是天灾，我们也怨不得谁，况且你们家已经遭受了更大的灾祸，还是快回去处理后事吧！"老夫妇含着泪回家埋葬了翠翠。

就在当天晚上，翠翠的父亲做了一个梦，梦里，他从窗户里看到有一位穿着白衣、十分貌美的女子站在自家的院子里，她来来回回踱步，好像在寻找什么，嘴里还嘟嘟嚷嚷地说着些什么。他慢慢走过去，听到那女子一直在重复地说着："应该就掉在这儿的。从那瑶池边上掉下去的，不在这儿，还能在哪儿？"老人家听得一愣，赶忙问道："这位姑娘可是有什么东西落在我家了？"那白衣女子抬头看了他一眼，说道："是一株包治百病的仙草，我正准备给王母娘娘送去的，走到瑶池边上却不慎趔趄了一下，把它给弄掉了。"老人家继续问道："这仙草，果真包治百病？"白衣女子竟笑了起来，道"当然，把这仙草泡到水里沐浴，什么病都能治愈。"老人家一听，赶忙跪下来苦苦哀求女子将这株仙草给他，并把这连日来的经历一五一十地告诉了她。老人道："只要能救乡亲们，付出什么代价都可以。"白衣女子又笑着说："明日辰时在翠翠的坟头可寻。"说罢，仙女就不见了。

老人家突然醒来，深觉梦中事出有因，第二天辰时便按照梦境中仙女的指示，来到了翠翠的坟头，发现不远处走来一位医者打扮的女子，手里托着一个小巧玲珑的药箱，老人家慌忙跑过去跪在那医女面前。医女知道了他的来意，却面露难色道："我这东西是世间的宝贝，是个难得的药引子，如果想要，非得要你一半的心肝作为交换不可。"老人家救人之心急迫，便毫不犹豫地答应了。见那医女伸出手在他心肝的位置上下推了几下，便捧出了心肝，切了两半，将一半收了起来，又将另一半放回他肚子里。只觉一阵微痛后，老人家便失去了知觉。

醒来时，老人家发现自己躺在自家的床上，而女儿翠翠立在一边，不觉大吃一惊。翠翠赶忙解释道，是一位医女有起死回生之术，将自己从坟墓中挖了出来，又安了心肝。老人家低头一看自己的心肝处，只有两块隐隐的红色；又摸了自己的手腕，脉搏的确在。他一下子明白了，医女正是梦中那位穿白衣的神女。他出门一看，发现自家门前正长着一株硕大的仙草，翠绿得喜人，足足有半人高。他慌忙叫老伴儿将仙草拔出来，根越拔越长，最后竟有一股温热的泉水从土地里喷涌而出，将仙草融化了。周围也渐渐升腾起雾气，露出许多大大小小的泉眼。他们立刻召集了镇上患瘟疫的乡亲们修筑了温泉池。泡过温泉的人们果然都痊愈了。

后来相传，这位来到民间的医女，正是天上司掌医药的神女下凡，她在天上为温泉镇人们的不幸而愤恨，又被人们的朴实善良所打动，于是托梦给了老人家，借机将有着治病疗效的温泉水送给了这里的人们。一直到今天，温泉水仍然在温泉镇的地底下缓缓流动，从几十个大大小小的泉眼中流出地表，那氤氲的雾气既像是这美丽的古老传说，又像是一道天然的屏障，静静地守护着温泉镇的人们避开瘟神的侵扰。

因为这里的温泉是受赐予神女，所以人们都喜欢称它为"神女泉"，又因为相传这泉水里有给王母娘娘的治病仙草，所以当地人一直认为这个泉水能够治疗百病，很多人都愿意到这里来泡温泉，据说有很好的效果呢！

历史上，很多名人雅士也独爱这"温泉晓霁"的奇景，元代进士张政就曾题诗赞曰："曙色初分日上迟，泉温水滑暖生机。拔除起处松坛下，好似当年去洛沂。"这样的盛景、圣泉，怕是只有在汝州才能寻得到吧！

温泉晓霁

潘春琳

汝州温泉，不仅泉水晶莹剔透、清澈见底，而且还含有多种活性微量元素，对人的身体大有裨益。这里温泉资源丰富，也造就了此地独一无二的温泉景观。每当冬日清晨，温泉水的热气蒸腾而上，如春雨初霁。在阳光照拂下，呈现出流光溢彩的景象，让人流连忘返、叹为观止。

温泉水的热气蒸腾而上，在阳光照耀下五彩斑斓，颜色不时转变，令人惊叹于大自然的奇妙。相传这温泉水蒸气变幻的颜色也让天边织云锦的仙女惊诧不已，她们亲自下凡来采集。在仙女们居住的宫殿周围，淡淡的烟雾不知从何处飘来，缭绕在一池碧水之上。碧波荡着金色的细纹，几尾锦鲤划开水面，淡金色的光芒碎裂后又归于平静。那宫殿中的金庭玉柱在天青色的碧水中显现，金色与绿色交相辉映，碧水雾气升腾，展现出一派流光溢彩的景象。在这云雾缭绕的仙境，有位风姿飘逸的仙女坐在那一汪碧水旁，正眺望着远方。她轻蹙蛾眉，愁绪浮在她的眉间。这时，从远处走来一位小仙女，她对碧水旁的仙女说："织女姐姐，最近几日我见你总是眉头不展，似乎有心事呀！"织女叹了一口气说道："多谢妹妹的关心。距离王母娘娘的生辰没几日了，我想织一件雍容华贵的衣服作为礼物送给她。现在制作衣服的料子已经选好了，采的是盛夏晴空中最绵软、最轻薄的云朵。可是……"小仙女开心地说："姐姐，这种料子我听其他姐妹说过，当是咱们仙界最好的衣料了。"织女回答道："妹妹真是见多识广，这料子虽不易采集，但花费时日便可办到。颜色的选取才是姐姐担心的重点，天上的云彩、彩虹的颜色都曾被我用过，色彩拼接也用过。这次王母娘娘生辰，我想做出一条颜色更丰富、样式更新颖的衣服呈献给她。"小仙女恍然大悟道："原来是这样啊，这色彩搭配本来就不容易，如今要表现出彩就更难了。"织女望着小仙女说："是啊，我这几日正是为此事发愁呢！"小仙女突然灵机一动，道："姐姐，我有一个法子可以解决你的配色问题，但是不知当讲不当讲。"织女高兴地说道："妹妹有好法子，有什么不能讲的，快告诉姐姐吧，姐姐定当不胜感激！"小仙女左右瞧瞧，让织女附耳过来，对织女说道："姐姐，虽说咱们仙界的云彩色彩丰富艳丽，但是我听其他仙家说，那人间的景色更是美不胜收，颜色变幻无穷，让人见之难忘。姐姐何不趁此向王母娘娘请求下凡一趟，既能饱览美景，又能为衣服配色。只是不知这请求王母娘娘是否会应允。"织女经此一点拨便道："妹妹所言极是，我兀自在此绞尽脑汁思索，还不如去凡间走一遭。那我先去找王母娘娘求恩典了，拜谢妹妹。"说完，织女便拜别仙女去了王母娘娘那儿。

眨眼间，织女便来到了王母娘娘的宫殿，她恭敬地跪在地上，对王母娘娘说："娘娘，臣女想织一件华丽的衣衫送给您，衣衫的料子实属上层，臣女已经选好。只是这料子上的花纹和颜色一直都困扰着臣女，请求娘娘准许臣女下凡间一趟，为娘娘织一件华贵的衣衫。"王母娘娘听完织女的禀告，对织女说："织女，你有如此的孝心，我很欣慰。你一直未曾请求过任何一件事，这次我便准许你下凡一趟。人间美景虽多，但诱惑也多，你可切勿贪恋忘返。"织女听后对王母娘娘拜谢道："谢谢娘娘的恩典，臣女定按时完成衣衫，尽早返还。"说完，织女便回到宫殿告知其他仙女下凡的消息，并安排了织云锦的事项。仙女们都为她感到高兴，也希望她归来后能为大家讲述凡间之事。

话说织女在到达凡间之后，随即被凡间的河山、江湖之景所吸引，她深深地感受到凡间景色的优美。突然，织女被一处景色所吸引。她在空中看见晨雾从这里升起，整个地方像浸在乳白色的雾里，朝阳撒下万缕金光，通过阳光的折射，雾气所呈现的颜色渐隐渐变，好似千万种颜色在此汇聚，你方展示我登场。织女一见此景便沉迷于其中无法自拔，呆愣着看完了晨雾颜色的变化却忘了采集。于是，织女便决定在此停留，将这颜色采集出，运用于王母娘娘的衣衫上。她到达地面，发现此地的雾气是由温泉水所蒸腾出的热气，当地村民纯朴善良、热情好客，让她更坚定了居住在此的决心。

在此居住了许久，织女发现这温泉颜色变化丰富，具有渐变、重合等多重效果。当她将这些颜色和效果运用于云锦上时，顿时云锦闪耀出璀璨的光芒，让人心旌摇曳。但是织女发现这些颜色固然绚丽，却缺少灵气，让人觉得华而不实。王母娘娘的生辰将近，织女冥思苦想，急于找到解决之法。她从村民的日常生活中得到灵感，于是沉下心来感受人间的四季。她在初春采集生命的勃发，那柳树抽出了细细的柳丝，上面缀满了淡黄色的嫩叶；那小草远看似有，近看却无；山上的积雪融化，清澈的雪水汇成小溪，淙淙地流着；溪里涨满了春水，小溪两岸的万物都张着小嘴吮吸着大地的乳汁，这些颜色丰富而灵动。她于盛夏采集树木的葱茏，枝叶挡住炙热的阳光，那枝叶的绿似乎要滴落在地上，让人不禁从心底产生一股清凉之意；那袅娜开着的荷花，正张着羞涩的小脸，微风拂过，似乎都喜不自禁地撒起娇来。她于秋日采集丰收的喜悦，黄澄澄的玉米，颗粒饱满；红艳艳的大枣，甘甜爽口；人们都忙于收获，那汗水在阳光下闪耀着七彩的光。她于隆冬采集那挂在橙色柿子顶端的雪白，那围于火炉旁的人们在火光映衬下脸颊的橙红，那样式丰富的剪纸的深红。最终，她在这里编织了一件精美绝伦的云锦衣衫。

随后，织女将此云锦衣衫在王母娘娘生辰的时候送给了她，王母娘娘在宴会中穿上这件云衫，随着步伐的移动，云衫的颜色和花纹随着步伐在随时更幻，取于万物而归于万物，颜色协调而生动，让人心生崇敬之意。王母娘娘大喜，给了织女众多赏赐，并问织女这件云衫色彩的取材，织女如实禀告了王母娘娘。王母娘娘于是亲自到此观看了这温泉晓霁，心中大喜，并赐此地十年风调雨顺。有诗赞曰："扈跸求贤銮驾山，轩辕东望见灵泉。初分曙色翻银浪，更染朝霞腾紫烟。"

温凉盏

潘春琳

"大水茫茫泻昆仑，河汉江淮万派分。众流散布环宇宙，多见寒泉罕见温。"
文人墨客的诗中道出了温泉的罕见，而温泉和寒泉近在咫尺却互不干扰的景观，
更令人叹为观止。在汝州的温泉镇上，则有这样一处奇观，温泉水和冷泉水长
期共存。

相传在那云雾笼罩的山林之境，潺湲的溪水环抱之地，有一处柳绿桃红的
仙境。那里温泉遍布，住着虽白发苍苍却身体健硕的汤神爷。汤神爷有三位活
泼可爱的女儿，她们肤如凝脂，青眉如黛，美目盼兮。这三位仙子日日在温泉
里嬉戏玩耍，度过许多快乐的时光。在仙境中虽然快乐无忧，却也有些单调乏
味。这一天，汤神爷古灵精怪的小女儿对她的姐姐们说："亲爱的姐姐们，我
们从出生开始便待在此处，日日与这蝶鸟嬉戏，年年与这山林为伴，不知这山
外有些何物，着实让人心生好奇。"大姐用食指轻轻点了点小妹的额头说："你
这小机灵鬼，是不是听了那群鸟儿讲的故事，想出去探寻一番？"小妹拉着大
姐的手，边摇晃边说："好姐姐，你真是我的知音。那故事里人间的街道、宫
殿那么美，姐姐何不带上小妹去看看？"说完眨着那双灵动的眼睛盯着大姐，
大姐自己有些心动，又被小妹那充满憧憬的眼神看得有些心软，刚想答应时，
二姐急忙拉着大姐的手说道："大姐、小妹，咱们日日离不得这温泉水，还是
不去为好。"大姐这时才想到姐妹三人身体的特殊性，她转头看着小妹的眼睛
说道："小妹，你也听到了，咱们需要这温泉水的滋养，不然对身体和修行都

有影响啊！咱们还是在家好好修行吧，日后总会有机会的。"小妹听完，也觉得大姐说得有道理，便打消了此次去人间的念头。就这样又过了几年，听着鸟群讲述人间的故事，她想去游览的想法越发强烈。

这日，汤神爷又见痴痴地遥望远方，他拉着小女儿的手慈祥地问道："女儿，我近日见你消瘦了不少，你心里有什么事吗？可否告诉父亲？父亲尽力帮你解决。看你这样郁郁寡欢，父亲心里也不好受啊！"小女儿看着对她充满担忧的父亲，摇了摇头，对父亲说："父亲，我没什么事儿。对不起，让您担心了。"说完，她拜别父亲，走入了温泉中。汤神爷找来大女儿和二女儿，问她们道："近日你们的小妹一直郁郁寡欢，你们知道是怎么回事吗？"大女儿和二女儿互相看了看对方，都摇头表示不知道。汤神爷又说道："最近小妹和你们在一起时没有说什么吗？"于是，大女儿便把小妹想去人间浏览一事告诉了汤神爷。汤神爷听完，便呼唤小女儿前来，问："女儿，你是否想去人间游览？"小女儿的眼里闪过一丝亮光，随即又黯淡下来，她说："父亲，我是想去人间看看，可是我终日离不开这温泉，那人间距离这儿太遥远，一天时间恐来不及。"看着小女儿的大眼睛里充满了对人间景色的渴望，汤神爷笑着说道："我的傻女儿，这对于父亲来说又有何难。我在人间设几处温泉，你们可以在人间泡温泉来强身健体，也免去了这来回奔波。"女儿们互相看了看，大女儿对父亲说道："谢谢父亲，那父亲将在何处设泉呢？"汤神爷摸着胡子说道："我见一处地方，民风淳朴，人民安居乐业，就是水资源较为缺乏，设在那儿，你们行事也更方便。"三个女儿拉着手对父亲说："谢谢父亲，我们这就准备去人间的物品。"汤神爷见三个女儿都这么高兴，心底对女儿的担心也消散了。

三位仙女飞过崎岖山岭，途经幽深草木，穿越奔腾河流，掠过深邃峡谷，但见一处白蒙蒙的雾气弥散四周，恍然间看不清晰，远处似有七彩的霞光，将雾气染得绚丽斑斓。三位仙女相视而笑，随即开始穿越雾气，到达温泉。当地村民前几日见村庄周围出现了许多温水池，今日又见三位仙女来此，都纷纷跪地感谢上天的恩赐和仙女的降临。仙女们对村长说："我们姐妹三个对人间向往已久，今得偿所愿，见您这儿民风淳朴，遂求汤神爷在此设了些许温泉。这温泉水可饮用，还可以泡澡，村民每天饮用以及适当以此水泡澡对身体有极大的好处。这里风景秀美，人杰地灵，我们将会在此待上一段时间。"村长听闻后，忙拱手道："仙女莅临此地，还为我村带来这强身健体的温泉，实是我村的荣幸。仙女们可在此尽情休闲娱乐，有什么事尽管吩咐在下。"说完，村长便告知村民这温泉水的疗效及使用方法，村民因而对汤神爷和仙女们感恩戴德。而后，仙女们便以此为落脚点，飞越大地神州，尽享人间美景、美食。

匆匆几载，汤神爷想念三个女儿，便来到温泉之地与女儿们见面。他见女儿们在此过得舒心快乐，又见此地居民身强体健，高兴之余，他对村长说："你和村民这几年对我的女儿们照顾有加，让她们得以尽享人间乐趣。你们的身体和我们的身体不一样，村民长饮热水对身体可能有影响，我今日在这热水之中设一处冷泉，供大家饮用。"村长听后，对汤神爷说："感谢汤神爷的恩赐。您的恩德，我村村民将世代铭记于心。我们将会一直保护这温泉，不辜负您的好意。"村长将汤神爷的恩德告诉了村民，并告知大家使用温泉水和冷泉水的方法和注意事项，大家对汤神爷以及三位仙女都万分感谢，并将三位仙女来此泡温泉的消息保密。直至仙女们和汤神爷离去，他们才将此事记录下来，广为传颂。这温泉水和冷泉水互相依存的奇观也就保留了下来，两处泉水合在一处也能作为灌溉农田之用，对农业发展起到了重要的作用。

由于这温泉水一热一冷，人手触之一温一凉，两眼泉相映成趣，于是人们将其取名为"温凉盏"。有诗云："此是温凉两样泉，平分冷热自年年。同流合作成溪后，一任农家灌良田。"

妙水寺

曾雪薇

在《直隶汝州志》中，记载着八首有名的诗，合称为《汝州八景诗》，从诗题来看，这八首诗分别对应着汝州的八幅景象。而在这八幅景象中，有七幅是静态的，只有一幅是动态变化的，它就是"妙水春耕"。这首诗这样描写道："瞻蒲望杏趁良辰，遥听声声叱犊频。半水半山膄美地，一蓑一笠太平人。课农花发犁争出，按部风清雉亦驯。最是服畴关至计，红泥绿草绘图新。"当这首诗呈现在我们面前时，我们仿佛看到了一幅充满乡村风情的山水画。在这幅画中，山水环绕着农田，杏儿快要成熟了，农民伯伯们趁着大好春光在田里赶着牛犊耕地，红润的土壤，嫩绿的青草……好一幅"春耕图"啊！这首诗所描绘的耕作地点就是位于临汝镇境内的白云山脚下。因为在白云山上，有一座很有名的寺庙，名为"妙水寺"，所以这一景称作"妙水春耕"。妙水寺建于1359年，北枕白云山，南望崆峒山，距离温泉镇十分近，泡完温泉来附近的妙水寺游玩是个不错的选择。古时候，这里半山半水，植被茂盛，环境优美。史书曾记载，妙水寺是"洛南之盛景"。目前，妙水寺是汝州保护比较完好的第三大古建筑群，现存遗址的面积为9900平方米左右。在2006年，妙水寺被确立为省级文物保护单位。

白云山由嵩山延伸出来，因其石灰岩体的缘故，山里有百里大溶洞，因此又形成了许多泉眼。

公元前206年，刘邦在垓下打败了西楚霸王项羽的军队，结束了楚汉之争。

就在同一年，刘邦在洛阳称帝，建立汉朝。传说这一年的春天，因为薄姬从温泉镇泡完温泉回到洛阳时愈发美丽，刘邦对她更加喜爱了，也许是出于对汝州这片土地的好奇，便带着薄姬又来到汝州游玩。一路上，刘邦等人策马扬鞭，到了中午的时候，觉得十分口渴，便命令随从去找水喝。随从在白云山的脚下发现了泉水，刘邦饮后觉得泉水十分甘甜，便赞叹道："妙水，真乃妙水也！"于是这泉水便得刘邦的命名，为"妙水"。

那妙水寺又是怎么建造的呢？事情是这样的：25 年，刘秀推翻王莽政权，建立了东汉，开辟临汝镇一带为"南囿"。到了汉明帝继位的时候，佛教由西域传入中原，汉明帝梦见了佛祖，因此信仰佛教，还修建了第一古刹白马寺。但是白马寺附近没有山水，不是一个游玩的好地方，只能用来藏放经书。酷爱游山玩水的汉明帝十分苦恼，该怎么做才既能满足自己的宗教信仰又能游山玩水呢？当时，汉明帝听说白云山这一带的景色十分优美，再加上汉代历朝帝王都喜欢来这里游玩，汉明帝便在妙水泉的上游修建了一座寺庙，作为皇家临时歇脚的地方，因此就有了这座妙水寺。

当然，关于妙水、白云山和妙水寺的故事并非这么简单，这里还有着一个悠久而美丽的传说。据说，在很久很久以前，妙水这一带并不如现在这样水源富足，而是经常发生旱灾，十年就有九年处于干旱的状态，古代的人们完全是靠天吃饭的，没有水，什么工作都无法开展，还饿死，渴死了不少人。那时候，每逢干旱的季节，这一带总是随处可见因饥饿干渴而死的百姓。有一位姑娘名叫妙云她的父母为把食物留给女儿，几日未进食而饿死。妙云是个孝顺的姑娘，她根本无法承受亲眼看着父母活活饿死的痛苦，于是便跳崖自尽了。

在古人看来，好人死后是可以上天堂的，妙云为自己的父母而死，于是，死后就见到了玉皇大帝。妙云想到自己的父母因干旱没有粮食被饿死，而当时饿死的又绝不只有自己的父母，她不想别人也经受自己所经受的痛苦，便向玉皇大帝哭诉道："玉帝老爷，我的家乡年年发旱灾，百姓不是渴死就是饿死，我丝毫没有办法，只能眼看着父母活活饿死。玉帝老爷您这么神通广大，就发发慈悲，救救这里的百姓吧！"妙云哭得梨花带雨，玉皇大帝深深地被妙云的话给感动了，于是便将一枚神簪赐给了她，并说道："妙云，你是个十分善良的姑娘，我不好下凡救助百姓，但我这里有一根神奇的簪子，你把它往空中一挥，这或许可以帮助你。"妙云双手接过神簪，在向玉皇大帝作出诚挚的感谢后，便化作一朵白云，在风的作用下，飘到了故乡这片熟悉的土地。

此时，她一面怀着对这片土地的热爱，一面拿出神簪，照着玉皇大帝的嘱咐，将神簪向空中一挥。说时迟那时快，一场淋漓尽致的大雨便降临到了这片可怜的土地上，雨落到地上，化作了一道清泉，而这道清泉一年四季都不会枯竭，这就是妙水泉。而妙云十分眷恋故乡，她不想离开这里，也不想去那个人人都羡慕的天庭，她只想永远伴着故乡的土地。于是，她化作一座高山，正对着故乡，终年守望着那里，这座山就是白云山。从此，那里便不再干旱了。百姓勤恳劳作，五谷丰登，过上了富裕的生活，还在泉边修建了一座寺院，这座寺院就是妙水寺。妙水寺现存不少珍贵的文物，比如明正德十五年的《创建玄帝庙记》碑、《陀罗尼经》碑、二程讲学碑等。

明代汝州有一位进士，名为张政，在游过妙水寺后写了一首诗："春满乾坤水满田，一犁耕进雨和烟。待看秋后黄云熟，共听民歌大有年。"看，这是多么美好的一幅景色啊！

神奇的岘山

曾雪薇

岘山，古称霍阳山，又名铁顶山，它位于汝州、汝阳、鲁山的交界处，距离温泉镇不远，是汝州的第一高峰。虽然它距离汝州城区较远，但是当地人认为，从汝州的方向登岘山，一路所见到的风景是最优美的，其登山的过程也是最为享受的。相传岘山是真武祖师得道之地。真武祖师在舍身崖上修炼多年，挨过漫长而孤独的时光，最后得以在舍身崖飞天成仙。又说真武祖师升仙的时候，天上布满了彩云，还有两只金凤凰盘桓在空中，久久不肯离去。因为真武祖师的缘故，岘山素有"道教名山"的称号。

天公赋予了岘山美丽的面容，山山水水互相环绕，放眼望去，山上的碧树更是苍翠欲滴，数间庙宇依稀可见，总是有源源不断的香客前去朝拜。"岘山叠翠"是"汝州八景"之一，"奇峰、叠翠、云海"更是"岘山三绝"，听上去就足够让人心驰神往了。这里秀美的景色吸引了不少文人墨客和帝王将相。比如，大文豪苏轼游玩岘山时也禁不住叹为观止："梁县胜襄阳，万瓦浮青暝。"梁县指的就是当时的汝州，苏轼借这首诗表达了自己对岘山的高度赞美。岘山不仅有着美丽的风景，而且还有不少充满神秘色彩的传说和有趣的故事，极富人文色彩，这也是它吸引众多游客的重要原因之一。

岘山有两大主峰，一是祖师顶，一是玉皇顶，在两座主峰之间，风穿堂而过，形成了一个风口，人们就把两座主峰之间的地方称为"过风垭"。有碑文记载，武则天曾经登临过岘山。当时，武则天正和随从们从过风垭走过，正好刮起了一阵大风，将地上的沙土、树叶都吹得漫天飞舞。武则天十分生气，便坐在一旁等风停住，而大风也许被女皇那强大的气场给震慑住了，竟莫名其妙地停住了，而且只是武则天所休息的地方大风停住了，其他地方的风依旧呼呼地怒吼着。武则天心里也觉得很纳闷，但随后便喜笑颜开，继续游览岘山的美景。更为奇怪的是，武则天停下来休息的那个地方至今再也没有大风吹过。玩得尽兴后，武则天提笔写下了"伏牛第一山"，落款为"武"，目前，玉皇顶下的岩石上依旧有"武后息风处"这几个大字。

岘山的主峰之一祖师顶也有着一个有趣的传说。在祖师顶的顶峰，有一座祖师庙，这里就敬奉着真武祖师，屋顶是用铁瓦修筑的，由此岘山又被称为"铁顶山"。这个有趣的传说要追溯到祖师庙刚刚修建的时候，当地的百姓因为信奉真武祖师，所以就修建了这座祖师庙，可是岘山有一千多米高，修筑庙宇的原材料该怎么搬运到山上去呢？更何况祖师庙的屋顶都是用铁瓦修筑的，铁瓦那么重，又该怎么搬上山呢？说到这里，我们不得不为祖先们竖起大拇指，当时的技术并没有如今的发达，而百姓又十分敬奉神灵，所以一砖一瓦都是百姓从山下搬上来的。修筑庙宇不仅需要这些原材料，而且还需要一个很重要的东西，那就是水，山顶上也没有可以利用的水，所以百姓还要将山下的水一桶一桶运上来。这时候，神奇的事情就发生了。在一个安静的夜晚，白天里辛苦干活的工匠们都进入了梦乡，睡梦中好像有一位满头白发的老人家出现了。他手里还拿着一个用白玉做的瓶子，然后用手指了指一个地方，又在那个地方倒了一点水。做完了这件事后，白发老人就走了。第二天，人们纷纷讨论这件事，觉得十分奇怪。于是，他们打算去看一看这位白发老人所指的那个地方，结果那个地方果然湿漉漉的，仿佛刚倒过水似的。其中一个人便机智地拿起一把铲子挖起来，挖了很久却什么也没有看到，周围的人便想要放弃。而正在挖的这位工匠仍然没有停下来。冥冥之中，他觉得一定有些什么，结果不一会儿，清澈的泉水就从地底下流出来了。工匠们便修了一口井，利用这井水来修建祖师庙。更奇怪的是，等到修完祖师庙的时候，井里的水却一点也没有了，到现在，那口枯井也留存了下来。

　　关于岘山的另一主峰——玉皇顶，也有着一个传说。有一天，玉皇大帝偶然得空，便去南天门游玩。站在南天门上，玉皇大帝俯瞰辽阔的人间，最先映入眼帘的却是一座耸立的山峰，云雾缥缈，朦胧之中可见山上绿树环绕，到处都是鸟语花香。玉皇大帝十分好奇，心想：人间怎么会有如此美妙的地方呢？于是，他便去询问太白金星："我于南天门下远望人间，却只见得一座挺拔的山峰，秀丽非凡，你知道此乃何山？"太白金星一听，连忙回答道："这就是非常有名的岘山。"玉皇大帝十分高兴，便命令大力神将天上的一座行宫搬下来放在岘山山顶，想要将它作为自己歇息的地方。不久，星官来报说，岘山有个人在舍身崖边苦苦修炼多年，不怕风吹日晒雨淋，马上就要得道成仙了。玉皇大帝被这个人的诚心所打动，便封他为真武祖师，并把自己置于岘山的行宫奖赏给真武祖师，让太白金星另外选一个地方给自己居住。最后，经过太白金星的精心挑选，也就是现在的玉皇顶被选中作为玉皇大帝的行宫。所以，后世的人为了纪念玉皇大帝，就在玉皇顶上修建了一座玉皇庙，供香客们参拜祈福，这座山也由此被称为"玉皇顶"。至今，人们还在玉皇庙里敬奉着玉皇大帝。

鸡头山的传说

薛梦缘

相传，在天宫里有一只负责报晓的神鸡，平时很爱与各路神仙打交道。一日，太上老君找到大公鸡，说："我炼丹需要那东海龙宫的珍珠。但炼丹时，我与门下弟子须得盯着丹炉，能否有劳公鸡君走一趟帮老朽取回？"公鸡喜欢白天睡觉，并不愿出远门。太上老君接着说道："可别小瞧这东海龙宫的珍珠，有了它，只需七七四十九天，仙丹即可炼成。到时你也算立了一大功！"

大公鸡转念一想，早就听说人间繁华，引人流连忘返。这天宫我早就待腻了，何不趁此机会到人间玩一玩呢？况且还能立功，这样好的事我可不能错过。这一次我要细细地看，慢慢地看。于是便答应了太上老君的请求。

太上老君将宝盒递给大公鸡，告诉它，拿到珍珠后就要放入宝盒，切记不能将珍珠掉落，不然引得珍珠躁动，容易涌出神水。大公鸡一心想着赶快下界，哪里还会在乎太上老君的这些叮嘱，他拿过宝盒便飞向那东海龙宫。只听老君在背后着急地喊："去去就回，此次下界不可在人间逗留，不可惹是生非，也不可贪恋人间美食……"

大公鸡先来到龙宫。只见龙宫晶莹剔透，金瓦银珠，虾兵蟹将整齐划一地在门口等候，秩序井然。大公鸡平时也不能在天空随意走动，还没见过这样的场景，难掩兴奋，这看看，那摸摸，好不快活。龙王听到有天界神仙拜访，早早便在大厅等候，心里嘀咕着不知是哪位神仙大驾光临。正想着，看见虾兵引着昂首阔步的公鸡走入厅堂。龙王想，我当是谁，原来是一只没开过眼界的大公鸡啊！因此并不以为意，态度十分冷淡，寒暄了两句便借给大公鸡珍珠，匆匆打发它离开。

　　这大公鸡本就心高气傲，平时也喜欢捣蛋，想，好你个龙王，我虽说品阶并不如你，但你却连饭也不招呼我吃，龙宫也不带我参观，实在太不懂礼数！因此，大公鸡假意告辞，实际偷偷从侧门溜进了龙宫，想着好好地闹他一番。它在后院拔了珊瑚，撒了几堆鸡粪，任意飞跳，还打碎了花瓶，平时寂静肃穆的龙宫被搞得很不安宁。龙王得知后，勃然大怒，命令虾兵蟹将赶紧拿棒将它撵出龙宫。

　　大公鸡狼狈地爬回岸上，一会儿飞，一会儿走，跌跌撞撞到了河南汝州县境内。只见这里树木繁盛，花草似锦，流水潺潺，实乃一处宝地。大公鸡想，龙宫既然不欢迎我，那我就在这儿歇歇脚，再飞回天宫吧！因此找了一处村庄，吃了好多的谷物与庄稼。村中看着大公鸡体型庞大，食量惊人，以为是妖怪来了，都不敢出门驱赶，只能躲在门后眼巴巴地望着自己的粮食被偷吃。大公鸡全然不知自己吃了农民的庄稼，躺在田地里打嗝，想，这人间的食物可真美味啊！

　　这时，天上突然乌云密布，太上老君连声喊道："大公鸡，速速归来！"大公鸡本想装作听不见，但无奈老君太过执着，一声接一声地喊。大公鸡心想，犯了天规可不好，还是回去吧！于是便扑腾起翅膀，嚷叫："喔喔，我来了！"但是无论公鸡怎么扑腾，就是飞不上去。原来，神仙是不能偷吃人间食物的，不然便会失去飞升的本领。大公鸡急得像热锅上的蚂蚁，但是越着急越飞不动，只能"喔喔喔喔"地叫，原来它被俗化了。

　　终于，太上老君见公鸡迟迟不回，便放弃了召唤，大公鸡再也上不了天了。公鸡本来在天宫就没有学到多少本领，现在下了凡便更加不知道自己该如何生存。它原本希望在村边安家，但是狼狗、野猫并不给它机会，逮住机会便要教训它一番。村里的百姓也因为它之前贪吃，也不愿搭理它，更不许它碰田里的庄稼。大公鸡内心充满了悔恨之心，饥肠辘辘，没过几日便奄奄一息。

　　村中一位好心的农民看到躺在路边的大公鸡，很不忍心，他喂了大公鸡一些粮食，说道："大公鸡啊大公鸡，你就不该做坏事。但是相信你已经有所悔改，不如你就每日唤醒我们起来劳作吧！我们努力耕种，等丰收后也能给你分享一些食物，你看可好？"大公鸡听了想，报晓可是我的拿手绝活啊，因此连连点头。

好不容易有了新任务，大公鸡不敢怠慢。每天太阳刚升起的时候，它就履行自己的职责，开始报晓。农民们都夸大公鸡帮了大忙。看着农民们辛辛苦苦耕种留下的汗水，大公鸡终于知道了自己之前所犯的错误，于是便更加勤劳，村民们也都慢慢地喜欢上了这只大公鸡。

就这样过了三年，公鸡感觉到自己时日不多，以后不能再替农民报晓了。他开始思考怎么才能在最后的时日为村民做一点贡献，于是便想到了宝盒里的珍珠。他希望东海龙宫的珍珠能够赐给村民一些神力，哪怕是保佑一年庄稼大丰收也好。但是公鸡太累了，没有拿稳珍珠，把珍珠掉落在了地上。只见珍珠掉落之地源源不断地流出水来，越流越多，越流越远。

农民们惊奇地发现，这神水居然还散发着热气。一个胆大的孩子看到后，十分兴奋，挣脱母亲的手跳进水里，连连呼喊着："好舒服啊！"村民们看了，也纷纷去试探。置身其中，霎时间扫除了身上的疲惫，大家都惊呼："真是神泉！"

大公鸡用最后的一点力气走到了温泉边，看到村民如此喜爱这些泉水，欣慰地闭上了眼睛。只见，天上光芒万丈，大公鸡躺着的地方突然隆起了一座高山，此山如雄鸡昂首屹立，引颈报晓。

村民们都知道，这是神鸡想和他们在一起呢，便唤这座山叫"鸡头山"。西晋末年尚书郎王廙作《洛都赋》，谓："鸡头温水，鲁阳神泉。不爨自沸，热若焦然。烂毛纶卵，煮绢濯鲜。"这里"鸡头温水"说的就是鸡头山，温水就是这附近的汝州温泉。

吕祖阁

潘春琳

在汝州温泉镇东南五十里处有一座吕祖阁。它仿照湖南岳阳楼的样式建造，其样式表现为三层、四柱、飞檐、盔顶，即是指吕祖阁有三层楼阁，楼中四根楠木金柱直贯楼顶，周围绕以廊、枋、椽、檩互相契合，顶部则为似盔的形状，整座楼阁以木质建筑为主，体现了汝州劳动人民的聪明和智慧。

由于汝州温泉百姓不想让汤神爷的神水付诸东流，想让这温泉水永远造福这里的百姓，于是便仿照岳阳楼的样式建造了这样一座楼阁，请八仙中的吕洞宾来压住福气的阵脚，使温泉的风水不易跑掉，福气永存、造福子孙。汝州温泉历史悠久，据《庄子》记载，轩辕黄帝曾问道崆峒，沐浴于温泉，他曾住过的小山就是汝州温泉镇的銮驾山，镇北的均田村就是当年轩辕黄帝为广成子奏《钧天之乐》的地方。两千多年前，西汉文帝之母薄太后也曾到汝州温泉沐浴，因感这里温泉水质好，她还命人在泉群东南建造了行宫。汉代建有广成苑，为汉代帝王校猎乐园，游览胜地，汉代众多帝王在此饱享神水之乐。帝王的驾临也为汝州温泉带来了财富和福泽，这里的人民也安居乐业。

为何要仿照岳阳楼的样式建造吕祖阁，并请八仙中的吕洞宾来压住福气的阵脚呢？这还要追溯到古代。当时在湖南的岳阳楼附近住着一户人家，家里四口人，一对夫妻，两个儿子。父母渐渐年迈，大儿子与小儿子年龄差距较大，家里的经济来源主要依靠大儿子，一家人生活得本也恬淡、幸福。可是天不遂人愿，正值青年的大儿子得了一种很奇怪的病，胳膊长着对称的斑块，左胳膊有，右胳膊也有，位置、形状、大小都一样，并且奇痒难忍，成天流出黄色的脓水，衣服每天都会被脓水弄得很脏。大儿子本是家里的顶梁柱，这病让他无法出去做工，药也吃了不少，可是病情仍反反复复，这样的情况让家里的经济一下子紧张起来，渐渐地日子也没以前那么红火了。大儿子的病持续着，父母和弟弟看在眼里却无能为力。

这一天，大儿子的病又复发了，邻居告诉孩子的父母可以去岳阳吕仙道观求求八仙之一的吕洞宾。这对夫妻想着吕洞宾仙人一生乐善好施，扶危济困，于是买好了相应的祭祀品来到吕仙道观请求吕洞宾指点迷津。祭拜完后，他们回到了家中。就在那天晚上，吕洞宾托梦给这家人，他说道："你们一家人既然诚心拜我，贫道也自为你们指点治疗之法，你们去到河南汝州，那里有个名唤温泉的地方，此病只要在那温泉里泡上一月，即可治愈。只是这路途遥远，你们得举家搬迁。解救之法已经告知你们，就看你们自己的选择了。"第二天一早，一家人都纷纷议论此事，感叹"真是举头三尺有神明"。一家人通过协商，决定举家迁到河南汝州治病。

经过艰难的跋涉，一家人最终到达了河南汝州，并在这里定居下来。温泉人民特别热情，当得知他们的情况后，都积极主动地帮助他们安家、收拾。待把一切都收拾妥当后，看到那冒着热气的温泉，大儿子带着痒意，往下一跃，温热的温泉水包裹住他的全身，温泉水汽蒸腾而上，不到十分钟，他就告诉父母自己身上一点儿都不痒了。大儿子一下子就喜欢上了这水，他泡在温泉水里面一点儿都不想出来。当身体感觉到热得受不了了，他就出来躺着晾晾，然后继续泡。就这样持续泡了一个月，大儿子身上的痒块全好了，整个人容光焕发，他的父母见儿子身体一天天变好，也欣喜若狂。在大儿子的身体完全康复之后，一家人想祭拜一下吕洞宾，却发现温泉镇并没有吕洞宾的庙宇。一家人只能在家简单地祭拜，心里万分感激吕洞宾。

就这样过了一段时日，大儿子同家人商量后决定为吕洞宾建造一座庙宇，可是他怕无法说动当地的百姓，他时时为此事思索、记挂着。没过几日，村中有人发现温泉的泉眼有几处干涸了，这可急坏了当地村民，大家费了很多功夫，但是依旧没找到原因。大儿子觉得这是一个机会，于是他祭拜吕洞宾，想让他告诉自己有什么方法可以解决这个难题。吕洞宾在仙界看着这一家人的一举一动，被他们知恩图报、坚持不懈的诚心所感动。于是他告诉这家的大儿子，这次泉眼干涸都是因为地底下有个山精想要吸取该地的灵气，遂截断了温泉水源灵气供自己所用。大儿子问："那么采用何法可以解决此事呢？"吕洞宾笑着说："你只要于明日午时命村民在这泉眼之处倒入热水，我自会降伏于它。"大儿子叩拜道："谢谢吕大仙，明天我会按照您的吩咐办。"说完，他拜别大仙，跑到村长家中告诉了村长这件事的来龙去脉。村长正为这件事发愁，现在有了解决之法，他的眉心也舒展开来。于是，村长连夜召集村中人开会，并安排人于次日午时依照吕大仙的方法行事。第二天午时，大家将热水倒入干涸的泉眼之中，顿时泉眼之中冒出阵阵白烟，风云顿时变色，大家惊诧之余纷纷躲避。不一会儿，天空逐渐放晴，那些干涸的泉眼全都汩汩地冒出温泉水来。村民们纷纷跪地，向吕洞宾表示感谢。

这件事后，大儿子找到村长，并和他商量修建吕祖阁的事项。村长召集村民商讨此事，大家都同意为吕大仙建造此座楼阁。大儿子听说湖南岳阳楼的建筑气势雄伟、精致绝伦，于是便和村民商议建造一个类似于岳阳楼样式的楼阁，村民们也都表示同意。在大儿子的带领下，一座三层、四柱、飞檐、盔顶、木质结构的仿岳阳楼的吕祖阁就顺利建成了，吕洞宾在温泉镇也深得百姓敬仰。有诗赞道："岳阳楼上洞庭边，一日心飞到温泉。令伊东门瞻紫气，故修高阁歇真仙。"

崆峒山上采药人

麦浪

唐朝武则天时期，洛阳人胡孟、程亮以采草药为生。700 年时，听说汝州的崆峒山上草木茂盛，出产的药材名贵，两个人便结伴前往崆峒山。谁知入山太深，加上两个人对崆峒山地形不熟悉，不知不觉迷了路。随身携带的干粮很快就被吃光了，没有办法，两个人只能寻些野果充饥，野果毕竟苦涩难咽，连续几日走不出山林，令俩人心中叫苦不迭。

正当两个人筋疲力尽之时，忽然看见对面小溪边有棵梨树，在阳光的照耀下，在微风的吹拂下，梨树的枝叶轻轻摇摆，硕大的果实更是让胡孟、程亮垂涎欲滴。两个人不顾疲惫，一前一后蹚过小溪，并且相互帮衬，采得了一二十个梨子。俩人饱餐了一顿，直吃得溪边梨核遍地，才悠悠站起。鲜梨汁水饱满，味道可口，胡孟、程亮吃完后顿感精神焕发、肌体康健，便走到溪边，俯下身去，准备喝几口清澈的溪水。

正当他俩俯下身去，用双手捧起水时，忽然发现了奇异的一幕，一只雕刻精美的酒杯正从山洞中顺着溪水缓缓漂来。两个人用手拍了拍脸，确定并非做梦后，就将飘到身边的酒杯捡起。本以为是一只空杯，不承想，杯中竟有满满的一杯酒。胡孟、陈亮心想，今天真是撞了大运，竟有这等好事，刚刚吃了一顿饱餐，就有美酒自动送上前来，岂不快哉！两个人一人一口，将美酒喝了个精光。

喝完酒，胡孟对程亮说，既然酒杯沿着溪水顺流漂下，而且酒杯雕刻得如此精美，想必上游有人在饮酒。倘若我们找到这些饮酒的人，岂不就可以走出这山林，平安回家去了？程亮认为胡孟言之有理，便与胡孟沿溪水向上而去。

大约走出了两里地，果然听见茂林深处有谈笑之声。越靠近，声音越大。两个人拨开树叶，远远看到一群官员打扮的人正围着小溪而坐，中间一位中年女子神态自若、器宇不凡，甚是惹眼。这群人时而起身吟诗，时而落座饮酒，看那溪水中正漂着一只和他俩刚得到的一模一样的杯子，杯子漂到某人处，那人便起身作诗饮酒。这种新奇的饮酒方式让胡孟、陈亮二人觉得好生新鲜。虽然距离较远，看不太清，也听不太清，但两个人仍然觉得很有意味。

程亮提议，不如上前一步，请这些人将他俩带出山林。胡孟觉得他们一介草民，和为官者地位甚远，不如先观察一下，再做定夺。

两个人正说着话，突然听见不远处一声断喝："何人躲在丛中？快快出来！"俩人定睛一看，原来是一名身上带着利剑的兵士，正向他们这个方向走来。俩人本是平头百姓，平日里见到当差的都躲得远远的，哪里见过兵士提剑而来的阵势。他们吓得魂飞魄散，掉头便狂奔而去。

他们这头跑，后面也传来了脚步声，而且伴有严厉的喊声："站住！"这一喊，俩人更使出了吃奶的力气，跑得越发快了。他们明白，万一被捉住，别说走不出山林，恐怕是难逃一死。正跑得满头大汗、上气不接下气时，没想到前面有一个铺着青草的陷阱，两个人哪里知道脚底下是个空洞，惨叫一声掉进洞中，昏死过去。

待两个人睁开眼睛的时候，发现身旁竟立着一位健壮的男子和一位身材婀娜的妙龄少女。少女见二人醒来，转头对男子说："哥哥，他们醒了。"原来这两位是兄妹，哥哥叫天铎，妹妹叫天香。天铎说，所幸那天他在山中巡看，想找找有什么野味，没料到却意外救了两个昏死的人。

胡孟、程亮二人这时才得知他们已经昏睡了七天有余，若不是遇见兄妹二人，定然冻死在陷阱中了。两个人将当日发现酒杯、溯流而上并被兵士追赶的事情详尽复述了一遍，只道自己运气太差，出门遇事不顺。

听完他们的描述，天铎不禁笑了起来。他问胡、程二人可知此地为何处，两个人只知是汝州，却不知道更具体的地名。天铎说，这里是汝州温泉村，那条溪流便是此地著名的温泉。这温泉不仅一年四季恒温，且有治病疗伤的奇效。胡、程两个人摔伤后，多亏了天香每日用温泉水为他们擦洗，身体才康复得如此迅速。

天铎说，那日他们两个人看到的当是女皇武则天带着下属饮酒赋诗，这种喝酒的游戏名曰"曲水流觞"。

曲水流觞？胡孟、程亮愕然，不知这四个字是何意。

天铎年少时读过两年书，略通文理，又听城里识文断字的先生说起过这几个字，便向胡、程两个人解释道："东晋时期的大书法家王羲之在兰亭修禊的集会中，请诸位友人散坐于弯曲的小渠两旁，然后将斟满酒的杯子也就是羽觞放入渠中，使它顺流而下，到谁的面前停住不走，谁就得拿起酒杯一饮而尽，并且赋诗一首。这样吟诗喝酒的方法叫作'曲水流觞'，显出文人的雅兴。

"武则天皇帝受到王羲之的启发，带领群臣来到这钟灵毓秀的温泉之所，效仿王羲之等人，将酒杯放置于温泉之中，而冒着泡的温泉水托举着酒杯，漂到哪位大臣面前，大臣就须饮酒作诗，君臣济济一堂，谈笑风生，其乐融融。"

胡孟和程亮二人听罢，恍然大悟。原来那日他们远远看见的竟是女皇。想到见着了皇上，两个人都后悔没能多看几眼。但转而一想，又十分后怕。若不是跑得快些，怕是要被兵士抓去问斩。

在天铎兄妹处养了大约一个月伤，胡孟和程亮都觉得身体完全恢复，便想着能否回到洛阳。天铎劝二人多留一段时间，并带着二人到不远处的崆峒山去采草药。崆峒山果然是草药生长的宝地，一些在别处很难见到的名贵药材在这里都可采得。

时光如白驹过隙，不知不觉又过了几个月，天气已经逐渐转暖，林中百鸟婉转啼鸣，花儿纷纷绽放。此情此景让胡孟和程亮愈发思念家乡，他们再次向天铎和天香提出，要回家去了。天铎见二人去意已决，也不再挽留。胡孟二人说，以后定会回到温泉村来看望他们，请天铎兄妹二人不要过于挂念。天铎兄妹听罢，笑而不语。

兄妹二人和胡孟、程亮欢饮达旦，然后送他们到山口，才互道珍重，依依不舍地分别了。

按照兄妹的指路，胡孟和程亮走出了山林，顺利回到洛阳。让他们感到大为惊讶的是，他们不但找不到自己的家了，即使是亲戚朋友也遍寻不着，仔细询问，才得知原来距离他们出门采药时已经过去了七八十年，目前活在世上的是他们的第四代孙。年轻人告诉他们，听老人说过当年有胡孟、程亮二位好友结伴前往汝州采药，却再也没有回来，怕是被山中的猛兽所吞食或坠崖身亡。二人听罢，面面相觑，不知如何作答。

两个人在乡里住了一些时日，觉得没有什么趣味，便返回汝州，沿着当时走出来的山路一路找寻，想找到天铎兄妹，和他们诉说这咄咄怪事。奇怪的是，无论他们怎么寻找，既找不到天铎兄妹，也找不到他们居住的那所房子，倒是名贵的药材依然漫山遍野。

据说，两个人再没有回到洛阳老家，也无人知道他们的影踪。

温泉水召回状元郎

范静

温泉镇的"神汤温泉"之美称源自这里的泉水有治病之功效，在这个山环水绕的小镇里，这汤泉之水不仅有治疗疾病的效果，还能净化人的心灵、劝人向善，从古时流传下来的淳朴民风便可以得知。

相传，在温泉镇有一户姓汤的人家。他们家有一个儿子叫汤宝，在他18岁那年，他娶了隔壁村的一个名叫翠娥的姑娘。新婚后的生活自然是幸福甜蜜，可是家里的老爹爹觉得男人还是应该以考取功名、建功立业为重，不能目光短浅，长期沉溺于儿女之情，于是便三天两头地劝汤宝要勤奋读书，及早准备进京赶考。起初，汤宝认为家里双亲年事已高，想留在爹娘身边，便拒绝了爹爹的想法。后来翠娥也跟爹爹站在一边，劝他听爹爹的话，勤奋读书，好歹进京去试试。汤宝在考虑之后终于想通了，认为考取功名也是尽孝的一种方式，开始三更灯火五更鸡地发奋学习。老爹爹看到儿子这样听话，不由得心中满是欢喜。离考试的日子还有半年之久，老爹爹便急不可耐地催促儿子收拾包袱、带上书卷踏上赶考之路，并从家里不宽裕的积蓄里拿出一部分作为他路上的盘缠。

汤宝在万般不舍中辞别了爹娘和新婚妻子，在他包袱里还装着翠娥准备的一小罐温泉水。就在他离开后的两个月，家里年迈爹娘突然急病上身，卧床不起，而此时家里的钱财却已经无力给爹娘继续抓药。翠娥便把自己长长的发辫剪掉换取银两给父母买米熬羹汤，无奈天不遂人愿，爹娘两个人终因疾病无法医治而抱憾离世。左邻右舍的好心人集资帮翠娥葬了老人之后，劝她到京城里去找自己的夫婿，二人也可团圆。

临出发前，翠娥到两个人相识的温泉池旁用汤宝送给她的一个定情的小罐罐装满了汤泉，随身携带。进京的路途上，她跋山涉水，但始终不敢放松怀里的那个小罐罐。在一个雨天要翻山的时候，翠娥不小心滑落到山下，被恰巧从这里路过的巡抚大人碰见。于是翠娥把自己的身世和这次远行的目的都告诉了巡抚大人，希望能得到巡抚大人帮助。当巡抚大人得知眼前的这位妇人是当今新科状元的妻子后，他尽力让自己平静下来，并答应翠娥帮她找到丈夫。但此时巡抚大人陷入了两难的境地。一是当今的新科状元一定会成为皇上身边的红人，以及各大皇亲国戚竞相争抢的女婿人选；而眼前这位妇人虽是状元的原配夫人，并且尽心尽力赡养老人，可论身世地位毕竟难登大雅之堂。二是这位历经生活磨砺，仍然对夫婿坚贞不渝的妇人实在不该再遭受生活的蹂躏，成人之美的心思始终在他的脑海里游荡。他暗暗下定决心，无论如何都要让这对分离的夫妻重逢。于是他收翠娥为义女，让她随着自己的队伍一道进城。

多日的颠簸之后，在一次巡抚大人举办的私人聚会上，翠娥远远地看见一个熟悉的身影。她一时慌了神，陷入了恍惚。当日日夜夜寻找的人终于出现在眼前的时候，她摸了摸怀里的小罐罐，竟有一点点退缩之意。席间，巡抚大人开始有意无意地打探新科状元的家世，并让翠娥装扮成家里的仆人，端着那个小罐罐佯装来送酒。只见汤宝微微一惊，一眼认出了眼前的这个小罐罐，倒出一尝，竟然是家乡的汤泉水，但是他并没有认出饱受沧桑、容颜已改的妻子。巡抚大人此时已经看出了其中的端倪，于是便让众人退去，叫住了翠娥。酒过几巡已经微醺的汤宝，听到"翠娥"这两个字的时候，突然一下子清醒了，他起身朝翠娥走过去。泪珠早已挂满两腮的翠娥回头仔细打量这个已经分别很久的丈夫，再也忍不住心里的思念和委屈，开始向他诉说家里的遭遇。而此时登科的状元如遭雷轰，没想到当时的匆匆一别与爹娘竟成了永别，他一下子瘫坐在了地上。汤宝恳请巡抚大人和他一起上书皇上，要暂时辞去官职，回乡为爹娘守孝。在得到皇上的应允之后，汤宝带上翠娥快马加鞭地赶回家里，扑倒在爹娘的坟前，把高中状元的消息说给他们听，并重新为父母修葺了坟墓，在坟前供了三年的温汤泉水。后来，在翠娥的带领下，他一一感谢了众位乡亲。

一罐温泉水召回一个孝子。宁弃荣华富贵，不舍糟糠之妻，也传为一段佳话。

汝州状元沟

程曦

　　自隋朝实行科举制度以来，这就成为普天下寒门士子进入仕途的唯一方式。有些读书人要多次尝试才能通过最基本的县之式、府试成为童生。亦有人得到童生的身份后，院试多次落第，到了白发苍苍仍称童生者不在少数，清道光年间甚至还曾有百岁童生参加院试的记载。科举考试以名列第一者为"元"，乡试第一称"解元"，会试第一称"会元"，只有殿试第一才能称"状元"，就此步入政坛，获得升官晋级的机会。"十年寒窗无人问，一举成名天下知"是何等的荣耀显赫！千百年来，进士、举人之数目可以百万计，状元却始终如凤毛麟角，今日可知姓名者不到六百人，足见其难得。北宋时，河南汝州出了两个状元，更令人惊奇的是，两个人还是一对兄弟。兄弟连冠贡籍是历史上罕有的，一时之间传为佳话，民间亲切地以"大状元""小状元"来区分二人。

　　这对兄弟，一个叫孙何，另一个叫孙仅。孙何聪颖善悟，10岁识音韵，15岁能写成文章，笃学嗜古，以文学、经史驰名，写文章尤擅引用经典。他是宋朝第一个连中三元（解元、会元、状元）的状元。而孙仅则以勤奋见长，读起书来手不释卷，尤其专注于儒学。两个人在书院学习时，就因为成绩骄人而闻名一时。当时的翰林学士王禹偁对兄弟二人的文才十分赞赏，曾亲自作诗祝贺二人。给孙何写的是："昨朝邸吏报商山，闻道孙生得状元。为贺圣朝文物盛，喜于初入紫微垣。"给孙仅写的是："病中何幸忽开颜，记得诗称小状元。粉壁乍悬龙虎榜，锦标终属鹡鸰原。青云随步登花塔，红雪飘衣醉御园。

还有一条遗恨处，不教英俊在吾门。"可贵的是，这对状元兄弟并不是只会死读书，而是真正从四书五经中学到了韬略。入朝为官后，孙何关于治国安邦的建议很受真宗皇帝的赏识，他献上的《五议》中，诸如"禁止买官、尊重读书人"等内容，即便今日观之，都是非常有价值的。他官至两浙转运使，柳永那首著名的《望海潮·东南形胜》就是为了干谒孙何而作。虽然孙何并未因此重用柳永，却留下了一篇流芳百世的佳作。孙仅严于律己，待人待事谦厚温和，作风很受朝廷以及各界贤达的推崇。

孙何与孙仅高中状元之后，他们的故乡也因此获得了美名，被称为"状元沟"。在《直隶汝州全志·山川记》中还有相关记载："在汝州东四十里有一状元沟村，村北有状元泉。状元沟，在大汉岭白石坡下，横截坡根，西枕农田，东注水沟，长约里许。初浅狭，渐宽十余丈，中无泉，因坡水落而成沟。环而居者七八家，竹柏杂树遮掩柴扉，为外人所罕到。相传宋状元孙何、孙仅生此。状元沟北有状元泉，水甘美，不涸不冻。旁有小坅遮泉，外人不能见，别有小池，方席大，与泉并列。相传状元浣处。"状元沟村里还保留着一处窑洞，据说就是当年孙何、孙仅的出生之地。两位状元的传说故事，至今仍为村民们津津乐道。

在状元沟村东边的山上有座小寺庙，名叫苍云寺，寺中的和尚办有义学，义务给孩子们讲授知识，这传统保持了许多年。相传当年的孙何、孙仅兄弟俩人，在进入书院求学之前，都是在苍云寺里开蒙的。孙何年长，先入学。孙仅眼巴巴望着哥哥能去寺里读书，自己却还要等一年，十分羡慕，苦苦哀求母亲允准自己与哥哥同去。孙母摸摸他的头，无奈地笑道："从咱们家到苍云寺路途不短，且不好走，还要经过山下的一条小河。便是你哥哥去，我心中都放心不下。你还小，等年纪长到你哥哥这般，我才能同意。"

山下的小河虽说平时不宽，但每逢雨季就会涨水，水流也甚是湍急。孙何望着河水心里也直打鼓，可是他一心向学，是万万不肯落下课程的。于是一咬牙，便要往水里蹚。忽然，有个须发皆白的老人出来拽住他，皱眉道："小孩儿，这水危险，不能过。"孙何着急道："老爷爷，我赶着上课，危险也得过。"
老人盯着他瞧了半天，忽然笑了："既然你非要过，那老头我背你！"孙何本
来很不好意思，但他实在上学心切，又拗不过老人，就羞赧地趴到老人背上。
谁知这位老人看起来颤巍巍的，但过河却又快又稳。他轻轻把小孙何放在岸边，
笑道："小孩儿，快去上学吧！"孙何连连道谢，随即往山上寺庙赶去。如此
数日，每逢小河涨水，老人总会准时出现在水边等候孙何，背着孙何送他上岸，
还时常探问一番孙何学习的情况，对他加以鼓励。孙何十分感激，省下母亲给
自己带的口粮请老人吃，老人都笑着拒绝了。时间过得很快，一年过去，孙何
在寺庙里读了不少书，身高也增长了不少。这一日山里又下过大雨，老人果然
如常等候在水边，要背孙何。孙何不好意思道："爷爷，我如今长大了，明年
都该背我弟弟渡河了，不能再劳烦您背我了。"老人点头道："好！好孩子！
老头背你最后一次，以后不再来了！"孙何连忙应了，待老人将他背过河后，
他终于好奇地问道："爷爷，为什么您每次都来背我渡河呢？"老人哈哈大笑：
"我背的不是你，背的是状元郎。你将来背的，也是状元郎！"孙何丈二和尚——
摸不着头脑，正要追问，那位老人就不见了。后来，孙何与孙仅兄弟二人果然
都高中状元。

温泉镇的经商之道

范静

汝州温泉的开发利用，假如仅仅从文献上追寻踪迹，最远可以追溯到汉代，此后，流传于民间的各类传说故事层出不穷。今天要讲的这个故事，正是随着商业日渐成熟，因为利益的竞争而牵扯出的一段跟经商相关的小故事。

当时在汝州有一户姓蔡的人家，几次经商失败之后，在一个风水先生的指点下，在他家附近开发了一口温泉池。风水先生查看过地形之后传授给他一句经商秘诀，并嘱托他"只能天知地知，你知我知"。果然没过多久，小小的温泉池开始红火起来，每天都有很多的人到蔡家的温泉来泡澡、治疗疾病，还心甘情愿地排队在蔡家的家具铺进行参观赏玩。毋庸置疑，这样火爆的生意很快就会引起别人眼红。于是，斜对面经营同类商品的李家率先对蔡家发起了生意上的进攻。一天大早，蔡家的店铺还没开张，店伙计正在铺子里面打扫卫生，只听得对面传来一阵阵嘈杂声。伙计探头一看，赶忙跑到后院去向蔡老爷子报告。原来是李家为了吸引更多的客人打出了"神奇温泉水，乡人免费领"的广告，成功地招徕了很多百姓。蔡家老爷吩咐大伙还是要按照往日的正常流程洒扫庭除、开门引客。前几天的时候，店里的客人在数量上似乎没有什么特别明显的变化，只是大家会比以往来得晚一些。可是一波未平一波又起，李家还降低了商品价格，并且这样的商业行为开始不断被周围的商家模仿使用。蔡家暗地里派伙计到这些店里去打探详情，很快得知，李家老板联合别的店家对蔡家进行商业围攻，并且不信守约定，正在被别家老板排斥。蔡老板听后若有所思地点了点头。

蔡氏家族开始作出积极的应对措施，蔡老板亲自去拜访这些之前跟李家联合的店主，虽然受到了不少的冷遇，但也有不少店主比较配合蔡老板。

通过多家了解之后，蔡老板才知道当初李老板因为看到蔡家生意红火而心生嫉妒，就找来他们想要结盟共同抵制蔡氏生意一家独大的局面，一起商定了价格的调整文书，并承诺不能私自从中作梗，谋取利益。刚开始的时候，大家还都合作得比较愉快，可是人心不足蛇吞象，李老板见中间有利可取，就擅自打破了协议上的规定，不断在价格上做些手脚，导致别家生意日渐惨淡。这次蔡老板来找他们的时候，他们也在犹豫，但是蔡老板提出这次要请当地最有声望的老人过来做见证，并且要让百姓参与监督。商定之后，已成为孤家寡人的李家老板看到大家都和睦、团结地相处在一起，不禁觉得有一丝羞愧，他带着一些礼物和无限的诚意去拜见蔡老板，说出了他想和大家一样加入大家庭里的想法，并保证要当面向大家道歉。蔡老板爽朗地笑了笑，表示应允。第二天一大早，蔡老板让伙计在街上张贴公告，具体内容是要选定吉日，同意共同经营、自愿参与良性竞争的商户可以在后天举办的祭泉结盟仪式上来签字。祭泉当天，蔡家的温泉边上挤满了人，商业街上的店家也都聚集到蔡家的温泉池旁，摆好祭台，在大家的见证下结成了商业盟友，并且都在共同商定的商业协会上签了字，保证以后一定遵守经营规则，诚信经营。此前因为一己私利而背叛盟约的李老板也站出来恳请得到大家的原谅，希望大家给他一个改过自新的机会，当场表示为了弥补自己的过错愿意为贫苦的人家低价问诊开药，获得在场人们的称赞。

每个城市的持续发展都离不开商业的兴盛，现在再看下汝州历史上形成的几种大规模的贸易集会。一种是在1161年金国国君完颜亮从洛阳出发赴广成苑打猎泡温泉时下诏150里以内的州县都要派商贾来温泉置市，这之后便在当地形成了每年农历初五、初十的集市；第二种是每年开春之后的春会，相近地区的村庄把集会的时间错开，形成了在三月份之前天天有集的繁盛景象；第三种是改革开放后渐成规模的物交会，不仅有物资交流的商品贸易活动，而且还有搭台唱戏的文艺演出，通常会持续五天的时间。汝州温泉镇作为一个商业勃兴的小镇，不仅拥有悠久的温泉文化，而且也有一笔宝贵的经商财富，也就是当时那个风水先生告诉蔡老爷的秘诀：和气能聚财，诚信恒久远。

中原大地，只要你仔细去探究，总有一些神奇在等待你。位于河南汝州的温泉镇就是这样一个地方。温泉镇因为有温泉自然涌出而得名，在汉朝时期就已经名闻遐迩，至唐朝时，更是吸引了多位皇帝前来休闲。

温泉镇不仅周边风光旖旎，而且其得天独厚的天赐泉水富含 50 余种微量元素，治病解乏功效显著，尤其对颈肩腰腿痛、风湿病、皮肤病更有奇效。

千百年来，这片富饶的土地不仅喷涌着让人啧啧称奇的温泉水，也流传着无数美丽动人的传说故事。

这里流传着伊尹协助汤王灭夏桀的故事。伊尹是汝州温泉人，隐于市井，但是为了推翻夏桀的残酷暴政，他走出家乡，为商汤出谋划策。传说中，他辅佐商汤成功后还请他为温泉人民造福。

这里流传着武则天三次沐浴的故事。武则天曾随唐高宗两次来到温泉，深深爱上了这片土地，最后一次来时，已经贵为武后，她仿效王羲之在兰亭的"曲水流觞"，设下"武后池"和"流杯亭"，把文人骚客的风雅留在了这里。

这里也是让许多现代名人到来后赞叹不已的地方。贺敬之、张光年、李準等著名作家、诗人来到这里，灵感的闸门仿佛洞开，他们都留下了值得称颂的篇章。

这片土地的确神奇，临近古都洛阳，千百年来汩汩神泉滋润大地。难怪北宋著名文学家范仲淹之子范纯仁写道："山前阴火煮灵源，昔日曾临万乘尊。历经兴亡皆如此，不随世俗变寒温。"

如此具有天然优势和历史文化底蕴的地方，应该为更多的朋友所了解、所认识；应该有更多的朋友来感受、来体验。只有真正走近温泉，我们才能更爱中原大地；只有真正走近温泉，我们才能更爱中华文明。

为了传播温泉的故事，为了弘扬中原的文化，汝州温泉镇党委、镇政府委托我们将温泉的民间传说和故事搜集整理成册，系统展示温泉的魅力。

工作组由中国传媒大学文化发展研究院的博士后鲍丹禾和资深媒体人武三蒙担任组长，组员均来自中国人民大学、中国传媒大学、首都师范大学等著名高校。小组一方面进行实地调研，探访了汝州温泉本地，搜集了不少民间传说故事；另一方面赴国家图书馆、首都图书馆及各大学图书馆搜集相关素材，为写作作准备。最终历经一年有余，完成了这部近20万字的作品。

本书的完成首先离不开温泉镇领导的关心与支持，在汝州温泉镇调研期间，镇领导提供了诸多的方便；其次，也离不开工作组各位同人的不懈努力，为了将工作出色完成，工作组成员不辞辛苦，不惧困难。

本书得以顺利出版，也离不开知识产权出版社的大力支持和于晓菲编辑的辛勤付出。

温泉的故事万古流传，并非这一本书所能说完，但是，我们希望这本书可以成为您认识中原文化的一扇窗，希望您走近这里，爱上这里。